Das Cover-Motiv wurde mir von der Berliner Künstlerin

Mona Pfürtner freundlicherweise zur Verfügung gestellt.

Liebe Mona,

herzlichen Dank dafür.

Anna Emilias Träume

Und Gott sah tatenlos zu, wie seine Schöpfung zu Grunde ging.

Segel wehen im Wind

Schiffe spucken Männer aus, bunte Fahnen begleiten willig das Inferno

sanfte, sandige Wogen umspülen ahnungslos grobledrige Stiefel-schäfte
Hellebarden, Degen und Helme glitzern in der Sonne

bärtige Eroberer, entschlossen getrieben von gierigen Thronen in ferner Heimat bringen Tod und Verderben, im Namen Gottes und Spaniens

aus hohen Katarakten schimmert fiedrig verfranstes Gold in hängenden Wassermassen, der Invasoren Ziel

unstillbare Gelüste nach Macht und Reichtum lassen Men-schenliebe und Barmherzigkeit durch blitzende Schwerter in feuchtwarmer Luft zu Staub verkommen

oh, ahnungsloses Volk, wehe Euch stolze Menschen, traut ihnen nicht

G.G.

Anna Emilias Träume

Kapitel 1

Wie viele Tage sind vergangen, seit er sie zum letzten Mal gesehen hatte? 14, oder 100 Tage, oder gar Monate? In seinem Kopf drehten sich Zahlen, Namen, Wörter, und Stimmen, versuchten sich in Zeit und Raum zu finden, doch nichts drang wirksam und vollkommen zu ihm durch. Er vermochte nicht klare und strukturierte Gedanken zu fassen, nur dahin taumelnd, vom Schlaf ins Wach sein gestoßen, und wieder zurück, so fuhren seine Gedanken ständig Achterbahn.

Der Kopf schmerzte, dröhnte, als führe eine Horde wild gewordener Motorräder durch seine Gehirnwindungen. Nur schwer bekam er Luft, seine Lungenflügel schienen nicht imstande, den Körper ausreichend mit Sauerstoff zu versorgen.

Bertram vermied es, die Augen zu öffnen, er ertrug es nicht sich zu erinnern, sich selbst zu erkennen, sich damit auseinanderzusetzen, nur nicht hineinblicken in sein Leben, in dieses verkorkste Dasein.

Und immer wieder huschten die Bilder durch sein Gedächtnis, wie Blitze, die nur kurz die schwarze Nacht um ihn herum erhellten, sie ließen ihn lediglich für Sekundenbruchteile frisch und wach sein, dann sieht er flüchtig in sein früheres Leben, als er noch gesund und ganz der Alte war.

Sieht sie, die Frau, fühlt, wie sie ihn umarmt und sich zärtlich an ihn schmiegt. Identifiziert sich, erkennt sich wieder, diese vitale Natur, als den Mann, den so schnell nichts aus der Bahn werfen konnte.

Doch jetzt?

Wie ein Staatenloser im Meer der Nationen, wie ein losgeschlagener Kahn unter fest vertäuten Booten, wie eine kahle Birke unter lauter gesunden Bäumen schleuderte ihn das Leben durch die Tage.

Schneeflocken fingen sich auf der schäbigen Oberfläche seines schwarzen, abgetragenen Mantels, als er um die Ecke bog, den Weg zur Eckkneipe nehmend, den seine Beine längst wie programmiert jedes Mal automatisch ansteuerten.

Schon seit Tagen zischte ihn die Wirtin dieses Etablissements an, endlich seine Rechnung zu bezahlen, doch nach mitleidigen Blicken auf diese zerlumpte und erbärmliche Gestalt lässt sie sich erweichen, schenkt ihm erneut ein.

Der Alkohol ließ die Gedanken an seine einstige Liebe im Dunkeln bleiben, bremste die Einbildung, verhinderte Erinnerungen, lässt sie nicht eindringen in sein chaotisches Dasein.

Der billige Fusel brannte auf den Lippen, schoss wie eisiges Wasser in seinen glutheißen Magen, und dennoch wollte sich eine innerliche Wärme nicht einstellen.

Ein starker Winter hatte auch seine Seele erfasst. Eisblumen vernebelten die Sicht nach außen und der Frost kroch brechend und gnadenlos durch seine Glieder. Der Alkohol wollte ihm den Rest geben.

Noch eine Woche konnte er sich diesen Durchhänger leisten, danach hatte er seinen Dienst wieder aufzunehmen, musste seinen Mann stehen. Doch bis dahin ....

Seine Behörde lag am Stadtrand der großen Metropole, war eingebettet in ein parkähnliches Gelände. Die großen alten Baumriesen, an denen sich die mit Stacheldraht bekrönte Backsteinmauer fast ängstlich vorbeischlängelte, ließen stolz ihre weit ausladenden Äste in die Ferne schauen, als wollten sie nach besseren Zeiten suchen. Sie taten so, als hüteten sie das riesige Anwesen würdevoll vor Sturm und Wind, vor bösen Mächten, und vor Neuzeiten, die vernichtende Unglücke herüber blasen könnten.

Sorgsam vor Frost und Kälte geschützte Rosenbeete säumten die schmalen Wege, die das weiträumige Grundstück scheinbar ungeordnet durchkreuzten. Hier suchten die gestressten Mitarbeiter bei Spaziergängen in den Pausen ausgiebig Ruhe und frischten auch jetzt bei eisigen Temperaturen ihren Geist auf, um Kraft für den Rest des Tages zu tanken.

Weit hinten, wo die Talsenke den Blick freigab, konnte man bei guter Fernsicht die 6-spurige Autobahn erkennen, die sich hinter der Hügelkette schamvoll verstecken wollte. Wie eine blutleere Ader schlängelte sich die ehemals stark befahrene Schnellstraße durch den geschundenen Körper Natur. Nur ab und an konnte man von hier aus ein Fahrzeug erkennen. Lediglich die staatliche Transportgesellschaft konnte es sich leisten, in Zeiten wie diesen, einen ihrer Ungetüme über den sonst verwaisten Asphalt zu schicken.

Im 3. Stock des Nebengebäudes lag Bertrams Büro, dessen große Fenster ihm die winterliche Sonne wohltuend warm in das Zimmer schleuste.

Seit sie ihn vor 3 Jahren aus dem operativen Dienst hierher in die schnöde Verwaltungsebene umgesetzt hatten, waren ihm diese 4 Wände ungemein ans Herz gewachsen und er fühlte sich in ihnen heimisch und geborgen.

Sie dienten als Schutzwall gegen unliebsame Kollegen, insbesondere Kuhlmann, seinem unmittelbaren Vorgesetzten, der keine Gelegenheit ausließ, ihm etwas anzuhängen. Wenn auch bisher ohne ersichtlichen Erfolg, hat dieser Mann in den letzten Monaten die Mobbingschraube stetig fester angedreht.

Noch prallten diese Angriffe an Bertram ab wie Wasserperlen an einer Glasscheibe, doch irgendwann wird er sich diesen Anfeindungen nicht mehr widersetzen können, dann...?

Die liebevoll angeordneten Bilder und der ordentlich aufgeräumte Schreibtisch gaben dem Büro das schnöde Flair einer Amtsstube aus dem Kaiserreich, in der blau uniformierte, Schnauzbart tragende Amtmänner ihren Dienst aufrecht loyal und treu im Glauben verrichteten.

Lediglich der Computerarbeitsplatz störte die beschaulich historische Idylle und nahm sich wie ein Fremdkörper aus. Bertram liebte diese Maschine jedoch nur in seiner Freizeit, hier im Dienst war sie für ihn lediglich ein Schreibgerät ohne Leben und ohne Inhalt, die er wie ein geistloses Werkzeug unbeeindruckt bediente.

Doch zu Hause, wenn er in schlaflosen Nächten durch das spärlich zur Verfügung stehende Internet surfte, war der PC für ihn **das** Fenster und der Kanal nach draußen. Dann öffnete sich für ihn die Welt, und er lebte wieder auf.

Die Musik von der Festpatte hauchte ihm dabei wieder den frischen Geist ein, den seine lahmen Glieder auftauen ließen und den Schmerz abschütteln, von dem sein 38 Jahre alter Körper in letzter Zeit zu viel aufnehmen und ertragen musste.

Die ersten Tage nach seinem Urlaub waren geprägt von Kuhlmanns Anfeindungen.

Jede falsche Abrechnung der Einsatzpläne und Reisekosten versuchte er Bertram anzuhängen. Doch ihm konnte so schnell keiner eine Verfehlung nachweisen, denn seine Arbeit verrichtete der Pedant Bertram Seegers stets frei von jeglichen Beanstandungen.

Die Gesetze und Verordnungen kannte er in und auswendig, wusste um jede Lücke, in die windige Ministerialbeamte schlüpften, um ihre Reisekosten höher anzusetzen, als sie in Wirklichkeit angefallen waren. Er kannte das Europäische Bahnstreckennetz wie die Kollegen ihren Weg zur Dienststelle.

Auch die noch wenig verbliebenen innereuropäischen Flugrouten waren ihm vertraut, wie einem Theaterabonnenten der jetzt so dürftige Spielplan des Schauspielhauses. Der als Fachidiot abgestempelte Bertram Seegers war als geheimer Hüter des Finanzhaushaltes seines Ministeriums bekannt für Genauigkeit, Loyalität und Gerechtigkeit.

Seit er in die Außenstelle umgesetzt war, galt dieser Mann als Anlaufpunkt für knifflige Sachverhalte, besonders für Mitarbeiter, die solche aus Bequemlichkeit nicht zu lösen in der Lage waren.

Gerade jetzt, da er einige Tage nicht auf seinem Arbeitsplatz war, stapelten sich die Härtefälle und die Kollegen standen Schlange, um seinen Rat oder einen Lösungsvorschlag von ihm zu erbitten.

Seine Behörde war neuerdings mit der Betreuung eines EU-Projektes zur Erhaltung der Wasservorräte im Bereich des Europäischen Gebietes beauftragt. Dieser Aufgabenbereich genoss allerhöchste Priorität, und so häuften sich in den Sachgebieten schnell Überstunden an, die abzubauen wohl erst in den nächsten Jahren möglich sein würde.

Seit sich in fast allen westeuropäischen Ländern die grünsozialistischen Ökoparteien durchgesetzt hatten, war auch das Europäische Parlament dementsprechend strukturiert. Nunmehr stand die Trinkwassersicherung ganz oben auf dessen Agenda.

Diese Tatsache erlaubte es den Mitarbeitern dieser Arbeitsbereiche weitreichende finanzielle Ressourcen auszuschöpfen.

Anträgen auf Reise -und Übernachtungskosten wurde stets wohlwollend zugestimmt.

Diese Projekte standen im Mittelpunkt jeden seiner Arbeitstage und hatten dazu geführt, dass zusätzliche Mitarbeiter aus den verwandten Ressorts in Bertrams Sachbereich abgeordnet wurden.

Ihm gefielen diese neuen Strukturen und der fachliche Austausch mit den neuen Mitarbeitern.

Besonders Frau Hallmann bildete mit ihrem überdurchschnittlichen Arbeitseifer eine willkommene Hilfe und Abwechslung. Ferner hatte sie Kuhlmanns Machenschaften gegen den Kollegen schnell durchschaut und führte unbemerkt mit Bertram eine stille Allianz gegen den ungeliebten Vorgesetzten.

Der von Bertram nicht geliebte Winter wollte kein Ende nehmen und diese Jahreszeit besorgte ihm mit der anhaltenden Kälte und der früh einsetzenden Dunkelheit zusätzliche seelische Beklemmungen. Die wegen der rationierten Kraftstoffe fast autoleeren Fahrspuren glichen Geisterstraßen einer leblosen Stadt. Lediglich Omnibusse fuhren karawanenähnlich durch die Straßen und spuckten Menschenmassen, die teilweise immer noch zum Schutze der Grippe- und Coronaviren maskiert waren, an den Haltestellen aus.

Wenn sich der Tag dem Ende neigte, verlor die Stadt ihr Leben. Restaurants, Bars und andere Gastronomiebetriebe öffneten nur noch zu genehmigten Zeiten. Imbissbuden und kleinere Speisegaststätten dagegen hatten tagsüber Hochkonjunktur, wenn keine Beleuchtung den

Energieverbrauch belastete, dann sah man die Leute vor den Geschäften Schlange stehen.

Dunkel gekleidete Menschen huschten durch die Gassen und gaben den Abenden in der Stadt einen gespenstischen Anstrich.

Polizeistreifen patrouillierten wegen der hohen Anzahl der Autodiebstähle. Jeder Dieb vermutete in den Beutefahrzeugen volle Kraftstofftanks. Die Nutzung von E-Autos war schon seit 5 Jahren verboten worden, deren Ladestationen waren zu Blumenständer umfunktioniert worden.

Tankstellen, zu Fahrkartenservicestellen der Verkehrsbetriebe umfunktioniert, quollen über vor Kundenandrang, insbesondere vor den Wochenenden oder Schulferien.

Seit Bertram wegen der Rationierung der Kraftstoffe für Privatfahrzeuge sein Auto verkauft hatte und auf öffentliche Verkehrsmittel angewiesen war, wurden die Fahrten aufs Land immer seltener. Das zeitige Beantragen der Fahrgenehmigung für größere Strecken raubten ihm die Lust für diese Ausflüge. Das mehrmalige, zeitraubende Umsteigen und das vorherige Desinfizieren der Fahrgäste bei der Bahnfahrt hielt Bertram davon ab, an den Stausee zu fahren, in dessen reizvolle Umgebung er früher fast sämtliche Wanderwege erkundet hatte.

Jetzt fühlte er sich festgenagelt in der Metropole, die mit ihrer ständigen Unruhe und Aufgeregtheit ihm immer wieder innerliches Unbehagen bereitete.

Er dachte oft daran, sich einen Hund anzuschaffen, doch verwarf er den Gedanken sofort wieder, denn das Tier würde wahrscheinlich mit seinen depressiven Stimmungen infiziert und würde bei nächster sich bietenden Gelegenheit Reißaus oder sich das Leben nehmen.

Die Stadt und ihre Bewohner hatten wie Bertram gegen den eisigen Winter zu kämpfen. Besonders die Menschen am Rande der Gesellschaft waren außerordentlich hart betroffen, denn die Schließung zweier großer Werke in der

Region hatte die lokale Arbeitslosigkeit in eine nie da gewesene Höhe schnellen lassen. Die Corona Pandemie hatte die lahmende Wirtschaft zusätzlich getroffen.

Hinzu kam, dass dem Staat durch den Rohölmangel die Einnahmen durch die Mineralölsteuern fehlten und die Regierung dieses Loch durch Kürzung der Sozialausgaben zu kompensieren versuchte. Auch die steuerlichen Mindereinnahmen durch die fast ausgestandene aber jahrelang andauernde Pandemie und der hiermit einhergehenden Pleitewelle rissen ein riesiges Loch in den Staatshaushalt.

Die finanziellen Verpflichtungen, die der Staat gegenüber den europäischen Partnern im Rahmen der Migration eingegangen war, hatte schon vor Jahren ein erhebliches Minus im Bundeshaushalt verursacht.

Seit die islamistisch geprägte NFP (Neue Fortschrittspartei) im Deutschen Bundestag vertreten war, wurde den muslemischen Bevölkerungsgruppen weitreichende soziale Vorteile eingeräumt. Diese Tatsache führte besonders in den Großstädten oft zu Unruhen und Streitereien. Der übrige Bevölkerungsanteil fühlte sich mehr und mehr in eine sozialpolitische Diaspora gedrängt.

Die ohnehin schon stark frequentierten Suppenküchen in den Stadtteilen schafften es kaum noch, den Strömen von frierenden und hungernden Menschen etwas Warmes zu bieten. Die fehlenden Lieferkapazitäten verstärkten diese Engpässe.

Die Stadt befand sich schon fast am Limit ihrer Energiereserven und es war erst Anfang Dezember.

Bertram dachte an Weihnachten und in diesem Zusammenhang an bessere Zeiten und sein ehemaliges Familienleben, in dem schon weit vor den Festtagen von Geschenken und gutem Essen gesprochen und geplant wurde.

Mit tiefem Durchatmen und Gedanken an das Verlorene schob er dieses Thema zum Schutze der eigenen Seele großzügig zur Seite.

Kapitel 2

Sein Referatsleiter hatte Bertram Seegers kurzfristig und bestimmt um Rücksprache gebeten.

Mit ungutem Gefühl an seinen ungeliebten Vorgesetzten Kuhlmann, der beim bevorstehenden Gespräch sicher auch anwesend sein würde, legte er die Unterlagen zum aktuellen Vorgang bereit, nahm noch das aufmunternde Lächeln von Frau Hallmann mit und begab sich Richtung Treppenhaus.

Kuhlmann, der Bertram durch die weit geöffnete Bürotür hinter hersah, rechnete sich schon feixend die Minuspunkte aus, die sich sein Mitarbeiter wahrscheinlich abholen würde.

Der Referatsleiter empfing Bertram mit der gewohnt offenen und kumpelhaften Art und begann das Gespräch in geheimnisvoller, zurückhaltender Art und Weise, das noch rätselhaftere Züge annahm, da er sich bei seiner Sekretärin für die nächsten Minuten jegliche Störung verbat.

„Herr Seegers," begann er offiziell seinen Sonderauftrag zu formulieren, was Bertram bewog, die mitgebrachten Unterlagen beiseitezulegen und alle Antennen auf Empfang zu stellen.

„Unsere Mitarbeit an dem Europäischen Großprojekt zur Sicherung der Trinkwasservorräte fordert zurzeit von unserer Behörde alle möglichen Reserven. Ich beabsichtige, Sie von ihrer jetzigen Tätigkeit freizustellen und explizit für dieses Sonderprojekt bis auf Weiteres abzuordnen. Frau Hallmann und Herr Oertel werden ihnen als zusätzliche Mitarbeiter unterstellt.

Sie werden die Arbeitsaufträge nur von mir persönlich erhalten, hierüber ausdrücklich nur mit mir Rücksprachen nehmen, oder Lösungsvorschläge erörtern.

Die bis dato noch nicht erledigtes Arbeiten ihres bisherigen Bereiches bitte ich Herrn Kuhlmann zur Erledigung zu übergeben.

Ich habe die Hausverwaltung angewiesen, Ihnen den momentan nicht genutzten Bürotrakt im 1. Stock des Nebenhauses herrichten zu lassen.

Für die Ausstattung mit den entsprechenden Kommunikationsmitteln nehmen Sie bitte persönlich Verbindung mit der IT-Abteilung auf. Sie ist bereits informiert und wird alle notwendigen Dinge auf Ihre Anweisung hin beschaffen und installieren. Da es sich um ein äußerst sensibles Projekt handelt, bitte ich über alle Arbeitsschritte, Ergebnisse oder Sonstiges absolutes Stillschweigen zu bewahren. Ein entsprechender Ansprechpartner bei der EU wird ihnen noch zeitgerecht benannt. Haben Sie noch Fragen?"

Nach kurzem Durchatmen stand Bertram auf, nahm seine Unterlagen und entgegnete die direkte Frage mit einem knappen „Nein" und nach einem kurzen Blickkontakt zurück zum Referatsleiter, der sich mittlerweile wieder in seine Akten vergraben hatte, verließ er das Büro.

Beim Betreten des Vorzimmers vernahm Bertram nebenbei die Anweisungen für den Kollegen Kuhlmann, die der Referatsleiter über die Gegensprechanlage der Sekretärin übermittelte.

Im Treppenhaus begegnete er besagten Kollegen, der mit hochrotem Kopf wutentbrannt die Stufen hoch hetzte, ohne ihn dabei eines Blickes zu würdigen.

Es schmerzte Bertram ein wenig, sein lieb gewonnenes Büro räumen zu müssen. Doch vielleicht könnte der neue Arbeitsbereich als Sprungbrett in besser funktionierende und höher dotierte dienstliche Sphären dienen.

Die zugewiesenen Arbeitsräume im Nebenhaus lagen etwas abseits und verfügten durch die Hintertreppe über einen separaten Zugang in den Park.
Frau Hallmann freute sich kindisch über die neue Situation und begann unverzüglich mit dem Umräumen. Für sie brachte der Umzug eine willkommene Abwechslung im dienstlichen Einerlei.
Der neue Kollege Oertel befand sich bereits im Weihnachtsurlaub und wusste anscheinend noch nichts von den neuen Personalmaßnahmen.

Für die bevorstehenden Weihnachtstage hatte Bertram sich einen ausreichenden Vorrat an Rotwein und eine gehörige Menge seiner geliebten Antipasta zugelegt. Diese ausgefallenen Köstlichkeiten waren bei seinem Italiener „nur unter dem Ladentisch" zu bekommen.
Sein inzwischen fast genesener Magen vertrug schon etwas mehr als nur Haferschleim.

Das anhaltend schlechte Wetter, das die Stadt und ihre Straßen in eine meterhohe hohe Schneematschwüste verwandelte, zwang ihn, seine kleine Wohnung nur zum kurzen Luftholen zu verlassen.
Über die Feiertage vertrieb sich Bertram die Zeit mit dem Lesen der Verwaltungsvorschriften für die neuen Aufgaben und mit gelegentlichen Besuchen im Chatroom des holprigen Internets.
Fast unbemerkt schlichen sich Normalität und gewöhnliche Tagesabläufe in sein neues Leben. Alkohol und die Einnahme von Medikamenten, mit denen er oft die Rebellion

in seinem Körper einzudämmen versuchte, wurden immer seltener.

Lediglich zu Silvester gönnte er sich einen gehörigen alkoholischen Ausrutscher in der Kneipe, die er am Neujahrstag erst gegen 4 Uhr morgens mit erheblicher Schlagseite verließ.

Ansonsten war er selbst überrascht ob der Enthaltsamkeit, mit der er das neue Jahr begann.

Kapitel 3

Zu Jahresbeginn hatte sich die Natur erneut von ihrer harten und erbarmungslosen Seite gezeigt.

Schwere Winterstürme hatten die Nordseeküste heimgesucht. Mit verheerenden Überschwemmungen ganze Landstriche unter Wasser gesetzt.

In Hamburg, der Hauptstadt Niedersachsens, konnte durch das neu ausgebaute Mega-Stauwerk bei Drochtersen eine größere Katastrophe vermeiden, und die Elbe in die vor Jahren geschaffenen Flutwiesen und Überschwemmungsräume umgeleitet werden.

Den Obstbauern im „Alten Land" wurden damals die Pfirsich -und Apfelplantagen nahe der Elbe zwangsenteignet und ihre Wohnungen und Anbauflächen in neu geschaffene, tiefer im Inland liegende Flutsicherheitszonen verlegt.

In diesen rückgebauten Gebieten war die Bevölkerung dieses Landstrichs vorerst gegen die wilden Fluten des Flusses geschützt.

Umweltpolitische Fehlentscheidungen forderten bereits vor mehreren Jahren ihren Tribut. Durch das Ansteigen des Meeresspiegels hatten entsetzliche Sturmfluten neben New Orleans auch Teile der Insel Sylt überflutet.

Die ostfriesischen Inseln und küstennahe Ortschaften in den Niederlanden versanken damals fast allesamt in der Nordsee. Hollands Küstenlinie zieht sich nunmehr am ehemaligen Ostufer des Ijsselmeeres entlang. Gewaltige finanzielle Mittel und EU –Hilfen mussten aufgebracht werden, um den Deichbau zu fördern und den ergänzten Schutz der neu entstandenen Küsten weiter in das Inland zu verlegen.

Mittlerweile war weltweit die Zahl der wasserarmen Länder auf 1100 gestiegen. Der Winter hatte die gesamte nordöstliche Halbkugel mit nunmehr eisigen Temperaturen fest im Griff. Die in früheren Zeiten stark frequentierten Wintersportgebiete in den europäischen Alpenregionen versanken in unmessbaren Schneemassen, mehrere Ortschaften mussten mühevoll evakuiert und entvölkert werden, um weitere Todesopfer zu vermeiden.

Die Bauwut, mit der man vor Jahren eine Skiliftschaukel nach der anderen in den alpinen Boden stampfte, und weiträumig Wälder dafür opferte, kam als grausamer, naturkatastrophaler Bumerang unnachgiebig zurück.

Bertram stürzte sich nun wie wild in seine neuen Aufgaben und zog Frau Hallmann, Kollege Oertel sowie die eingebundenen Schreib- und Registratur-Mitarbeiter vollkommen in den von ihm ausgelösten Motivationsschub.

Das neu geschaffene Sachgebiet hatte diejenigen Auslandsmitarbeiter zu betreuen, die im Rahmen des Wasserprojektes der EU an Forschungsreihen und Sicherungsmaßnahmen zum Schutze der Trinkwasservorräte europaweit eingesetzt waren. Sie rekrutierten sich vornehmlich aus dem eigenen Gesundheitsministerium und dem Ministerium für Ernährung und Entwicklung. Schon nach kurzer Zeit war seine Organisation zu einer festen und tadellos funktionierenden Einheit gewachsen.

Der März versprach mit den ersten warmen Sonnenstrahlen den viel zu lang andauernden Winter endlich aus dem Land zu treiben, um der Natur mehr Zeit zum Erholen zu verschaffen.

Während der mittäglichen Spaziergänge fühlte Bertram den sanften Schub, mit dem das Frühjahr in Gang gesetzt wurde.

Die sanftwarmen Temperaturen brachten jedoch kaum Entwarnung auf die von den Russen seit Wochen verhängte Drosselung der Erdgaslieferungen. Die führenden 3 Energieriesen, die ganz Europa versorgten, überschlugen sich mit massiven Preissteigerungen und schürten damit noch mehr Ängste in der Bevölkerung.

Schon vor Jahren wurden auf Drängen der links-grünen Politik sämtliche deutsche Kohlekraftwerke und Kernkraftanlagen abgeschaltet. Die seinerzeit vollkommen auf Windkraft umgestellte Energieversorgung bescherte dem Land eine irreparable energiepolitische Abhängigkeit.

Nach den ersten Engpässen und Rationierungen bei der Heizenergieversorgung dachte damals niemand daran, dass der ehemalige Klassenfeind und zwischenzeitliche Busenfreund des Westens seine Androhungen, den Gashahn abzudrehen, rigoros in die Tat umsetzen würde.

Politiker aller europäischen Staaten gaben sich beim russischen Gaskonzern die Klinken in die Hand und rangen um Wiedereinsetzung der vertraglich zugesicherten Lieferkontingente.

In den Vorräumen des Reichstages arbeiteten die Lobbyisten auf Volllast und versuchten die Politiker aller Couleur auf ihre Seite zu ziehen und scheuten nicht, tief in die Tasche der rund um Europa liegenden Konten zu greifen, um den Mitgliedern des Bundestages den Alltag mit dem notwenigen Kleingeld zu versüßen.

Besonders die Abteilungen der Ministerin für Umwelt und Entwicklung, sowie das Wirtschaftsministerium waren Zielpunkt der dollarschweren Angriffe. Und genau hier führten die Russen ihre schwersten Geschütze auf, um in dem Wettbewerb der Weltwasservorkommen nicht den Kürzeren ziehen zu müssen.

Abermals musste man den ungeliebten Herren in Moskau bedeutende Zugeständnisse machen, was erneut eine weitere einseitige Verschiebung des Kräftepotentials zu Ungunsten des Westens zur Folge hatte. Die europäische Gesamtwirtschaft taumelte immer weiter in eine unheilvolle Rezession.

Die weltweiten Börsen reagierten entsprechend und brachten den Kurs der *Europax* vollends ins Trudeln.

Europa schien weiterhin betteln gehen zu müssen, um sich einen Teil der immer enger werdenden Energie- Recourcen zu sichern. Die Länder hingen am Rockzipfel des ehemals roten Riesen, dem nach der Zerschlagung des Kommunismus mit protzigen Entwicklungsmillionen aus dem Säckel der freien Welt der Ausstieg aus der sozialistischen Hölle versüßt wurde. Als Quittung wurden den damaligen Wohltätern nunmehr die energiepolitischen Daumenschrauben angesetzt, die sich knarrend und splitternd fester drehten.

Allein die osteuropäischen Staaten, die sich in der Energie- und Migrationspolitik ihre wirtschaftliche Selbständigkeit erhalten konnten, blieben ökonomisch einigermaßen konstant, denn ihre Kernkraftwerke liefen auf Hochtouren, um neben der eigenen auch noch die gigantische Stromnachfrage auf dem europäischen Markt befriedigen zu können.

Radikale Politiker forderten eine sofortige Abkehr vom entgegenkommenden Transfer des eigenen Know-how und dem gütlichen zur Verfügung stellen von hoch qualifiziertem deutschem Fachpersonal für Staudammprojekte in Russland und China.

Bertram legte missmutig die Zeitung beiseite, ob der ständigen negativen Meldungen und beobachte lächelnd die kleine Blaumeise, die erste unschuldige Insekten von der Fensterbank jagte und damit hastig zum großen Fliederbusch flog.

Referatsleiter Herrschbach übergab Bertram im Rahmen der Projektarbeit nochmals einen Packen Sonderaufträge und bat um zügigste Bearbeitung. Er unterstrich dieses mit dem Hinweis, dass es sich um sensibelste Sachverhalte handelte und dass allesamt durch Bertram persönlich bearbeitet werden mussten. In Anbetracht der Dringlichkeit sollte er den Rückfluss der Datenträger nicht über den Hausbotendienst leiten, sondern sie persönlich an ihn zurückgeben.

Kapitel 4

Im südspanischen El Ejido hoffte sie im städtischen Trubel abtauchen zu können, um eventuellen Spähern nicht in die Hände zu fallen.

Denn seit sich **Anna Emilia Jaramag** nach dem Untergang des Weltkulturerbes Feuchtgebiet *Donana* dem Kampf gegen die Vergiftung der Böden ihres Landes und dem Erhalt der noch verbliebenen Naturschutzräume in Europa verschrieben hatte, befand sich die junge Frau ständig auf der

Flucht vor militanten Plantagenbesitzern und den gewalt-
tätigen Einschüchterungen der übrigen Wirtschaftsmaffia.

Ihre über alles geliebte *Donana,* die als Rückzugsgebiet und
Zwischenstation für Millionen von Zugvögeln auf der Reise
ins Winterquartier galt, und wo sie einst Tage voller Freude
in den Kreisen ihrer geschätzten Tiere verbrachte, war
durch die intensive Frucht- und Gemüsewirtschaft der Süd-
Spanier für alle Zeiten erbarmungslos trocken gelegt worden.
Tausende illegal gebohrter Brunnen, die das Grundwasser
absaugten, waren dafür verantwortlich, dass dieses einzigartige Naturrefugium innerhalb kürzester Zeit verschwand, und damit auch deren Bewohner, wie Reiher,
Kraniche, Graugänse und Flamingos.
Die letzten trockenen Sommer gaben den gepeinigten
Landstrichen den grausamen Rest.
Vorsätzlich gelegte Waldbrände löschten riesige Pinienwäl-
der aus und machten so Platz für immer neue Plantagen,
die dem Boden die allerletzten Grundwasserreserven entzogen.
Bewässerungsanlagen pumpten das nötige Wasser aus den
Bergen heran und sorgten dafür, dass der natürliche Was-
serrückhalt für die übrige Natur schon frühzeitig abge-
zweigt und fast ausschließlich für die profitgierige Landwirtschaft genutzt wurde. Natürliche Vegetationen gab es
hier schon lange nicht mehr, eine Wüstenlandschaft hatte
sich neben dieser weißen Plastikwelt breitgemacht.
Die katastrophalen Folgen der hemmungslosen Bewirt-
schaftung und die Auswirkungen des Klimawandels leisteten dem unnachgiebigen Vordringen der afrikanischen
Wüsten nach Südspanien rasanten Vorschub.
Riesige Gebiete hatten sich in wasserloses Ödland verwandelt, und hier die Absurdität des bedenkenlosen wirtschaftlichen Handelns gänzlich sichtbar gemacht.

Durch die Veränderungen des Grundklimas wurden die südspanischen Landstriche in den letzten Jahren außerdem wieder und wieder von mörderischen Hitzewellen heimgesucht, was binnen kürzester Zeit das Eindringen afrikanischer Schädlinge nach sich zog. Riesige Insektenschwärme, die sich beeilten, ihre unheilvollen Krankheitserreger schleunigst zu entsenden, breiteten sich ungestört aus.

Die Ländereien lechzten nach Heilung, Bäume streckten mit dürren Ästen ihre Arme hilfeschreiend durch die ausgetrocknete und verbrannte weltliche Haut dem Himmel entgegen und erhofften so außerirdische Hilfe. Doch der Himmel schwieg, blieb stur und stumm und schickte zusätzliches Leid, indem er den Regen an anderen Enden der Welt über die schreiende Menschheit ergoss und sie in den Fluten des Mekong-Deltas und in Bangladesch ertrinken ließ.

Die Erde schien tränenlos weinend anklagen zu wollen, was die raffgierige Menschheit ihr im Drang nach Profit und Machtstreben gnadenlos abverlangt hatte.

Die entlang der spanischen Südküste kurz und gewaltig einsetzenden Regenfälle, die ein sie begleitender Sturm in Minutenschnelle über die Steppen schickte, konnten den Durst der Natur nicht stillen, denn der Wind nahm am Ende des Schauers alle Feuchtigkeit gierig mit sich und schien sich im Nachhinein heulend und tosend zu verabschieden, um mit lachenden Böen das Elend der Natur zu beklatschen.

Die nachfolgend einsetzende erbarmungslose Sonnenbestrahlung holte die letzten verbliebenen Tropfen aus der Krume und legte sie in tiefe, breite Falten.

Und noch immer hatten die geistlosen Hirne der Wirtschaftsmarionetten nicht begriffen, dass diese Schmerzen der Erde den Zeiger der Untergangsuhr bereits über das 5 vor 12-Limit hinweg haben ticken lassen und dass sich der

Erdball für das ihm zugefügte Leid eines Tages grausam rächen würde.

Und Gott sah tatenlos zu, wie seine Schöpfung zu Grunde ging.

Die grenzenlose Ausweitung der Gemüseplantagen mit ihren Plastik- und Glasabdeckungen, die schon seit Jahrzehnten das Landschaftsbild der südspanischen Region prägten, konnte auch nicht durch die vor Jahren von *NaturePeople* in Gang gebrachte Wasserschutzkampagne eingedämmt werden. Einzelne Regionalpolitiker, die seinerzeit den Bestechungsversuchen der Gemüseindustrie und der Großgrundbesitzer noch nicht erlagen, waren mittlerweile eingeknickt, oder durch käufliche Mandatsträger ersetzt worden.

Die EU förderte mit immensen **Subventionsmitteln** die spanische Landwirtschaft und sorgte damit für eine brisante Stimmung unter den Mitgliedsstaaten.
Der schwelende Konflikt mit Portugal um die Wasserdurchflussmengen der gemeinsamen Flüsse hatte Spanien in eine gefährliche Isolation gebracht, die der Staat durch die Entsendung von Militär in das Grenzgebiet zum portugiesischen Nachbarn riskant verschärft hatte.
Das Abkommen von Albufeira aus dem Jahre 1998 verpflichtete Spanien, eine jährlich vorgeschriebene Mindestmenge an Wasser aus den gemeinsamen Flüssen nach Portugal fließen zu lassen. Dieser Vertrag wurde in den letzten Jahren von spanischer Seite mehrfach willkürlich unterwandert und vor einigen Wochen offiziell außer Kraft gesetzt, was die Brisanz des Konfliktes noch zusätzlich förderte und sich zu einer europaweiten Auseinandersetzung auszuweiten drohte.

Anna Emilia Jaramag schaute traurig aus ihrem Hotelfenster angesichts dieser Zustände.

Schon früh am Morgen brannte die Sonne erbarmungslos auf die trostlose Landschaft und ließ den Elan für neue Taten fast auf null sinken. Doch heute sollte die junge Frau all ihre Kraft komprimieren und den Morgen nutzen.

Das geschäftliche Treiben in den Straßen der Stadt hatte nichts mehr mit diesem ehemals freundlich mediterranen Flair gemeinsam, mit dem die südspanischen Städte ihren Besuchern sonst gerne schmeichelten.

Es schien, als ob eine in schwarze Maßanzüge gepresste, Laptoptaschen tragende Horde Heuschrecken durch die Gassen kroch, um das auf der Schlachtbank liegende Land unter sich aufzuteilen.

Und gerade heute wollte sich Anna Emilia mit einem heißen Gegner dieser von Machtgier und Profithunger besessenen Bande treffen.

Ganz wohl war ihr bei der Sache ganz und gar nicht, denn schon 3-mal war die Zusammenkunft kurz zuvor abgesagt und erneut verschoben worden.

Doch heute sollte es endlich so weit sein. Gegen 16.00 Uhr wollte einen ehem. Regionalpolitiker und einem der Aktivkräfte der Organisation treffen, der seit mehreren Monaten aus Sicherheitsgründen nur noch im Untergrund agierte.

Auch er war von der Plantagenmaffia als Erzfeind ausgemacht worden. Schon mehrfach hatte man wegen seiner Aktivitäten gegen ihn Morddrohungen ausgesprochen und nur knapp entgingen er und seine Familie auf der Fernstraße vor Monaten einem Anschlag.

Seitdem wohnten seine Frau und der kleine Sohn bei Bekannten irgendwo an der Süd-Ostküste.

Von einem unbekannten Spender erhielt die Organisation regelmäßig eine finanzielle Unterstützung, die monatlich auf ein Nummernkonto in der Schweiz floss. Aus diesem finanziellen Topf bekam auch Emilia ihre Aufwandsentschädigungen, alles Weitere bezahlte die junge Frau aus einer kleinen Hinterlassenschaft, die ihr vorläufig eine gut gesicherte Existenz ermöglichte.

Anna Emilias deutscher Informant und Mitstreiter, von dem sie aus Sicherheitsgründen lediglich den Vornamen Leonhard wusste, hatte unter Berücksichtigung aller nur möglichen Vorsichtsmaßnahmen das Treffen arrangiert. Die erwarteten Informationen sollten nach seinen Angaben an Sprengkraft und Exklusivität kaum zu übertreffen sein, war die hochtönende Ankündigung, mit der die Verabredung begründet wurde.

Mit jeder Stunde erhöhte sich die Aufgeregtheit und gleichsam stieg in Anna Emilia das Gefühl auf, vielleicht einmal mehr ins Hintertreffen geraten zu sein, doch loderte nebenher dieses haltlose Verlangen nicht untätig zuzusehen, wie gewissenlose Profiteure ihr Land weiterhin zerstörten, ohne dass jemand diesem Treiben Einhalt gebietet.

Sie fühlte sich auserkoren, nicht noch ein zweites nationales Inferno zuzulassen, mit dem vor vielen hundert Jahren ihre Landsleute um Francisco Pizarro im fernen Peru die Geschichte der Inkas zerstörten, und deren Nachkommen nunmehr mit der gleichen zügelloser Gier nach Macht und Geld heute das eigene Land dem Untergang preisgaben.

Mit vorsichtigen Blicken prüfte Anna Emilia aus sicherer Entfernung das Umfeld des verabredeten Treffpunktes am Plaza San Sebastian in Almeria.

Es kam ihr vor, als würden aus 1000 unsichtbaren Augen giftige Lichtkegel aus allen Himmelsrichtungen auf sie abfeuern, um sie fesselnd einzukreisen.

Ihr Hirn signalisierte eine erhörte Aufmerksamkeit und ihr geübter Spürsinn scannte die Umgebung nach verdächtigen Anzeichen ab.

Die Menschen in der Straße schienen keine Notiz von der jungen Frau zu nehmen, auch wenn sie selbst sich von allen beobachtet fühlte.

Der Blumenladen, der als Anlaufstelle dienen sollte, wirkte von außen leer und verlassen und bot daher eine perfekte Tarnung für das bevorstehende Treffen.

Die Straße verschluckte an der unteren Kreuzung Menschen auf Fahrrädern, Kisten und Körbe tragende Händler und umher eilende Fußgänger, um sie an der oberen Einmündung wieder geballt auszuspucken.

Nur vereinzelt hielten Lieferfahrzeuge, nur wenige, die tiefgekühlten Waren anzuliefern hatten, denn seit längerer Zeit ist der Betrieb von Tiefkühltruhen- und Schränken nur eingeschränkt genehmigt worden.

Klimaanlagen und sonstige Energie fressende Geräte dürfen nur zeitlich begrenzt eingesetzt werden, denn fast täglich kollabierte das Stromnetz und nicht selten kam es zum totalen Zusammenbruch der elektrischen Versorgung. Wird aus Haushalten ein erhöhter Stromverbrauch registriert, erscheinen prompt städtische Bedienstete, erfassen und sperren die Stromfresser und sprechen bei weiteren Verstößen restriktiv massive Geldbußen und anschließend komplette Stromabschaltungen aus.

Anna Emilia nahm am gegenüber liegenden Straßencafé' Platz, bestellte einen Kaffee und beobachtete intensiv das Blumengeschäft.

Die Tatsache, dass seither kein einziger Kunde den Laden betreten oder verlassen hatte, beunruhigte sie und mahnte zu besonderer Vorsicht.

Minuten verstrichen und auf der anderen Straßenseite rührte sich nichts. Ihr Taschencomputer meldete sich und das Signal verriet ihr den Empfang einer verschlüsselten Nachricht.

„Hoy ningún día es para flores" (Heute ist kein Tag für Blumen)
war zu lesen und das Display zeigte als Absender den Zahlencode, der für eventuelle Kontakte zu benutzen war. Sie wartete, bis die automatische Löschung der Daten erfolgte, bestätigte den Empfang und verstaute das Gerät wieder in ihrer Handtasche.
„Wieder nichts", sprach sie zu sich und winkte den Kellner zum Kassieren und verließ anschließend das Café'.

In der Nacht lag sie gnadenlos wach. Die Gedanken um das geplatzte Treffen spukten ihr durch den Kopf und zogen sie immer wieder vom rettenden Ufer der Ohnmacht und Dunkelheit bringenden Schlafes zurück in die bösen Wellen des Wachseins, mit all den unerfüllten Illusionen um ihre Arbeit und ihren privaten Zielen.
Wenn dann der erlösende Ruhezustand sie in den Garten ihrer Träume gleiten ließ, erschienen immer wieder die gleichen Bilder.
Große weiße Vögel ziehen friedlich ihre Runden über einen tiefblauen, sauberen See, der von grünen, gesunden Bäumen und blühenden Pflanzen umgeben ist, während ein kleiner Junge am Ufer leise Töne auf einer hölzernen Flöte spielt.
Das sind *Anna Emilias Träume*, die stets wiederkehren, die sie aber immer wieder neu erkennen lassen, dass es ihre Traumwelt niemals geben wird, dass diese Illusionen für immer und ewig Wunschbilder bleiben werden.
Und gerade deshalb wird sie den Kampf für eine bessere Welt fortsetzen. Jedes Mal, wenn sie diesen Traum hatte,

erhielt die Motivation zur Durchsetzung ihrer Ziele neue Nahrung.

Kapitel 5

Yassin Muhtaram verstaute seine Sachen eilig in den Hotelschränken. Er wollte keine Zeit verlieren und sich alsbald auf die Suche nach seinem vermissten Freund Karim und dessen Bruder machen.

Seit über 3 Monaten hatte er nichts mehr von ihnen gehört, obwohl verabredet war, sich mindestens alle 3 Tage über bagcomp oder Smartphone zu melden. Die letzte telefonische Mitteilung erhielt Yassin aus der Nähe von Almeria. Wegen des Ausbleibens der Meldung vermutete er, dass man Karim das heiß begehrte Smartphone oder den bagcomp entwendet habe, denn diese Kommunikationsmittel waren momentan fast nur noch in besseren Kreisen zu finden. Smartphones und Handys galten nunmehr wegen der fast erschöpften Rohstoffe als ausgesprochene Luxusartikel. Und die mangelnden Transportkapazitäten verteuerten diese Artikel noch zusätzlich.

Karim hatte sich damals kurz entschlossen und ohne weitere Vorbereitung auf die Spur seines Bruders gesetzt, der vermutlich mithilfe einer kriminellen Schlepperbande illegal nach Südspanien eingereist war, um sich dort auf den Plantagen, wie viele seiner marokkanischen Landsleute, das Geld für eine Ausreise in die USA oder ein anderes vielversprechendes Land zu verdienen.

Denn in den Maghrebstaaten gingen langsam die restlichen demokratischen Lichter aus, und die fundamentalistischen Systeme kappten mehr und mehr die Freizügigkeiten und schotteten sich zunehmend ab. Der vor mehreren Jahren eingesetzte Flüchtlingsstrom gen Westeuropa wurde von den islamistischen Machthabern rigoros unterbunden, um eine Entvölkerung des nordafrikanischen Gürtels zu verhindern. Außerdem hatte der sozialpolitische Kollaps in Deutschland dafür gesorgt, dass dieses Land den Flüchtlingen schon seit längerem keinerlei Perspektive mehr bot. Ferner hatte schon vor Jahren Russland seine Militärhilfe stark eingeschränkt, da auch deren finanziellen Mittel wegen der heimischen Wirtschaftskrise massiv geschrumpft waren.

Als dann der Kontakt zu seinem Bruder abriss, machte sich Karim sofort auf den Weg nach Almeria, um nach ihm zu suchen.

Er reiste mit Unterstützung einflussreicher Freunde legal mit Visum nach Spanien ein. Nun aber blieb auch Karim verschollen, und hatte damit seine Familie und seine Freunde fast an den Rand des Wahnsinns gebracht. Alle Nachforschungen seitens offizieller Stellen blieben erfolglos.

Doch all diese Schicksale kannten die Menschen in den Nordafrikanischen Heimatländer der jungen Flüchtlinge, die in erbärmlichen Verhältnissen schwitzend unter den Plastikplanen auf den Plantagen in den südspanischen Gemüsean-baugebieten für einen Hungerlohn schufteten.

Persönliche Not, Krankheiten und die Willkür der Grundbesitzer setzten den illegalen Arbeitern schwer zu, doch ihre Situation zwang sie zum Durchhalten, denn sie unterschrieben bei Ankunft einen Vertrag, der sie für 2 Jahre an die Plantage fesselte. Alle Versuche, sich trotz der Illegalität durch Flucht und andere Maßnahmen einseitig aus den Verpflichtungen zu entbinden, gingen meistens schief. Griff man die desertierten Arbeiter außerhalb der miesen Camps an, kamen sie meist umgehend in Haft und verschwanden irgendwann ganz von der Bildfläche. Denn eine gesetzmäßige Rückführung in die Heimatländer war den Behörden zu aufwendig und würde enorme Kosten verursachen.

So reagierten Polizeibehörden und Staatsanwaltschaften nur missmutig auf etwaige Vermisstenanzeigen, die nordafrikanische Migranten betrafen.

Diese Entsorgungsaktionen wurden meistens bei Nacht und Nebel durchgeführt und die Sicherheitskräfte der Plantagen leisteten ganze Arbeit.

Yassin nutzte seine letzten Semesterferien seines Ingenieursstudiums und startete die Suchaktion nach dem Freund und dessen Bruder gegen den Rat seines Vaters, der gehofft hatte, sein Sohn würde ihn während der Ferien in der kleinen Spedition unterstützen. Doch einen Eklat veranstaltete der Vater wegen der Starrköpfigkeit seines Sohnes nicht, dafür kannten sich beide zu sehr und wussten, wenn es drauf ankäme, würde auch der Vater das gleiche für einen seiner Freunde tun.

So ließ er den Sohn nach Südspanien fahren.

Anna Emilia musterte den jungen Mann im Frühstücksraum und verdächtigte ihn umgehend der Zugehörigkeit zur feindlichen Gegenseite, denn ein so gut gekleideter, fast hellheutiger Nordafrikaner konnte in diesem Hotel nur zur Gemüsemaffia gehören.

Yassin fühlte die Blicke der Frau auf sich kleben, ließ sich jedoch von diesen anhaftenden Augen nicht aus der Ruhe bringen, füllte am Buffet seine Kaffeetasse nach und fixierte kurz das ihn beobachtende Frauenzimmer, um sich danach wieder den Straßenkarten auf seinem bagcomp zuzuwenden.

Die junge Frau nahm sich vor, etwas mehr über diesen Neuankömmling herauszubekommen, besann sich ihrer weiblichen Reize und schickte sich an, den Mann lächelnd offensiv anzusprechen.

Doch bevor sie ihr Vorhaben in die Tat umsetzen konnte, war Yassin aufgestanden und hatte die Halle verlassen.

Anna Emilia ging auf die Rezeption zu, wo der junge Mann sich anscheinend nach einer großen Plantage zu erkundigen schien, wie sie aus Gesprächsfetzen entnehmen konnte. Was hatte dieser gutaussehende, und ansprechend gekleidete nordafrikanische Jüngling auf einer Gemüseplantage zu suchen? Nach einer Anstellung fragen würde er sicherlich nicht, denn seine gepflegten Hände hatten offensichtlich noch nie Schwerstarbeit verrichtet.
Diese Umstände machten ihn noch verdächtiger. Sie musste an ihm dranbleiben.

Über die Autovia del Mediterraneo fuhr der der schwerfällige Bus nach Almeria. Yassin konnte seinen Blick nicht von der hässlichen Eintönigkeit lassen, die ihm die Gewächshäuser und die Millionen von Quadratmeter weißer Plastikdächer der Plantagen boten.
Diese unschuldig weiß wirkenden Abdeckungen schienen den Erdboden sorgsam bemänteln zu wollen, abschirmen vor ungebetenen Augen, verdecken, ungesehen machen, was man ihm erbarmungslos antat.
Es ließ ihn nicht unbeachtet, dass die junge Frau aus dem Hotel in El Ejido ebenfalls in diesem Bus saß und ihn ständig und auffällig über den beim Fahrer angebrachten inneren Rückspiegel beobachtete.
Wollte sie, dass er sie bemerkte?
Kurz vor Erreichen der Stadtgrenze von Almeria stand Yassin auf, um am Ausstieg auf die nächste Haltestelle zu warten. Ihm entging nicht, dass Bewegung in die junge Frau kam und sie sich anscheinend ebenfalls zum Verlassen des Busses bereit machte.
Yassin nahm wieder Platz und ein leichtes Lächeln flog über sein Gesicht.

Kurz bevor der Bus die maurische Festung alcazabar de almeria erreichte, ging er zu der jungen Frau und fragte sie in perfektem Englisch „Steigen wir aus und sehen uns die Festung an?"

Anna Emilia brachte verblüfft nur ein kurzes „Si" hervor, stand auf und folgte Yassin zum Ausstieg.

An der von Palmen umsäumten Haltestelle stellte Yassin die junge Frau sofort zur Rede: "Warum verfolgen Sie mich, aus welchem Grund holen Sie im Hotel Erkundigungen über mich ein?"

Anna Emilia fühlte sich trotz ihres starken Selbstbewusstseins überrumpelt und gab fast kleinlaut zu, nur den Bus genommen zu haben, um fest zu stellen, ob er eventuell eine Bedrohung für sie darstellen könnte.

„Ich habe mich mit voller Absicht so verhalten und Sie ganz offensiv beobachtet, um eine Reaktion von Ihnen zu provozieren", verteidigte sich die junge Frau. „Ich hatte allen Grund Sie im Hotel genauer zu beobachten".

Yassin schaute sie fragend an und wollte sich mit dieser Begründung noch nicht zufriedengeben und hakte nach. „Das gibt Ihnen also das Recht, mich auf Schritt und Tritt zu verfolgen?"

„Nein, natürlich nicht. Wenn Sie mehr über mich wüssten, würden Sie verstehen, weshalb ich so übertrieben vorsichtig bin".

„Leider fehlt mir die Zeit dazu", entgegnete Yassin fast genervt. „Auch ich bin nicht hier, um Urlaub zu machen, oder mich zu erholen".

„Weshalb sind Sie hier, wenn nicht zum Urlaub machen? Arbeiten Sie etwa für die Plantagen", fragte sie eindringlich mit einem geringschätzigen Unterton.

„Nein, ganz im Gegenteil, man wird nicht erfreut sein, wenn ich auftauche und Fragen stelle", antwortete Yassin und deutete an, das Gespräch nun bald beenden zu wollen.

„Dann sind sie Journalist", brachte Anna Emilia fast triumphierend hervor.

„Nein! Bin ich nicht, irgendwann werde ich vielleicht mal Ingenieur sein", stellte Yassin richtig. „Ich bin aus rein privaten Gründen hier. Ich suche einen Freund und seinen Bruder, die seit Wochen verschwunden sind. Sie arbeiteten auf einer der Plantagen. Seit langem haben wir nichts mehr von ihnen gehört. Ich mache mir große Sorgen, dass beiden etwas zugestoßen sein könnte", erklärte er ziemlich aufgeregt und blickte dabei über die Ebene.

Anna Emilias Gesichtsausdruck veränderte sich wie ein blauer, von Sonnenschein liebkoster Himmel, der sich in Sekundenschnelle in eine dunkle Gewitterhölle verwandelte.

Yassin bemerkte diese Wandlung und versuchte durch weitere, fast wie Maschinengewehrfeuer bleckende Fragen mehr zu erfahren.
„Wir sollten uns ein ruhiges Cafe' suchen und die Sache in Ruhe besprechen. Vielleicht können wir gemeinsam herausfinden, auf welcher Plantage ihre Freunde beschäftigt sind", entschärfte die junge Frau das Fragenstakkato und wunderte sich selbst über den Mut, den sie fast willenlos offenbar werden ließ.

Das Straßencafe' an der Plaza de San Pedro war nur spärlich besucht und bot Anna Emilia den Sitzplatz so zu wählen, dass sie den gesamten Straßenbereich sowie den dahinter liegenden Platz großzügig einsehen konnte.
Trotz der Neugier auf die neuen Informationen überwog die fast antrainierte Vorsicht im Verhalten der jungen Frau. Yassin ließ allen Argwohn und Vorbehalt sausen und berichtete Anna Emilia ausführlich vom Grund seiner Reise nach Südspanien. Die junge Frau vermied es, ihrem Gesprächspartner den Enthusiasmus zu nehmen und ließ seinem mit überschwänglichem Mut und fast anmutend wirkender Hingabe hervorbrechenden Redeschwall freien Lauf.

Sie sprach nicht von dem Leid, den die Fremdarbeiter hier erfahren, wenn sie sich den Plantagenbesitzern unterwerfen. Sie ließ unerwähnt, dass viele Arbeiter flüchteten und dabei ihr Leben verlieren. Dass ein Großteil der Pflücker nach Vertragsende mit großen gesundheitlichen Schäden, aufgrund von schweren Pestizidvergiftungen, aus dem Leben ging, wollte sie nicht einmal andeuten.

„Jetzt wissen Sie, warum ich hier bin", stellte Yassin fest.

„Was tun Sie, wenn Sie nicht arbeiten", fragte er im gleichen Atemzug.

„Ihnen das zu erzählen, würde Sie in Gefahr bringen, denn wenn man sie mit mir zusammen sieht, könnte man Sie für das halten was sie nicht sind", warnte Anna Emilia.

„Weshalb ist es gefährlich, sich mit ihnen zu zeigen? Werden sie gesucht? Haben sie eine Bank überfallen? Sind Sie eine Mörderin?", fragte Yassin eindringlich und fast erheiternd.

„Nein, keines von allem. Ich kämpfe um den Erhalt der Natur unseres Landes, der Umwelt, den Tieren. Dass es in manchen Gegenden meines Landes auf Kosten der Gemüseplantagen nur für 2 Stunden am Tag fließendes Wasser gibt, dass die einfache Landbevölkerung leidet, dass unser Land übersät ist mit Gewächshäusern aus Plastikplanen, dass kleine Gemüsebauern verarmt oder total verschwunden sind, dafür Wirtschafts-Heuschrecken die Steuerung unserer Economie übernommen haben, dass die Flüsse kaum noch Wasser führen, die gesamte Natur zu Grunde geht, dass ein Krieg mit Portugal droht, all das bekämpfe ich", gab Anna Emilia nachdrücklich zu verstehen.

„Dann sitzen wir praktisch in einem Boot", entgegnete Yassin und hielt ihr sein Wasserglas zum Anstoßen entgegen.

Anna Emilia erwiderte es höflich, ließ ihr Glas gegen seines klingen, doch nur gequält gab sie ein sanftes Lächeln zurück.

Bis zum frühen Abend blieben sie in dem Straßencafe' und unterhielten sich über banale Dinge, ohne dass jeder weiter ausführlich auf eigene Pläne und Vorhaben einging.

Beide vermieden es, die privaten Karten ganz und gar offen zu legen, denn zu groß war der Respekt, oder überwog noch das Misstrauen, der andere könnte der feindlichen Gegenseite angehören.
Noch zu schmal und eng waren die Brücken zueinander, obwohl schon ein dünnes Seil gespannt war, an dem sich beide klammerten, ohne dabei an dem anderen Ende zu sehr zu ziehen.

In der Nacht, während sie wach im Bett lag, dachte Anna Emilia über den vergangenen Tag nach. Ob sie Yassin vertrauen konnte, oder hatte sie sich mal wieder zu arglos vorgewagt und nur an das Gute im Menschen geglaubt?
Sollte sie ihn etwa einbinden in ihre gefährliche Mission? Was würden ihre Verbündeten und Vorgesetzten sagen, wenn sie ihnen eröffnete, einen Außenstehenden in die Pläne eingeweiht zu haben. Sie legte fest, sich dem jungen Mann gänzlich zu öffnen, wenn es die Situation unbedingt erforderte.

Nur eine Etage höher saß Yassin am Fenster und blickte in die tiefschwarze Nacht. Lediglich vereinzelnd brennende Straßenlaternen warfen gespenstische Schatten auf den Asphalt vor dem Hotel.
Er dachte an zu Hause, an seine Eltern, die sich sehr um ihn sorgten. Dann kam ihm das Schicksal seiner Freunde vor die Augen, er musste hinsehen, ob er wollte oder nicht, musste den Beschreibungen der jungen Frau zufolge mit allem rechnen.

Ihre Andeutungen auf die Situation der Arbeiter auf den Plantagen ließ in ihm Mutlosigkeit und Wut aufkommen. Was konnte er als Einziger dagegensetzen?

Nur Anna Emilia wäre imstande ihm zu helfen, und er würde sie bei ihren Aktivitäten unterstützen. „Schön, dass ich sie getroffen habe", dachte er.

Noch in der Nacht wurde Anna Emilia vom Rufton ihres bagcomps geweckt. Die verschlüsselte Mitteilung signalisierte ihr eine weitere konkrete Nachricht innerhalb der nächsten 6 Stunden.

Nun war an Schlaf nicht mehr zu denken.

Kurz bevor sie zum Frühstücken das Zimmer verlassen wollte, kam die Information für das erneute Treffen.

Absprache gemäß bestätigte sie den Erhalt und löschte die Daten.

Mit gemischten Gefühlen betrat sie die Halle, wo Yassin bereits zum Frühstücken Platz genommen hatte.

Nachdem er sie an seinen Tisch gebeten hatte, versorgte er sie aufmerksam mit Kaffee.

Sie bedankte sich brav und erkundigte sich nach seinem Tagesablauf.

„Ich werde mir einfach mal die Plantagen ansehen, planlos, einfach so", legte er sich fest.

„Vermeiden Sie es Fragen zu stellen, man wird schnell misstrauisch, wenn Fremde sich für die Plantagen interessieren", warnte sie eindringlich.

„Wie wird Ihr Tag aussehen?", fragte er im Gegenzug.

„Möchten Sie etwas vom Büffet", wich sie aus, stand auf und ging an das spärliche Frühstücksbüffet, wohin er ihr verblüfft fragende Blicke hinterherwarf.

„Wir sollten zwischen unseren Vorhaben eine klare Linie ziehen Yassin! Es sind nicht dieselben Dinge, die uns bewegen, wir haben nicht dieselben Ziele", stellte Anna E-milia nachdrücklich fest.

„Vielleicht ist gerade das unsere Chance. Ihre Feinde sind auch meine Feinde. Sie kämpfen für ihr Land, ich für meine Freunde, vielleicht fechten wir mit ungleichen Waffen, ich bin allein, Sie haben möglicherweise eine Organisation hinter sich. Trotzdem sollten wir uns zusammentun, schon allein aus logistischen Gründen. Es sind kaum Fahrzeuge zu bekommen. Benzinlizenzen sind rationiert und auf dem Schwarzmarkt kaum mehr zu bezahlen. E-CARS werden nur an Einheimische ausgegeben, die ihren Hauptwohnsitz hier haben, und das trifft nicht für uns beide zu", versuchte Yassin die junge Frau zu überzeugen.

„Sie werden sich in Lebensgefahr begeben, wenn Sie sich mir anschließen, ich kann es nicht verantworten, Sie darin zu verwickeln, wäre zeitraubend und für sie kein Gewinn. Ferner vergeude ich zunehmend Zeit, wenn ich mich nebenbei mit Ihren Problemen beschäftigen muss. Es tut mir leid, es wird nicht gehen", bekräftigte Anna Emilia ihre Ablehnung.

Yassin sah sie fragend an.

„Wissen Sie, in meiner Heimat müssen sich die Menschen gerade in heutiger Zeit gegenseitig beistehen. Unser Land ist einerseits zerrissen durch die fundamentalistisch- Islamistischen Starrköpfe, die einen Kirchenstaat errichtet haben. Andererseits blutet das Land wirtschaftlich aus. Nordafrika erlischt.

Das Mittelmeer mutiert zur Kloake. Durch Pestizide verseuchte Abwässer der Europäischen Industrien und die vergangenen Auswüchse des zum Erliegen gekommenen Tourismus haben das Gewässer leblos werden lassen. Die Fischernetze bleiben leer. Das Meer stirbt. Mein Volk verhungert und verdurstet. Was in den vergangenen Jahren einzelnen Südeuropäischen Wirtschaftszweigen unermesslichen Profit beschert hat, bringt den Nordafrikanischen Staaten Tod und Verderben. Hinzu kommt, dass Europa sich abgeschottet hat und keine Flüchtlinge mehr aufzunehmen gewillt ist.

Und all das nutzen die islamischen Fundamentalisten, um fortschreitend und massiver gegen Europa zu hetzen. Mit Erfolg, wie sich zeigt.

Die Jugend ist aufgrund der wirtschaftlichen und politischen Entwicklung verunsichert, und in der irrigen Annahme ihr Glück zu finden, versucht sie weiterhin die Flucht nach Europa zu wagen, manche schaffen es nicht, bezahlen ihr Wagnis mit dem Leben.

Die Menschen, die bleiben, sind verzweifelt. Die Mutter meiner Freunde wird bald sterben. Sie bat mich, ihre beiden Söhne zu finden, Karim und seinen Bruder nach Hause zu bringen, bevor die alte Frau diese Erde verlassen muss. Ich habe es ihr versprochen, damit sie in der Gewissheit heimgehen kann, dass ihre beiden Jungen an ihrem Grab stehen können".

Yassins Hände zitterten vor Aufregung. Seine Stimme bebte, die Augen blickten aufgeregt umher.

Anna Emilia blickte stumm in seine schwarzen Augen und erkannte eine untrüglich ehrliche Rechtschaffenheit, die zusätzlich einen starken Willen und eine ungebrochene Beharrlichkeit ausstrahlte.

Sie antwortete nicht, blieb ungewollt still, obwohl ihr danach war, den Kampf, den sie führte, ebenfalls schreiend und lautstark zu begründen. Eine Auseinandersetzung, die der Welt nie zur friedlichen Heilung gereichen wird, jedoch deren Untergang verzögert und die Schmerzen des Landes etwas lindern könnte.

Doch sie blieb still, brüllte ihren Unmut in sich hinein und stapelte so immer mehr auf das schwache

Seelenfundament, auf dem bereits seit Monaten tonnen-weise Vorwürfe, Gewissensbisse und Selbstzweifel laste-ten.

Kapitel 6

Bertram Seegers fiel auf den ersten Blick nichts Außerge-wöhnliches an den abzuarbeitenden Datenträgern auf.

Reisekostenabrechnungen für Auslandsreisen mit den dazu gehörigen Einsatzplänen der Wissenschaftler, die an dem Wasserprojekt der EU mitarbeiteten, waren Hauptbe-standteil der Unterlagen.
Die jeweiligen Entsendebeschlüsse der einzelnen Länder und der EU lagen ihm bereits als Datei vor, so dass eine weitere Prüfung entfallen konnte.
Er legte einen entsprechenden Datensatz an, verschlüsselte ihn vorschriftsmäßig und gab Frau Hallmann hinterher die ReadyDiscs zur Zahlungsanweisung der einzelnen Erstat-tungsbeträge auf die Konten der Antragsteller.

Anschließend vergrub er sich nochmals in die Datenträger, ohne jedoch augenfällig einen brisanten Hinweis zu entde-cken. Anscheinend hatte der Referatsleiter viel Lärm um Nichts veranstaltet.
Frau Hallmann brachte Bertram die abgeschlossenen Vor-gänge und scherzte über die doch lukrativen Einsätze der Kollegen im sonnigen Südspanien und sinnierte nebenbei über ihren katastrophalen Griechenlandurlaub von vor 3 Jahren.
Sie wunderte sich nicht, von Bertram Seegers keine Ant-wort zu erhalten, denn wenn der sich in einen Datenträger-wust vertieft hatte, war für ihn die Welt um ihn herum reinste Nebensache.

Erst als Frau Hallmann längst sein Büro verlassen hatte, dachte Bertram über das Gesagte nach, was noch dumpf in den Wänden hing.

Ja, solch ein profitabler Auslandseinsatz käme ihm ob seiner schwachen finanziellen Situation gerade recht.

In diesen Gedankengängen fiel ihm nebenbei auf, mit welch großem Tross an Mitarbeitern das besagte Projekt seitens der beiden beteiligten eigenen Ministerien doch bestückt wurde.

Die Wichtigkeit dieses Einsatzes spiegelte sich insbesondere in der hochkarätigen Besetzung der wissenschaftlichen und geomedizinischen Stäbe wider.

Hier schien es sich in der Tat um eine außergewöhnlich bedeutsame Maßnahme zu handeln, denn bei einem normalen umweltpolitischen Projekt bedarf es nicht dieser einzigartigen Topbesetzung.

Vielleicht war die Entsendung dieses Starensembles der Grund für die vom Referatsleiter angeordnete sensible Behandlung, denn bei einer eventuellen administrativen Panne würde das negative Echo dieser Klientel besonders heftig ausfallen.

Jetzt war sich Bertram der Bedeutsamkeit seiner Arbeit vollends bewusst, was ihn veranlasste, auch seinem Team noch einmal die außenwirksame Tragweite ihrer Arbeit ins Gewissen zu reden.

Frau Hallmann und Kollege Oertel nahmen aufgrund des hintergründigen Lächelns, mit dem Bertram seine Anweisung verpackte, die Aufforderung nur bedingt ernst.

Besonders Frau Hallmann nutzte jede Gelegenheit, sich bei ihm stets die Richtigkeit ihrer Arbeiten immer öfter bestätigen zu lassen.

Bertram Seegers konnte den Nummernblock eines Stammdatensatzes für einen der eingesetzten wissenschaftlichen

Mitarbeiter weder zuordnen noch entschlüsseln. Auch eine Nachfrage des beteiligten Forschungsministeriums brachte ihn nicht weiter.

Der Datensatz zur Ermittlung der Aufwandsentschädigungen für diese Person wies ein zurückliegendes Datum von fast 5 Monaten auf. Ferner befand sich ein Ordner auf der Speicherkarte, der passwortgeschützt war und sich nicht öffnen ließ.
„Warum wurde der Antrag erst jetzt dem Ministerium zur Bearbeitung vorgelegt", fragte Frau Hallmann Bertram auf dessen misstrauischen Blick.

„Vielleicht hat ihn eine Krankheit an einer zeitgerechten Abgabe gehindert", warf überraschend Kollege Oertl ein, der sich ansonsten selten an derart fachlichen Gesprächen beteiligte.

„Merkwürdig, äußerst merkwürdig", schloss Bertram Seegers das Gespräch ab und verließ, ohne eine Antwort abzuwarten das Büro seiner Mitarbeiter.
Frau Hallmann sah ihren Kollegen Oertl fragend an und erhielt lediglich ein mit Schulterzucken unterlegtes Kopfschütteln.

Kurz vor Dienstschluss meldete sich der Referatsleiter und bat um Rückgabe des mysteriösen Datensatzes für den nächsten Morgen mit dem Hinweis, dass der betreffende Wissenschaftler seinen Antrag auf Erstattung der Aufwandsentschädigungen anscheinend zurückgezogen habe.

Der ominöse Zahlencode des Datensatzes ging Bertram Seegers nicht aus dem Kopf und verursachte einen nicht zu bändigen Drang, hier mehr in Erfahrung zu bringen.

Die Nacht wollte nicht enden, mit müden Beinen verließ Bertram das Bett, ging an seinen PC und schob die Speicherkarte mit den Datensätzen in den Rechner. Von den offenen, ihm zugänglichen Datenfragmenten fertigte er eine Kopie an und fügte diese dem dienstlichen Ordner zu, den er für die Rückgabe an den Referatsleiter vorbereitet hatte, während er das Original der Datensätze in seine „Obhut" nahm.

Wenn herauskäme, dass er die Speicherkarten dieser geheimnisvollen Person manipuliert hatte, würde sein Kopf in der Schlinge landen, zumal

der Referatsleiter dann lediglich die Kopie mit den unwichtigen umcodierten Verwaltungsdaten in den Akten hatte.

Der brisante Datenträger mit den verschlüsselten Teilen befand sich nunmehr bei Bertram Seegers und sollte noch für gefährliche Momente in seinem Leben sorgen.

Angesichts dieser Tatsache war für ihn ab sofort ein normales Leben nicht mehr möglich. Doch war es ihm zu diesem Zeitpunkt nicht bewusst.

Kapitel 7

Als mächtigster Arbeitgeber war die Direktion der Plantage ständig bemüht, den aktuellen Personalstand mit geeigneten Arbeitskräften zu halten, hierzu bediente man sich rücksichtslos und brutal der Rekrutierung nordafrikanischer Knechte. Ein unerschöpfliches Reservoir an Arbeitssuchenden wartete täglich in den Straßen der Stadt.

Ebenso sicherte sich die Plantage „La Amplia" mithilfe von Bestechung und Korruption lohnende Verbindungen bis in die höchsten Regierungskreise, die mitunter sogar in die Subventionsvergabe der EU reichten. Und mit dem Einsatz höchstkriminelles Mittel sicherte man sich die

Vormachtstellung gegenüber den kleinen, vereinzelt übrig gebliebenen Gemüsebauern.

Der nur noch spärlich aufsteigende Zorn gegenüber diesen Großgrundbesitzern und jede öffentliche Anklage wurde durch unmittelbare Gewalteinwirkung im Keim erstickt.

Etwas erhöht auf einem freizügigen terrassenartigen Geländevorsprung lagen wie eine Insel im weißen Meer der Plastikplanen eingerahmt von prächtigen Pinienhainen und bunten Blumenrabatten stolz und würdevoll die Gebäude der Herrschaft und der Verwaltung. Ihre schattiert roten Dächer und die Rundbogenfenster spiegelten den orientalischen Einfluss im Baustil wider. Südspanien, das damals Al-Andalus hieß, erlebte unter den Mauren, die seinerzeit das Land beherrschten, vor allem dank deren neuartigen Bewässerungstechniken in der Landwirtschaft einen massiven wirtschaftlichen Aufschwung.

Die Anordnung der Betriebsbauten ließ erkennen, dass hier schon über mehrere Generationen Landwirtschaft betrieben wurde.

Ziemlich abseits, fast wie versteckt, drängelten sich die Plastikzelte der afrikanischen Arbeiter unterhalb der steilen Felswände. Sie lagen in einer Furche, die sich wie ein ausgetrocknetes Flussbett in den Geländerand platziert hatte. Durch seine tiefe Lage war die Wohnstadt kaum einzusehen. Diese schmutzig grauen Kunststoffabdeckungen schienen, wie Geistergewänder im Wind zu wehen, wohl wissend, dass ihnen niemand entkommen würde. Wer hier wohnte, besaß nicht mehr als ein Kettenhund, der winselnd nach ein paar Metern Freiheit bettelte.

Der einzige Vorteil, den die Knechte genossen, war die Zugehörigkeit zur Arbeiterschaft der Plantage. Obwohl rechtlos und total abhängig von der Willkür der Vorarbeiter und insbesondere der Launen des Vormannes Lorca ausgesetzt zu sein, ging es ihnen besser, als denen, die Tag und Nacht an den Straßen des Ortes nach Arbeit anstanden und nach jedem Auftauchen der Polizeistreifen auseinanderstoben wie aufgescheuchte Krähen.

Denn als illegal Eingewanderte liefen sie Gefahr, in den Gefängnissen der Polizei auf Nimmerwiedersehen zu verschwinden.

Die involvierten nordafrikanischen Staaten drängten wahrlich nicht nach der Einhaltung menschrechtlicher Vorschriften.
Mittlerweile hatten sich auch die Menschenrechtsbehörden der Vereinten Nationen aufs Wegsehen festgelegt. Schließlich gab es wichtigere Dinge als die Schicksale nordafrikanischer Sklaven auf südspanischen Plantagen.

Vormann Antonio Lorca fand endlich einen seit Tagen unauffindbaren Nordafrikaner. Der Arbeiter lag zusammengekrümmt an einem leichten Abhang unter einer halb eingegrabenen Plastikplane. Schwärme von schwarzgrünen Fliegen kreisten siegessicher und triumphierend über den vom Vormann frei gelegten toten Körper.
Lorca stand regungslos vor dem Fund, sein Denkapparat ratterte alle vorstellbaren Schubladen seines Gehirns ab, um die bestmögliche Idee für eine schnelle und unkomplizierte Entsorgung des Leichnams hervorzuholen.
Erst vor gut 3 Wochen war ein Arbeiter erstochen worden. Und jetzt wieder ein Toter. Der durch die harte Arbeit oder aufgrund von Vergiftung von Zeit zu Zeit anfallende Schwund unter den Arbeitern war ja bekannt, doch nun wieder so einer.... zum Teufel mit diesen Afrikanern, dachte der Vormann und schickte sich an, wieder in den mit laufendem Motor wartenden Pickup zu steigen.

Doch auf halbem Weg machte er kehrt, blickte sich nach allen Seiten um, und begab sich umgehend zurück zum Fundort.

Er hatte Mühe, den Leichnam in die vom Wind aufgeschreckt wehende Plastikplane einzuhüllen. Anschließend zog er den leblosen Körper an den Füßen den Abhang hinauf.

Die tief stehende Abendsonne warf ein gespenstisches Licht auf den Transport und brachte den Vormann trotz der aufkommenden angenehmen Kühle auffällig stark ins Schwitzen.

Mit krachender Wucht schlug der Kopf des Eingehüllten gegen die Ladekante des Pickups und ließ Lorca lediglich ein kaltes kräftiges Zucken über das raue Gesicht huschen.

Sein Gewissen beruhigte er mit den heilenden Gedanken an ein nicht stattgefundenes Ereignis, wenn er den Leichnam kurzerhand für immer verschwinden lassen würde. Seine Vorgesetzten würden sich dankbar zeigen, denn genau zu diesem Zeitpunkt, konnte sich die Plantagenleitung keinerlei Probleme leisten.

Diese Afrikaner vermisste sowieso kein Mensch, dachte er beiläufig und erinnerte sein Gewissen außerdem an die damaligen Nachrichten von auf dem Meer verschollenen Flüchtlingen aus Nordafrika. Er addierte seine leblose Fracht rechtmäßig zu den ertrunkenen Mittelmeer-Opfern und drückte anschließend zufrieden und beruhigt seinen rechten Fuß kräftig auf das Gaspedal.

Der Pickup schoss nach vorn wie ein aufgescheuchtes Pferd, das man die Sporen in die Seiten hob. Die Reifen stoben wütend Wolken von Sand und Staub nach hinten, so als wollte man zeigen, wer hier die Welt beherrschte.

Auf der Ladefläche tanzte die leblose Last unter dem Holpern des Gefährts auf und ab und schien froh zu sein, den Schmerz des Erlebten nicht mehr spüren zu müssen; befreit aller körperlicher und seelischer Bürde ließ sie es über sich ergehen, erwartete nicht neugierig den Ort des Verbringens.

Der alte, ausgetrocknete Brunnen in den Schluchten am Rande der Brachflächen zur Autovia del Mediterraneo war für den Vormann Antonio Lorca der allerbeste Platz, um seine Fracht zu entsorgen. Schon oft hat er hier Dinge verschwinden lassen, die für ihn unliebsame Mehrarbeit oder aufwendige Umwege bedeuteten. Besonders die Pestizidreste, die aufgrund der Beendigung der letzten Versuchsreihen noch den Lagerbestand unnötig belasteten, hatte er hier unbedenklich verschwinden lassen.

Die mittlerweile den Tatort in schattenhaftes Licht tauchende Dämmerung ließ den Vormann ungestört und frei aller Beobachtungen handeln.

Der Pickup fuhr nach getaner Arbeit zurück in Richtung La Amplia.
Wie gewohnt begann Antonio Lorca am nächsten Morgen seinen Arbeitstag. Beim gemeinsamen Frühstück hörte er den anderen Vorarbeitern aufmerksam zu, mit welchen Gesprächsinhalten sie die morgendlichen Unterhaltungen führten, und ob hieraus etwas zum neuerlichen Todesfall herauszuhören ist. Doch niemand nahm auch nur ein Quäntchen Notiz vom Verschwinden des Arbeiters aus Nordafrika.

„Normaler Schwund", hatte schon El Cruel, der Grausame, gesagt. Ein Vorarbeiter, der sich nicht scheute, zum Antreiben der Arbeiter den harten Rohrstock einzusetzen. Der Nutzer dieser Methode war jedoch zur verhohlenen Freude der Nordafrikaner vor einigen Wochen bei einem Verkehrsunfall ums Leben gekommen.
Antonio Lorca setzte dessen Arbeit fort, drangsalierte die Arbeiter nicht weniger härter oder gemeiner als sonst.

Die intelligenten Männer unter der Arbeiterschaft hatten besonders unter seinen Bosheiten zu leiden. Die Vorgaben für den Ernteeinsatz versuchte Lorca unerbittlich einzutreiben. Ausfälle duldete er nie. Sie hatten zu gehorchen, diese dummen Menschen aus Afrika, die froh sein sollten, dass sie hier auf der Plantage arbeiten durften.

Das Funkgerät quakte ihm befehlend die Aufforderung entgegen, unverzüglich das Büro des Verwalters aufzusuchen, der Antonio Lorca unverzüglich nachkam, denn er vermied es, dem Verwalter Anlass zu geben, persönlich durch die Felder zu streifen, um den Vorarbeitern vor Ort neue Anweisungen zu geben.

Gerade die Vorarbeiter wollten den Verwalter nicht in den Gewächshäusern sehen, denn zu leicht wären eventuelle Ungereimtheiten aufzudecken. Damit ging Lorca mit allen anderen Vorarbeitern konform. Funktionierte der Apparat, ließ man sie in Ruhe.

„Anfang nächster Woche wird eine neue Versuchsreihe mit einem speziellen Schädlingsmittel gestartet. Wir werden den Bereich 17 damit besprühen. Suchen Sie entsprechendes Personal aus", waren kurz und knapp die Anweisungen, die Verwalter Jose' Savallas dem Vormann entgegen knallte.

„Bereich 17, das sind die jungen neuen Paprika, die neue Anzucht ", stellte Lorca kleinlaut fest.
„Genau die", erwiderte der Verwalter schon fast verärgert.

Mit dieser neuen Sorte wollte man nunmehr vollständig die Führung in Europa übernehmen. Im Bereich Pfirsiche und Erdbeeren waren sie schon zur Spitze aufgestiegen. Das verheerende Erdbeben in Kalifornien, das die dortigen Ernten vollständig ausgelöscht und die Anbauflächen für die

nächsten Jahre unbrauchbar gemacht hatte, war ihnen von herrlichen Himmelskräften positiv in die Karten gespielt worden. Ferner waren die europäische und insbesondere die deutsche Landwirtschaft geschrumpft. Unter der Knute der linksökologischen Parteien mit ihren ausufernden Dünge-und Anbauverordnungen konnten viele Bauern ihre Betriebe unmöglich aufrechterhalten. Dies war auch unterschwellig das Ziel der Politik. Denn manche der Anbauflächen der stadtnahen Höfe in Deutschland wurden unter anderem flugs in Bauland umgewidmet, um der damaligen wachsenden Bevölkerung
Wohnraum bieten zu können.

Verwalter Savallas hatte die neue Anzucht im Bereich 17 als sein Baby angenommen und hütete dessen Behandlung wie seinen Augapfel.
Vormann Lorca nahm seinen schmierigen Hut und verließ grußlos das Büro.

Verwalter Savallas hatte ihm längst den Rücken gezeigt und sich wieder seiner Arbeit zugewandt. Viel zu wichtig war die neue Anzucht, die sich sehr positiv entwickelte.
Die Frucht kommt nur mit der Hälfte aller bisherigen Bewässerungsmengen aus und würde nach gutachterlichen Schätzungen den wegen des erheblichen Wassermangels eingetretenen Ernteausfall des letzten Jahres mehr als ausgleichen. Man war bemüht, den Zuchterfolg geheim zu halten, was bisher geklappt hatte, denn äußerlich unterscheidet sich die Pflanze nicht von den herkömmlichen Zuchtarten.

Das Vordringen einer Neuform der weißen Fliege hatte die Plantagenmediziner durch gezielten Einsatz von Pestiziden noch erfolgreich abwenden können. Doch beachtlich hoch war die finanzielle Aufbietung, um dieser afrikanischen

Ausgeburt der Fieberglut des letzten Sommers Herr zu werden.

Womöglich hatten die Nordafrikaner dieses Ungeziefer eingeschleppt, war der Tenor aller Schuldzuweisungen, die seitens der Plantacioneros auf die Epidemie dieses Insektes folgte.

Doch mit der erfolgreichen Neuzucht dieser resistenten Paprikasorte könnte der Betrieb über Jahre eine marktführende Position einnehmen, und die unliebsame einheimische Konkurrenz meilenweit hinter sich lassen.

Mit vollem Elan und loyaler Hingabe plante man nunmehr den Einsatz der Hilfskräfte, die für das bevorstehende und sehr sorgfältig erwartete Trinkwasserprojekt der Europäischen Union großzügig abgestellt werden sollten. Man fühlte sich geehrt, in dieses Konzept einbezogen zu sein und versprach sich daraus einträgliche Vorteile.

Hierzu sollten insbesondere einheimische Arbeiter ausgesucht werden, welche die Plantage in geeigneter Weise repräsentieren sollten.

Nach Meinung des Verwalters war dieses Projekt längst überfällig. Nicht umsonst waren die führenden Politiker des Landes mit den nötigen Mitteln gesalbt worden, um sie für die Interessen der Region Südspanien in Brüssel zu beeinflussen.

Anscheinend waren diese finanziellen Samen auf fruchtbaren Boden gefallen und aufgegangen, denn der Landstrich um Almeria wurde für das Projekt ausgewählt.

Die ersten Bodenentnahmen und Probebohrungen sollten hier auf ihrer Plantage *La Amplia* in naher Zukunft durchgeführt werden, was die Geschäftsleitung mit außerordentlichem Wohlwollen zur Kenntnis nahm, denn viel zu viele Gelder wurden bereits seitens der Plantagenbesitzer in die kostenträchtige Entsalzungsanlage gesteckt, von der die Farm zurzeit die lebensnotwendigen Wassermengen bezieht.

Der Neubau eines eigenen Wasserkraftwerkes scheiterte an den enormen Kosten und der mangelnden elektrischen Energiebevorratung und bereits während des Genehmigungsverfahrens am Veto der Bezirksleitung, die ein Aufwachsen der Plantage La Amplia zur regionalen Monopolstellung und damit zum uneingeschränkten Marktführer verhindern wollte. Doch jetzt hatte die Bezirksregierung nichts zu melden, denn jetzt war die EU die maßgebliche Kraft.

Die ersten Zahlungen für die Zurverfügungstellung der Ackerflächen, der Stromversorgung und der sonstigen Ausstattung für das Projekt waren seitens der EU bereits überwiesen worden.

Damit die Gesamtdurchführungen der Maßnahmen reibungslos verlaufen konnten, wurde der Verwalter Jose' Savallas zu höchster Ordnung und Disziplin ermahnt worden, denn die Geschäftsführung der größten Plantage in der Region wollte sich durch eventuelle Widrigkeiten, die das Projekt gefährden könnten, den in Aussicht gestellten finanziellen Vorteil und der damit verbundenen Imagesteigerung nicht nehmen lassen.

Ferner sollten die versprochenen Tantiemen bei positivem Ablauf des Projektes die Motivation des Verwalters steigern. Hierfür sollte er die Zügel fest in die Hand nehmen, und auf freundschaftliche Beziehungen zu den Vormännern keine Rücksicht nehmen. Und außerdem könnte dem Führungsstil allemal eine strengere und festere Struktur nur zum Vorteil gereichen.

Kapitel 8

Bertram Seegers saß schon zwei Stunden vor dem üblichen Dienstbeginn an seinem Schreibtisch und glich die Listen der eingesetzten Forscherteams mit den bisher eingegangenen Anträgen ab. Gegenüber den Mitarbeitern verhielt er sich wie gewohnt und ließ so in seiner Arbeitsmethodik kein Misstrauen aufkommen.

Wieder fiel ihm die hochkarätig besetzte Wissenschaftlertruppe sofort ins Auge, die er anhand der vorliegenden Zahlencodes identifizierte. Diese geballte Macht an Wissen nur für ein einziges Trinkwasserprojekt der EU??? Und dann der dubiose nicht zu entschlüsselnde Code der Speicherkarte des ominösen Wissenschaftlers? Wer verbarg sich dahinter?

Doch auch mit den bekannten Namen der Forscher kam er nicht weiter. Allein die Tatsache, dass die Personengruppe bei der Aufwandsvergütung von der vorgeschriebenen Nachweisführung über Reiserouten und Übernachtungen im Einsatzraum befreit war, zeugte von der Brisanz des Forschungsauftrages und der Großzügigkeit des entsendenden Ministeriums. Bertram musste herausbekommen, wo ihre damaligen Einsatzgebiete lagen.

Nun konnte ihm nur noch die Verbindung zu Erik van Stappen helfen. Seinem Pendant in der Verwaltung der EU in Brüssel. Ein netter Belgier, den er vor Jahren anlässlich einer Tagung auf Sachbearbeiterebene kennen gelernt hatte, und der jetzt sein Ansprechpartner sein könnte.

Mit ihm hatte er seinerzeit Brüssel ausgekundschaftet und eine komplette Nacht durchgezecht.

Ja, nur van Stappen, der den Genever gern aus Wassergläsern trank, konnte ihm die notwendigen Informationen beschaffen.

Dieser freute sich aufrichtig über Bertram Seegers' Anruf, und nachdem die üblichen Floskeln abgehandelt waren, gab Bertram den wahren Grund seines Telefonats preis. Der Belgier hörte geduldig zu, verharrte eine Weile, und versprach sofort tätig zu werden, herauszufinden, wer sich hinter dem geheimnisvollen Zahlencode verbarg.

Scheinbar hatte Bertram in ihm so eine Art innere Detektiv-ader getroffen, denn mit solch einer postwendenden Zusage hatte er nicht gerechnet.

Von der ominösen Speicherkarte sprach Bertram Seegers vorerst noch nicht, er wollte sicher gehen und erst einmal abwarten, welche Ergebnisse van Stappen hervorbrachte. Man plante, die Gespräche über Resultate und Pläne nicht über die dienstliche Leitung auszutauschen. Sollte etwas Brisantes zutage treten, wäre ohnehin eine persönliche Kontaktierung vonnöten.

2 Tage später saß Bertram Seegers im Zug nach Brüssel. Sein Freund van Stappen hatte auf EU-Ebene der deutschen Dienststelle die schnelle amtliche Abordnungsnotwendigkeit zugeleitet sowie für den Freund eine umgehende Ticketreservierung trotz ständig überfüllter Züge möglich gemacht.

Am Abend saßen beide in einem kleinen Lokal in der Brüsseler Altstadt. Noch bevor van Stappen seine Erkenntnisse offenbarte, machten sie sich nebenher über den konspirativen Charakter ihres Treffens lustig.

Anschließen klärte der Belgier seinen schon ungeduldig wartenden deutschen Gast über die Neuigkeiten auf.

„Bei dem Gesuchten handelt es sich um den Schweizer Wissenschaftler Matthias Stettener. Er war unter anderem mit der Begutachtung von EU-gesteuerten Trinkwasserprojekten beauftragt. Vor einigen Monaten kam er bei einem Verkehrsunfall ums Leben. Angeblich erlitt er am Steuer seines Fahrzeuges einen Herzstillstand!", umriss van Stappen in kurzen knappen Worten die Hauptsache.

„Und weiter?", fragte Bertram neugierig, „das hättest Du mir ja auch telefonisch mitteilen können", schob er resignierend hinterher.

Doch wie ein Pokerspieler, der mit 4 Assen auf der Hand lächelnd die Mitspieler taxierte, um anschließend stolz den Einsatz abzukassieren, legte der Belgier die Karten offen.

„Kurz nach Bekanntwerden seines Ablebens begann eine fieberhafte Suche nach den Unterlagen des Wissenschaftlers. Man ging davon aus, dass diese bei dem Verkehrsunfall vernichtet wurden, da das Fahrzeug teilweise ausgebrannt war.

Gefunden wurde lediglich eine verkohlte Aktentasche und ein zusammengeschmolzener bagcomp. Da hieraus keine weiteren Erkenntnisse gesammelt werden konnten, legte man die Sache zu den Akten. Angeblich…was ich jedoch nicht glaube."

Bertram Seegers wusste im ersten Moment nicht so recht, wie er sich verhalten sollte, und entschied in Sekundenbruchteilen die brisante Speicherkarte jetzt und hier noch nicht zu erwähnen.

„Was macht Dich so sicher, dass daran etwas faul sein könnte", fragte er neugierig weiter.

„Allein die Tatsache, dass so viele Stellen hier in Brüssel davon Kenntnis hatten und sich auch in die Sachverhalte und in die Aufklärungsarbeit einmischten, zeugt von einem absoluten übergeordneten Interesse. Zumal wir beide wissen, dass, wenn unwichtige Menschen sterben, kein unnötiger Aufwand mit den Hinterlassenschaften betrieben wird. Nein, hier mischen zu viele mit, hier muss mehr dran sein, als man uns weismachen will."

Sie drehten sich im Kreis, fanden keine Lücke, diesem Gedankenkarussell zu entkommen.

Man trank noch ein paar Genever und am nächsten Abend war Bertram wieder in Deutschland.

Nun wusste er, dass ein höchstbrisanter Datenträger in seinem PC schlummerte. Einzig eine ausgefeilte und überaus bedachte Handlungsweise würde ihn unbeschadet aus dieser Sache hervorgehen lassen.

Jetzt musste er nur noch die Verschlüsselung des Datenträgers knacken. Doch wie, oder besser wer? Wer würde den Code öffnen und anschließend wiederum so verschwiegen sein, sollte nach der Decodierung womöglich etwas offengelegt werden, das Leib und Leben anderer bedrohen könnte.

Bertram Seegers fühlte sich äußerst unwohl in seiner momentanen Lage. Er kam sich allein gelassen vor, doch war es zum jetzigen Zeitpunkt keinesfalls ratsam, die Gedankenlast zu teilen, noch mehr Leute in das Geheimnis der brisanten Datenträger einzuweihen.

Das bizarre und gefährliche Spiel ließ ihn mittlerweile anders als in seiner sonst üblichen Art und Weise Probleme anzugehen und zu lösen.

Während des Arbeitstages in der Dienststelle versuchte er so gut wie möglich zu funktionieren, und die schrägen Gedanken auszublenden, doch am Abend wurde seine kleine Wohnung wiederum zur Zentrifuge, in der seine Seele imaginär ständig im Kreis herumgeschleudert wurde.

Die Besprechungstermine bei seinem Referatsleiter nahm er nur mit großem Unbehagen wahr und verließ stets erleichtert dessen Büro, wenn lediglich unwichtige Sachverhalte zu klären waren. Sobald das Gespräch auf eventuelle EU-Themen Kurs nahm, sträubten sich bei Bertram die Nackenhaare und ein massiver Hitzeschwall ließ seine Haut erglühen.

Ständig sah er die obskuren Datenträger vor sich, deren Originale sein Referatsleiter in der eigenen Schublade wähnte.

Er fürchtete, diesem Druck nicht ausreichend lang standhalten zu können, ohne Gefahr laufen, sich wieder im Alkoholsumpf die Lösung seiner Probleme zu holen.

Die Situation, in der er sich befand, fühlte er als Vorstufe einer Explosion, von der er sich nie wieder erholen würde.

Ohne eine tiefere Begründung für sein Anliegen zu nennen, bat er noch einmal seinen Freund van Stappen um Hilfe.

Dieser sollte erneut Stellung und Beziehungen nutzen, um so viel wie möglich aus den der EU-Behörde vorliegenden Personalunterlagen des Schweizer Wissenschaftlers zusammenzutragen.

Dem Belgier genügte auf gezieltes Nachfragen hin die Versicherung des Deutschen, ihn alsbald über die weiteren Hintergründe seiner Bitte aufzuklären. Fürs erste wäre es besser, nicht mehr darüber zu reden.

Innerhalb kürzester Zeit trafen über die Diplomatenpost die erforderlichen Unterlagen ein. Für Bertram Seegers begann nunmehr die schier unlösbare Aufgabe aus all den Erkenntnissen van Stappens ein Puzzle zusammenzusetzen, woraus irgendwann ein Entschlüsselungscode für die gesicherten Datenträger des Forschers zu ermitteln wäre.

Als fachlichen Helfer engagierte Bertram den abgewrackten IT-Spezialisten, der unzählige Male anlässlich der gemeinsamen Alkoholexzesse in seiner Stammkneipe von seinen Wundertalenten in Sachen Computertechnik prahlte. Nun konnte dieser zeigen, was an Talenten in ihm steckte.

Bertram nahm diesen nicht besonders angenehm riechenden Zeitgenossen für den Zeitraum des Arbeitseinsatzes in seiner Wohnung auf und versorgte ihn mit allerlei flüssigen Delikatessen, und ging davon aus, damit dessen Motivation zu fördern.

Doch auch nach einer Woche intensivster Ausarbeitung der Unterlagen ergaben sich keinerlei brauchbare Hinweise, obwohl man die Entschlüsselungsprogramme mit tausenden von Synonymen aus den persönlichen Details des Schweizer Forschers fütterte.

Die Gesellschaft des ungepflegten Computerfreaks stellte Bertram Seegers auf eine ungeahnt heftige Zerreißprobe. Die liederliche Körperhygiene des neuen Mitbewohners und der nie endende Durst verstärkten Bertrams Unwohlsein.

Die immer wiederkehrenden Negativmeldungen auf dem Monitor hämmerten zusätzlich an Bertrams ohnehin dünner Nervenwand.

Spät in der Nacht, wenn die Computer ausgeschaltet waren, versuchte Bertram mit angenehmen Gedanken sein angegriffenes Nervenkostüm glatt zu bügeln. Doch es gelang ihm kaum, denn die Umstände um die Datenträger schoben sich ständig in den Vordergrund, wie eine Welle aus Packeis vor dem Bug eines Eisbrechers.

Es fiel ihm schwer, sich für den nächsten Morgen zu motivieren, denn der Arbeitstag forderte allerhöchste Aufmerksamkeit, zumal ihm niemand seine prekäre Lage anmerken sollte. Und besonders Frau Hallmann beobachte ganz genau das Verhalten ihres Angebeteten.

Inmitten dieser Negativserie platzte sein Helfer mit der Andeutung, sollten sie in den nächsten Tagen nicht zu einem Ergebnis zu kommen, mussten weitere Geldmittel für zusätzliche Programme ausgegeben werden.

Dies würde das Ende der Aktion bedeuten, denn Bertram hatte sein Konto bereits über das Limit hinaus strapaziert.

Nachdem beide ein ganzes Wochenende ununterbrochen gearbeitet hatten, entschied man sich für eine Pause, um gegebenenfalls neue Ideen zu suchen und etwas Abstand in die Sache zu bringen. Hieraus versprach man sich, die gegenseitige Verträglichkeit zueinander nach der Auszeit auffrischen zu können.

Der Freak kehrte in sein Wohnheim zurück, und Bertram genoss die neue, unbekannte Stille in seiner Wohnung und begann sich in seinen vier Wänden wieder wohler zu fühlen.

Kapitel 9

Anna Emilia traf Yassin beim Frühstück und bat ihn, an ihrem Tisch Platz zu nehmen, was der junge Mann ob dieser zuvorkommenden Freundlichkeit zufrieden lächelnd annahm.

„Haben Sie die Plantage gefunden, sie angesehen, haben Sie Fragen gestellt", bohrte Anna Emilia sofort los.

„Nein, habe ich nicht", antwortete Yassin einsilbig und gab der jungen Frau so zu verstehen, dass er dieses Thema momentan nicht besprechen möchte.

Sie frühstückten gemeinsam und unterhielten sich oberflächlich, und nur um etwas zu sagen über alltägliche Belanglosigkeiten. Man vermied es, die Gesprächsrichtungen in die Problematik zu lenken, die die beiden Menschen zusammengebracht hatte.

Erst beim Spaziergang im nahe gelegenen Park, in abhörsicherer Umgebung, weihte Anna Emilia den jungen Mann einleitungslos und ohne jegliche Vorwarnung in ihre Pläne ein und fand in ihm einen aufmerksamen Zuhörer, der sofort jeden Eckpunkt ihrer Vorhaben in seine eigene zukünftige Strategie einzuflechten versuchte.

Ihm war klar geworden, dass er seine Ziele nur mithilfe dieser absoluten Kämpferin erreichen konnte, und freute sich, dass sein beharrlich sanfter Druck bei Anna Emilia auf fruchtbaren Boden gefallen war.

Jetzt wollte er auch alles daransetzen, das ihm entgegen gebrachte Vertrauen voll zurück zu geben und der jungen

Frau in ihrem Kampf ein verlässlicher Partner zu sein. Ihm war bewusst, dass er sich ab sofort ebenfalls zur Zielscheibe der Plantagenmaffia gemacht hatte und sich zukünftig genau umzusehen hatten, wer im Cafe' am Nebentisch sitzt, an seine Zimmertür klopft, oder ihm auf den Bürgersteigen in dieser fremden Stadt gegenübertritt.

Aber all diese Gefahren würde er auf sich nehmen.

Jetzt hieß es, die richtige Taktik für ihr weiteres Vorgehen zu erarbeiten. Sie mussten unbedingt herausfinden, auf welcher Plantage die Gesuchten gearbeitet hatten.

„Wir müssen davon ausgehen, dass Ihrem Freund etwas widerfahren ist, hinter dessen Geheimnis sein Bruder gekommen ist, und was der Grund auch für sein Verschwinden sein könnte", sinnierte Anna Emilia.

„Doch ist es absolut unmöglich mit einem Bild der beiden die Plantagen abzuklappern und Fragen zu stellen"; entgegnete Yassin ohne Anna Emilia direkt anzusprechen.

„Das letzte, an das sich Karims Mutter erinnern konnte, war eine Andeutung ihres Sohnes, dass sich in unmittelbarer Nähe ein größerer Gebäudekomplex befinden musste, in dem viele Leute wohnten. Denn von dort kämen nachts ungewöhnlich laute und unbändige Schreie und Kräche aufgebrachter Menschen. Möglicherweise eine Kaserne oder eine andere militärische Einrichtung", versuchte Yassin den Anhaltspunkt zu konkretisieren.

Sie setzten sich auf eine Bank und Anna Emilia kramte ihren bagcomp hervor, gab einen Suchbefehl ein und wartete das Ergebnis ab.

„Eine Kaserne gibt es im gesamten Umkreis nicht, ich werde heute Abend in aller Ruhe die Gegend punktuell abscannen", vertröstete sie Yassin, der sich nur zögerlich einverstanden erklärte.

Die Kraftstoffrationierung bremste sie in ihrer Mobilität total aus, sonst wäre es ein Leichtes gewesen, die Gegend abzufahren, und das nähere Umfeld zu erkunden. Doch als Nichteinheimischer es war praktisch unmöglich, eine Genehmigung für die Anmietung eines PKW mit ausreichender Benzinversorgung zu erhalten.

Einen Zugang zu entsprechenden Schwarzmarktverbindungen hatten sie bisher noch nicht ermitteln können, denn gerade diese Firmenklientel zeigte sich gegenüber Fremden ausgesprochen reserviert.

Der Informationsweg innerhalb dieser Sparte war schnell und kurz, sobald sich ortsfremde Personen nach Mietwagen und anderweitige Mitfahrgelegenheiten erkundigten.

Anna Emilia erhielt von ihrer Organisation einen neuen Hinweis für eine neuerliche Kontaktaufnahme mit dem das nächste Treffen organisiert werden sollte. Ihr würden in Kürze nähere Einzelheiten zugehen.

In ihren Gedanken türmten sich frische Ungewissheiten auf. Würde sich jetzt endlich ein erfolgreiches Zusammentreffen mit den entsprechenden Kontaktpersonen ergeben? Der stecknadelkopfgroße Funkadapter zum bagcomp in ihrer Ohrmuschel war auf standby geschaltet und würde ihr beim Eintreffen einer Nachricht frühzeitig ein für Außenstehende nicht zu bemerkendes Signal senden.
Doch der Empfänger blieb vorerst stumm.

Yassin konnte seine Ungeduld kaum noch im Zaum halten. Dieses ständige nutzlose Warten machte ihn nervös und gereizt.
Die Ergebnislosigkeit ihrer Bemühungen ließen Frust und Niedergeschlagenheit in ihm aufkommen. Er musste etwas tun, wollte ununterbrochen aktiv sein, um seiner selbst willen. Ihm schien es, als hätte er in den letzten 3 Tagen den Großteil seiner wertvollen Zeit nutzlos verstreichen lassen.
Er verließ demonstrativ die Parkbank, entfernte sich von Anna Emilia und näherte sich der Hauptstraße, die den

Park eingrenzte. Er bemerkte nicht den verdeckt abgestellten PKW, aus dem für sie nicht erkennbar eine Person sie mit einem Feldstecher und einer hochauflösenden Kamera unentwegt beobachtete.
Ohne hiervon Notiz zu nehmen, wandte sich Yassin um und ging zur Parkbank zurück.

„Es ist ein Gefängnis, das Gebäude!", empfing Anna Emilia Yassin, der sie verwundert ansah.
„Das Haus mit den Menschen, den nächtlichen Rufen und den Krächen, von dem Ihre Freunde redeten, es ist ein Gefängnis, hier!!!".
Anna Emilia zeigte aufgeregt auf das Display ihres bagcomps und machte Yassin aufgeregt klar, dass sie einen wichtigen Anhaltspunkt in ihrer Suche nach der verdächtigen Plantage gefunden hatte.
Sofort erhellte sich Yassins Minenspiel und ein offenes Lächeln flog der jungen Frau entgegen.

„Das ist sehr gut, endlich haben wir etwas Greifbares", antwortete Yassin und hätte sie gerne mit einer festen Umarmung für ihren Erfolg belohnt, doch sie wehrte ihn ab, zu viele Gedanken rasten zurzeit durch ihr Gehirn.

Alexander Frost, Oberleutnant der Deutschen Legion Condor, konnte im Jahre 1936 nicht ahnen, dass einer seiner Nachfahren einmal in demselben Land, in dessen Revolution er mit seinen Bombenangriffen Diktator General Franco unterstützte, ebenso menschenverachtend agieren würde, wie er selbst mit seiner Deutschen Wehrmacht den Menschen Unheil brachte.
Kurz nach seiner Beteiligung im Einsatz seiner Legion Condor bei der Bombardierung Guernicas lernte der Offizier die Spanierin Adelfia Rosanna Gomez kennen und

beide hinterließen aus dieser Liaison eine dominante männliche Nachkommenschaft, die dem Land nicht nur gute Dienste erweisen sollte.

Alexander Frost hielt auch während des bald darauf entbrennenden II. Weltkrieges die Verbindung mit Rosanna aufrecht, versorgte sie und das Kind von Zeit zu Zeit und wie es ihm möglich war, mit Geld und Lebensmitteln.

Während eines heftigen Gefechtes anlässlich der Luftschlacht um England wurde Frost über der französischen Kanalküste abgeschossen. Nur leicht verletzt wurde er von Angehörigen der *Résistance* gefangen genommen und konnte anschließend beim Transport in ein Gefangenenlager fliehen.

Wochen später tauchte er plötzlich bei Rosanne auf, heiratete sie und stellte sich vollkommen in den Dienst des nunmehr mit eiserner Hand regierenden General Francos. Mit seiner militärischen Erfahrung und der erzieherischen Gesinnung passte der deutsche Offizier auch nach dem Krieg optimal in die politische Richtung des Regimes.

So war es nicht verwunderlich, dass sein aus der Ehe hervorgegangene Sohn Leon unter General Franco ein willfähriger Polizeiführer wurde, der seinen Lebensunterhalt nicht nur aus seiner dienstlichen Gehaltszahlung bestritt.

Einer seiner Nachkommen wiederum gründete eines der größten Fuhrunternehmen des Landes und behauptete sich im Boom der südspanischen Landwirtschaft mit allen zur Verfügung stehenden legalen und illegalen Mitteln. Der jüngste Spross der Familie, Juan Alexander, wuchs im Schutzschirm der Familie auf und zeigte schon früh seine Fähigkeiten, die barbarischen familiären Traditionen fortzusetzen.

So sorgte er als Sechzehnjähriger mit der Verbreitung einer gemeinen Lüge dafür, dass sein unbequemer Lehrer verhaftet und aus dem Schuldienst entfernt wurde.

Nunmehr organisierte dieser eiskalte Jüngling jetzt unter anderem den reibungslosen Nachschub an billigen Arbeitskräften aus Nordafrika. So war er auch für die unauffällige Lösung von Problemen der Plantagenmaffia aller Art zuständig und nahm besonders die lautlosen, undurchsichtigen Aufgaben sehr ernst, was ihm im Gegenzug lukrative „legale" Aufträge einbrachte.

Frost, der von allen nur „Frio", kalt, genannt wurde, was haargenau seine Einstellung traf, ging kalt und kompromisslos seinen Weg und räumte alles, was sich ihm entgegen stellte, brutal zur Seite; niemand wagte es, diesem Familienclan zu nahe zu kommen.

Der vor dem Hotel geparkte, opulent aufgemachte Geländewagen erregte sofort Anna Emilias Interesse, als sie mit Yassin die Auffahrt zum Hotel entlang ging. Dieses Gefährt wäre der ideale fahrbare Untersatz für all ihre Vorhaben, doch sie wusste gleichzeitig, dass dies wohl auch ein Wunschtraum bleiben würde, denn die Benzinrationierung machten es schier unmöglich, solch ein Fahrzeug zu bewegen.

Der Jeep stand ziemlich einsam und verloren auf den verwaisten Parkflächen, während die schweren Schlitten der gut betuchten Familien sicher im verschlossenen Parkhaus untergebracht waren, denn nichts war zurzeit so begehrt wie ein vollgetanktes Auto.

Verwalter Jose' Savallas fühlte sich nicht wohl, als Frost (Frio) ihm gegenüber trat und sie beide im Hotelrestaurant Platz nahmen. Die Gesellschaft dieses Gangsters flößte dem Verwalter wie immer massives Unbehagen ein.

Er sah sich stets als Verlierer, wenn er mit solchen Typen zu tun hatte. Doch die Plantagenbesitzer hatten ihn nun einmal auserkoren, alle Vorbereitungen für die wichtigen Probebohrungen durchzuführen. Dazu gehörte auch, dass die

Arbeiten der fremden Techniker auf der Farm ungestört vonstattengingen, und dafür hatte er in Zusammenarbeit mit Frost zu sorgen. Vor allem sollten mögliche Kontakte der Plantagenarbeiter mit den Fremden unterbleiben, denn nichts fürchtete die Führung mehr, als ein Aufdecken der unmenschlichen Verhältnisse, unter denen die nordafrikanischen Pflücker hier zu leiden hatten.

Frost wusste ganz genau, dass der Verwalter, wie alle anderen Manager, Vorarbeiter und Inspektoren stets die Hosen voll hatten, wenn sie mit ihm zu tun hatten, und dieses Wissen nutzte er schamlos aus.
Sie brauchten ihn für die Drecksarbeit, sein Job war sicher.

Er hatte dem Verwalter unmissverständlich klar gemacht, dass er mit einer Gruppe von „Spezialisten" den Teil des Plantagengeländes, auf dem die Probebohrungen durchgeführt werden, hermetisch abriegeln werde. Ferner würde eine weitere Einheit seiner Leute dafür sorgen, dass jeglicher Kontakt zwischen den Technikern und den nordafrikanischen Sklaven unterbleibt.
Die erforderlichen Kompetenzen zur Durchführung seiner Vollmachten und Weisungsbefugnissen waren ihm bereits von der Plantagenführung ohne jegliche Einschränkung übertragen worden.
Der Verwalter schluckte bei dem Gedanken, diesen miesen Zeitgenossen nun über mehrere Wochen in seiner unmittelbaren Arbeitsumgebung ertragen zu müssen. Die innere Wut über die erneute Zurücksetzung seiner Person in die zweite Reihe fraß sich in ihm fest. Wieder einmal war es dieser Frost, der ihm kalt lächelnd eine persönliche Niederlage zugefügt hatte.
Das Fass an Demütigungen, die er wegen dieses Fieslings schon hatte einstecken müssen, war dem Überlaufen ziemlich nahe und er dachte daran, bei nächster Gelegenheit einen gezielten Konter zu setzen. Der geeignete Zeitpunkt

hierfür würde sicher kommen und ihm endlich eine seelische Befreiung bereiten.

Genüsslich nippte Frost, der im Stillen weiterhin die Verblüffung und Wut des Verwalters genoss, an seinem Glas und schüttelte plötzlich angewidert den Kopf, als er die junge, gut aussehende Frau mit den blau-schwarzen Haaren und den nachtdunklen Augen gewahrte, die in Begleitung eines Nordafrikaners, dessen leicht braune Haut einen tadellosen Kontrast zu seiner sportlichen Kleidung bot, das Restaurant betrat.

Diese Afrikaner hatten seiner Meinung nach einzig und allein auf den Plantagen zu sein und zu arbeiten, und nicht hier, gut gekleidet unsere spanischen Frauen zu umgarnen. Frost konnte seine Augen nicht von Anna Emilia lassen, verfolgte jede ihrer Bewegungen, jeden ihrer Schritte, den Griff zum Glas, jeden Augenaufschlag und die Form ihrer Lippen, mit denen sie die Worte des Gespräches mit Yassin gekonnt gestaltete und sanft umhüllte.
Eine plötzliche, ihn innerlich heftig erregende Eifersucht und eine gehörige Portion Neid stiegen in Frost auf und ab sofort war die männliche Begleitung der jungen Frau sein ausgemachter Feind. Wie konnte dieser Nordafrikaner sich so nahe an diesem wohlgeformten, sich sinnlich und weich bewegenden Körper aufhalten. Schmach und Demütigung fühlte er, und diese Empfindungen ließen den Whiskey und die Eiswürfel im Glas beben.

Anna Emilia fühlte Frosts bewundernde Blicke auf sich kleben und genoss wider ihrem Naturell das Interesse, das dieser Mann scheinbar für sie hegte.

Während des Gespräches mit Yassin suchte sie hier und da selbst die Augen dieses Mannes, wenn sie an Yassins Körperseite vorbeisah.

Doch diese Augen des Mannes waren zu fern, um sie genauer studieren zu können, in ihnen den Charakter des Menschen zu erkennen, dem sie so sehr zu interessieren schien.

Später in ihrem Hotelzimmer sah sie beim Blick aus dem Fenster diesen Mann mit sportlichem Schwung in den offenen Geländewagen springen.

Ja, sie musste der Sache wegen der Bekanntschaft mit diesem Mann machen.

Kapitel 9

Der Bus hatte Mühe, die Serpentinen zu schaffen, mit der sich die Straße um den Berg schlängelte. Der Ausblick auf die Ebene, der sich den Reisenden bot, wirkte abartig und geisterhaft.
Ein warm leuchtender Himmel schenkte sein strahlendes Blau uneigennützig dem Tag und schien sich der Dominanz dieser hässlichen Landschaft ergeben zu wollen, bevor er am Horizont in das mit weißen Leichentüchern bedeckte Flachland angstvoll endete.
Das sanfte Azurblau wurde vom bohrend bleichen Licht der Gewächshäuser und Plastikplanen geschluckt und es schien nicht wieder aufsteigen zu wollen.

Keine Menschenseele regte sich unter oder neben den weißen Verdecken, die wie Sargdeckel die Landschaft verbargen.
Sie vertilgten jegliches Leben, nahmen Besitz von jeder einzelnen Erdkrume und schufen unter sich ihre eigene Welt, eingehüllt von Pestiziden und Giften, denen sich die Menschheit ihrem Schicksal zu opfern schien.

Ungehindert saugten die Plantagen dem Erdboden jegliches Leben aus, und niemand gebot dieser Ausbeutung Halt, oder schränkte diese Plünderung ein.

Yassin fühlte die Leere, sah die Tränen in ihren Augen und erkannte den Schmerz, der Anna Emilia beim Blick aus dem Busfenster ergriffen hatte.
Er spürte ihr weinendes Herz, das schier zerbrechen wollte, legte sanft seine Hand auf die ihre, worauf sie ihn fragend ansah. Sie empfand ein Gefühl der Geborgenheit und genoss die wohlige Wärme, die sich von Yassins Hand auf ihrer Haut ausbreitete.
Außer ihnen befanden sich lediglich ältere Herrschaften im Bus, wahrscheinlich Eltern, die ihre inhaftierten Söhne oder Enkel im Gefängnis besuchen wollten. In den Augen der Menschen spiegelten sich Traurigkeit und Resignation wider, das Lachen schien jemand den Gesichtern gestohlen, und stattdessen Schwermut und Freudlosigkeit in die Antlitze eingepflanzt zu haben.

Am letzten Halt vor Erreichen der Haftanstalt verließen Anna Emilia und Yassin den Bus und orientierten ihren Standort anhand ihres GPS. Sie suchten sich einen von der Straße aus nicht einsehbarem Platze und richteten sich ein. Unterhalb ihres Beobachtungspunktes erstreckte sich nahezu endlos und ausladend das Gebiet der Plantage „La Amplia".
Großmächtig und bestimmend breiteten sich die Gewächshäuser und Plastikdächer uferlos über das Land aus. Sie war die größte zusammenhängende Hazienda in Südspanien und ihre Eigentümer zählten zu den einflussreichsten und mächtigsten Großgrundbesitzern des Landes.
Vor gut 10 Jahren hatten sich ihre Inhaber die seinerzeit nur mit mäßigen wirtschaftlichen Erträgen arbeitende Kooperative in Almeria in einem Handstreich einverleibt. Die

kleinen Gemüselandwirte wurden innerhalb kürzester Zeit enteignet, ihnen wurden mit massiven Pressionen Angebote für ihre Ländereien unterbreitet, denen sie sich nicht erwehren konnten.

Die kurz aufkeimende öffentliche Kritik an dieser Praxis ebbte nach einigen Wochen ab und nach der nur oberflächlichen Prüfung durch die regionalen Behörden fand sich niemand mehr, der gegen diese wirtschaftliche Machtkonzentration ins Feld gehen würde. Seit dem genoss La Amplia die uneingeschränkte Hoheit im regionalen Gemüseanbau.

Yassin sah über die staubigen Verbindungswege einen alten offenen Militär-Jeep rasen, dessen Fahrer wie ein Reiter auf einem galoppierenden Pferd bei jedem Durchfahren eines Schlagloches einen gewaltigen Satz nach oben machte. Die eine Hand schützend auf den breiten Hut gelegt, während die andere mit weit ausholenden Lenkbewegungen das Gefährt in der Spur hielt, jagte der Mann das Fahrzeug in unvermindertem Tempo weiter, bis ihn die weißen Plastikgewänder verschluckten.

„Keine Menschenseele sonst zu sehen", sagte Yassin, ohne das Fernglas von den Augen zu nehmen.

Anna Emilia verglich das Plantagengelände mit dem Grundriss eines –earth-scans-, den sie am Vorabend ausgedruckt hatte. Es waren weit mehr Plastikzelte als im scan abgebildet vorhanden. Ansonsten konnte sie keinen erkennbaren Unterschied ausmachen.

Weiter abseits waren mehrere schmutzige LKW abgestellt. Anscheinend warteten sie darauf beladen zu werden. Nur sehr schemenhaft war eine Aufschrift auf den schäbigen Wagentüren zu erkennen.

–Frost- Transportes de Agricultura-

Aufmerksam nahm sie mit ihrem Fernglas die große Einfahrt zur Plantage ins Visier.

Sie war kaum auszumachen, denn ein breiter Streifen schöner alter Olivenbäume tarnte geschickt den Zufahrtsbereich.

Neben den breiten Eisentoren gewahrte sie einen schmalen Holzverschlag, aus dem zwei Männer hervortraten. Ihre Handbewegungen und die Körperhaltung, mit denen sie das schwere Tor öffneten, ließen erkennen, dass sie wahrscheinlich zum Sicherungspersonal gehörten.

Sie blieben neben der geöffneten Einfahrt stehen und schienen darauf zu warten, dass jemand ein- oder ausfährt.

Anna Emilia traute ihren Augen nicht, als der Geländewagen, den sie am Vortag am Hotel gesehen hatte, mit hoher Geschwindigkeit wie aus dem Nichts aus Richtung der Herrschaftshäuser vor den Wachleuten auftauchte, das Tor passierte und eingehüllt von einer mächtigen Staubwolke die Straße in Richtung Stadt herunterschoss und darin verschwand.

Sie versuchte ihr Erstaunen gegenüber Yassin zu verbergen, denn das plötzliche, sich in ihrem Kopf organisierende Vorhaben, den Fahrer des Geländewagens baldmöglichst kennen zu lernen, barg nun ungleich mehr ungeahnten Zündstoff, dessen Ausmaß zu erkennen, sie momentan noch nicht in der Lage war.

Zu viele verdeckte Eventualitäten für ihren Plan sah sie vor sich abspulen, seit vor wenigen Sekunden der begehrte Geländewagen auf der Farm gesichtet wurde.

„Ich muss als Arbeiter auf die Farm kommen, nur so kann ich etwas herausbekommen", manifestierte Yassin seinen Entschluss und ließ das Geschehen um den Geländewagen, der sofort die Aufmerksamkeit seiner Begleiterin erregte, auffällig unbeachtet.

Seit der Zusammenkunft im Hotel, wusste er, dass seine Mitstreiterin scheinbar großes Interesse an dem Halter des Geländewagens zu hegen schien.

Sie sah zu ihm hinüber. „Du bist verrückt", antwortete Anna Emilia, und wandte sich anschließend mit ihrem Fernglas wieder der Toreinfahrt zu, wohl wissend, dass Yassin völlig Recht hatte und weitere Einwände ihrerseits gegen seinen Plan zwecklos waren. „Wir sollten langsam aufbrechen und sehen, dass wir den Bus noch erreichen", signalisierte Anna Emilia ihm das Ende der heutigen Exkursion.

Auch die Sonne schien genug von Schauspiel zu haben, das der Tag ihr bot, und machte sich bereit, der Erde den Rücken zu kehren und ihre wärmenden Strahlen dem anderen Teil des Planeten zu schicken.
Sie versteckte sich noch ein wenig unschlüssig hinter der Bergkette, einen letzten Blick auf die Ebene nehmend, um dann unaufhaltsam vollkommen hinter den Gipfeln zu verschwinden.
Yassin und Anna Emilia nahmen wieder in dem klapprigen Bus Platz. Sie hoben sich erneut von den nunmehr zuversichtlichen dreinblickenden anderen Fahrgästen ab. Diese schienen froh zu sein, endlich den demütigenden Besuch bei den Angehörigen in dem grausam wirkenden Gefängnis hinter sich gebracht zu haben. Entlastender als auf der von angstvoller Erwartung geprägter Hinfahrt tauschten sie in gelöster Stimmung Eindrücke der letzten Stunden aus.

Kapitel 10

Obwohl sich Nicolas Stettener mit den ärztlichen Bulletins zufriedengeben musste, dass die erst kürzlich bei seinem Vater   festgestellte   Herzerkrankung   wohl   mit verantwortlich für dessen Tod war, wollte er sich in letzter Konsequenz nicht so recht mit dem mysteriösen Hergang des Verkehrsunfalls abfinden.

Einen technischen Defekt am dienstlich zur Verfügung gestellten Fahrzeug schlossen die Polizeibehörden nach ersten Untersuchungen aus.

Das unvermittelte Abdriften von der Fahrbahn und der nachfolgende Aufprall auf die nach der scharfen Rechtskurve mächtig aufsteigende Felswand waren offenkundig auf ein plötzlich einsetzendes Herzversagen zurückzuführen.

Ganz und gar nicht typisch erschien dem Sohn die nicht angepasste überhöhte Geschwindigkeit zum Zeitpunkt des Unfalls. Er kannte seinen Vater stets als umsichtigen Fahrer, der eher in bedächtigem Tempo unterwegs war.

Der Anruf aus Deutschland, in dem ein Angehöriger des dortigen Forschungsministeriums Nicolas um ein vertrauliches Gespräch gebeten hatte, um einige Dinge persönlich zu klären, verstärkten seine Zweifel im höchsten Maße.

Gewiss, ihr Verhältnis zueinander hatte sich im letzten Jahr erheblich verschlechtert, wofür der Vater Nicolas' Aktivitäten für eine linkssoziale Ökobewegung verantwortlich machte. Mit kritischen Berichten prangerte der Sohn als Journalist seinerzeit die zurückhaltenden Maßnahmen der EU gegen den Klimawandel und die unzureichende Sanktionspolitik gegen die Umweltsünden der großmächtigen Wirtschaftsunternehmen an.

Besonders wenn Nicolas wieder einmal die Wirtschaftsmultis mit bissigen Kommentaren attackiert hatte, legte sich eine kurzfristige Eiszeit über die Beziehung zu seinem Vater.

Obwohl auch der Vater den Naturschützern nahestand, war er mit den ständig einseitigen Artikeln seines Sohnes nicht einverstanden.

Nach Beendigung des letzten Auftrages für die EU wollten sich Vater und Sohn wieder zu einem Gespräch treffen.

Jetzt bedauerte Nicolas sehr, dass es ihm nicht gelungen war, noch einmal ausgiebig mit seinem Vater zu sprechen, um verschiedene Dinge zu bereinigen. Es war zu spät, was ihm sehr leidtat.

Was wollte nun der deutsche Beamte von ihm? Gab es doch noch einiges zu klären? Hatte der Tod des Vaters größere Kreise gezogen, als er bisher vermutete?

In ein paar Tagen würde er mehr wissen.

Nicolas Stettener hielt sich zum wiederholten Mal im Haus des Vaters auf. Abwechselnd ging er in jedes Zimmer, setzte sich so, dass er die Räume aus verschiedenen Blickrichtungen erfassen konnte. Viele gedankliche Rückblenden begleiteten seine Aussichten, die sich in den verschiedensten Panoramen der Erinnerungen ausbreiteten.

Betrachtungen aus seiner Kindheit machten sich in seinen Gedankengängen breit und er dachte an die Zeit, als seine Mutter noch lebte und er noch mit den Eltern unter einem Dach wohnte. Seine Jugend mit den vielen kleinen Episoden, die jetzt wieder in ihm wach wurden, liefen wie ein liebevoll zusammengeschnittener Film vor seinen Augen ab.

Die Nachmittagssonne brannte warm auf seinem Gesicht als Nicolas vom Balkon aus die ausdrucksvolle Weite des Tales genoss, an dem das Haus am Ende der kleinen Ortschaft lag, die der Rhein und die davor entlang führende Bahntrasse nach Norden hin eingrenzten.

Unzählige Mal saß er als kleiner Junge auf dem Schoß seines Vaters, wenn sie beide von gleicher Stelle aus die Vorbeifahrt der Bernina-Bahn verfolgten und den Touristen zuwinkten, die in freudiger Spannung die Zugfahrt genossen.

Später, während des Studiums, wenn er die Semesterferien im Elternhaus verbrachte, konnte er den Vater beobachten, der schon früh morgens auf dem Balkon saß und die Ankunft des Bernina 951 erwartete. Wenn dann dessen Freund Uli Neudeck den Zug steuerte, ließ dieser während der Vorbeifahrt ein ganzes Konzert von Huptönen zum Gruß an den Vater erschallen.

Doch nunmehr musste sich Nicolas um den Verkauf des Hauses kümmern. Seine Absicht, das Anwesen zu veräußern, stieß nicht nur bei der Nachbarin, Frau Pohlheimer, die während seiner Abwesenheit das Elternhaus betreute, auf Unverständnis. Auch Freunde und Bekannte des Vaters bedauerten diesen Schritt.

Unter Tränen teilte ihm Frau Pohlheimer mit, dass sich bereits ortsansässige Kaufinteressenten bei ihr nach der weiteren Nutzung des Hauses erkundigt hatten, denn die Lage und die exzellente Bausubstanz des Hauses, ließen einen regen Andrang von potentiellen Käufern und somit einen guten Verkaufserlös erwarten.

Nicolas empfand ein Gefühl der Scham beim wiederholten Gang durch die Räume, hatte er doch das Haus jetzt nach dem Tod des Vaters öfter betreten, als in den Monaten zuvor.

Er nutzte nunmehr diese Besuche, um von jedem der Räume und des Inventars Abschied zu nehmen und je öfter er hier ein und aus ging, desto leichter konnte er mit gutem Gewissen seinen Entschluss zum Verkauf begründen.

Nicolas würde Dr. Gabriel Rosetti mit der Erledigung aller Formalitäten beauftragen, denn der Vater hatte den alten Schulfreund stets mit den notariellen Angelegenheiten der Familie betraut.

Der Notar hatte Nicolas bereits vor einigen Tagen angerufen, und um einen baldigen Besuch gebeten, denn es lägen einige Unterlagen zur Übergabe bereit.

Doch Nicolas hatte diesen Termin noch nicht wahrnehmen wollen, nun aber war die Zeit reif.

Er konnte sich nicht erinnern, wann er das letzte Mal dieses hochherrschaftliche Gebäude am Rande der Grabenstraße betreten hatte.

Die alteingesessene Familie Rosetti diente schon im frühen 18. Jahrhundert der Gerichtsbarkeit.

Die Angehörigen dieses Familienclans waren stets in den höheren Reihen der Schweizer Rechtsprechung tätig. Dr. Rosetti's Vater machte sich zuletzt als Berater des Justizministers einen Namen.

Nicolas betrat die geräumige Halle, in der ihn riesige Holzskulpturen auf den Gang zur großen Treppe begleiteten und ihm ein Gefühl zwischen Ehrfurcht und Respekt einflößten.

Die getäfelte Wand entlang der Treppe nahm sämtliche Urahnen der Familie auf und ließ die Gesichter eindrucksvoll aus den vergoldeten Rahmen in die Halle blicken, als wollten sie über den täglichen Ablauf in dem Hause hoheitlich wachen.

Eine nicht mehr junge Sekretärin, die nach Aussehen und Kleidung mit dem Haus verwachsen zu sein schien, empfing ihn und führte ihn in die alte Bibliothek.

Die dicken Bücher beherbergten vermeintlich sämtliches Wissen um die Familie, des Landes und der ganzen Welt. Protzig und monumental strahlten sie auf den Wartenden hinab und ließen ihn klein und unwichtig erscheinen.

Dr. Rosetti betrat den Raum und streckte dem Gast freudig die offenen Arme entgegen in die sich Nicolas trotz unbehaglicher Zurückhaltung einschließen ließ.

Den sanften Druck höflich erwidernd, ließ nur geringfügig ein Gefühl des Geborgenseins in ihm aufsteigen, von dem er sich kurz in die Kindheit zurück versetzen ließ.

Sehr oft war Dr. Rosetti zu Gast in Nicolas' Elternhaus, um sich immer den Revanchen der verlorenen Schachpartien zu stellen, die sein Vater als fairer Sieger dem Notar gerne einräumte.

„Nicolas, wie schön, Dich endlich zu sehen", freute sich der Notar und lockerte die Umarmung.

„Entschuldige Onkel Gabriel, dass ich erst jetzt kommen konnte, aber...", versuchte er zu antworten, doch der Notar unterbrach sofort und bedeckte das Bedauern mit ausschweifendem Verständnis.

„Ich weiß Nicolas, du bist sehr stark eingebunden in Deine Arbeit, doch nun sollten wir uns einmal eingehend unterhalten", setzte Dr. Rosetti das Gespräch fort.

„Wie du weißt, war dein Vater in den letzten Jahren sehr viel in Europa unterwegs, insbesondere auf der iberischen Halbinsel. Wir beide standen trotz der Abwesenheit ständig in Kontakt und ich war über die meisten seiner Arbeitsaufträge äußerst gründlich informiert.

Doch in den letzten Monaten seines Lebens ließ die Verbindung über Telefonate und e-mails mehr und mehr nach.

Ein persönliches Treffen gab es zuletzt im vergangenen Herbst, wo dein Vater ziemlich ausgebrannt und zerschlagen wirkte. Ich hatte das Gefühl, als wollte er mir etwas Wichtiges mitteilen. Es kam jedoch nur zu vagen Andeutungen, ein scheinbar wichtiger Anruf auf seinem Smartphone beendete damals unsere Zusammenkunft abrupt, worauf er fast überstürzt das Haus verließ.

Das letzte Telefonat führten wir 3 Tage vor seinem Tod und zu diesem Zeitpunkt wirkte dein Vater überraschend aufgekratzt und eigentlich außergewöhnlich gut gelaunt."

Nicolas hörte aufmerksam zu und registrierte jede Gefühlsregung in der Ausdrucksweise des Notars. Er hoffte in den

Ausführungen eine Bemerkung zu hören, die eine winzige Nuance des Zweifels am Tod seines Vaters beinhaltete. Doch seine Erwartung wurde enttäuscht, mit keinem Wort äußerte der Notar Bedenken am Hergang des tödlichen Unfalls.

„Onkel Gabriel, hast du nicht einmal daran gedacht, dass mit Vaters Tod etwas nicht stimmen könnte, dass er vielleicht etwas entdeckt hatte, was man möglichst nicht an die Öffentlichkeit dringen lassen wollte und für dieses Geheimnis er sterben musste?", gab Nicolas zu bedenken, und hatte dabei immerwährend die Umstände des Todes seines Vaters vor sich, die seit dem Gespräch mit Bertram Seegers eine besondere Dimension erfahren hatten.

„Ja", antwortete der Notar und fuhr fort:" Ich habe im ersten Moment, nach dem sich der Schock gelegt hatte, sehr intensiv nachgeforscht, um irgendeine Ungereimtheit zu finden. Doch alle meine Zweifel wurden von sehr vertrauenswürdigen und loyalen Polizeiführern gänzlich ausgeräumt. Man muss wohl davon ausgehen, dass dein Vater durch die erst später bekannt gewordenen Herzkrankheit den Unfall verursachte und gegen die Felswand prallte".

Nicolas blieb nachdenklich vor der großen Bücherwand stehen und überlegte, ob er dem Notar vom bevorstehenden Besuch des Deutschen Ministerialbeamten erzählen sollte.

Dr. Rosetti erkannte sofort die tiefe Pause, die der junge Mann benötigte, um seine Gedanken neu zu ordnen.

Während der Anwalt an den monströsen Schreibtisch ging, eine der schweren Schubladen herauszog und hieraus eine große lederne Mappe entnahm, sprach er andächtig weiter.

" Ich habe nunmehr die Aufgabe, dir diese Unterlagen zu übergeben."

Er legte dabei seine Hände schützend auf die Mappe und fuhr fort: „Dein Vater hatte vor fast genau 5 Jahren etwas mehr als 6 Millionen Schweizer Franken in einer Lotterie gewonnen und mir hierüber die treuhänderische Verwaltung übertragen. Ich musste ihm absolutes Stillschweigen versprechen.

Die Hälfte des Betrages habe ich gemäß seinen Anweisungen für dich bei einer Bank in Bern angelegt.

Die andere Hälfte ist bei derselben Bank deponiert, die Zinserträge hieraus fließen monatlich nach Spanien an eine dort aktive Umweltorganisation.

Ferner kommt in Kürze eine Lebensversicherung in Höhe von weiteren 2 Millionen Franken für dich zur Auszahlung. Desweiteren erfolgt eine Zahlung aus einer Unfallversicherung. Wenn du möchtest, werde ich auch dafür eine passende Anlage suchen."

Nicolas wurde blass und hörte die Worte des Notars nur noch dumpf wie durch einen schweren Samtvorhang dröhnen. Er konnte kaum glauben, was er da hörte. Diese Neuigkeiten schienen ihm die Luft zum Atmen zu nehmen.

Dr. Rosetti ging an den schweren Eicheschrank, das Geräusch der knarrenden Türen weckte Nicolas aus der gedanklichen Ohnmacht und brachte ihn zurück in die überreizte Realität.

Mit zitternden Händen nahm er das Glas mit dem Whiskey entgegen, trank es in einem Zug leer und holte tief und eindringlich Luft.

„Das sieht ihm ähnlich", sagte er fast amüsiert und lächelte tief in sich hinein.

Der Notar blätterte die Unterlagen durch, entnahm einen Briefumschlag und schob ihn zuoberst, legte erneut beide Hände fast feierlich bewachend darauf und erklärte weiter: „Alle der Kontoführung und den Eigentumsnachweisen betreffenden Originalurkunden liegen in einem Bankschließfach. Dies sind allesamt lediglich Kopien, damit du dich durcharbeiten kannst. Du hast ab sofort sämtliche Verfügungs- und Nutzungsrechte.

Dein Vater hat für die Festlegung der Beträge für die Naturschutzorganisation eine zeitliche Bindung einbauen lassen, um zu vermeiden, dass du die regelmäßige Überweisung nach Spanien sofort stoppen könntest.

Eine Aufhebung ist gemäß dieser Vorgaben nunmehr erst wieder in 5 Jahren möglich. So will es der Anlagevertrag. Das war der ausdrückliche Wunsch deines Vaters".

Nicolas nahm die Mappe wortlos entgegen, legte sie vor sich auf den Tisch, seine Finger rahmten sie ehrfürchtig ein.

Der ursprüngliche weitere Anlass für den Besuch, mit dem Notar den Verkauf des Elternhauses zu besprechen, war in den uferlosesten Hintergrund gerückt.

Nicolas konnte sich kaum fassen, viel zu sehr hatte ihn diese neue Situation innerlich niedergestreckt.

Es machte wenig Sinn, den Notar jetzt nach weiteren Einzelheiten zu fragen, er würde in seiner momentanen Verfassung wahrscheinlich keine der Beweggründe verstehen können, die sein Vater zu diesen Handlungsweisen bewogen hatten.

Von diesen Ereignissen aufgewühlt verließ er irritiert das Notariat, ging nahezu ziellos durch die Altstadt, und fand erst später wieder seine innerliche Ruhe. Er setzte sich in ein Straßencafe' und versuchte seine Gedanken neu zu ordnen.

Beinahe liebkosend und schützend presste er die lederne Mappe an die Brust. Er wagte noch nicht, den Umschlag mit dem persönlichen Brief seines Vaters zu öffnen.

Kapitel 11

Bertram Seegers ging trotz der niedrigen frühsommerlichen Morgentemperaturen ziemlich leicht gekleidet durch den Park. Die kühle Luft sollte Klarheit über die vor ihn liegenden Tage bringen und Kopf und Geist auf ein entschlossenes und gut durchdachtes Handeln vorbereiten.

Er versuchte, einen taktisch klugen Schlachtplan für sein Vorhaben zu entwickeln. In ein paar Tagen sollte die Zusammenkunft mit dem Sohn des Wissenschaftlers Stettener stattfinden.

Obwohl er noch nicht im Besitz einer gültigen Dienstreiseabordnung in die Schweiz und einer entsprechenden Zugfahrkarte war, hatte er diesen Termin vereinbart. Die notwendige Genehmigung wollte er sich ausstellen lassen, wenn sich sein Referatsleiter gegen Ende der Woche im Urlaub befand. Dessen eingetragener Vertreter unterschrieb bekannter weise meistens blanko, um unnötigen Nachfragen und einen damit verbundenen erhöhten Arbeitsaufwand zu vermeiden. Und die Wichtigkeit des Projektes, an dem Bertram arbeitete, machte den Genehmigungsweg erheblich kürzer.

Da die zeitaufwendige Arbeit mit seinem durchgeknallten PC-Spezialisten nicht von Erfolg gekrönt war und auch auf längere Sicht kaum damit zu rechnen war, dass ihnen weitere Ideen zur Öffnung des Codeschlüssels einfach kommen könnten, hatte sich Bertram entschlossen, den in der Nähe von Basel lebenden Sohn des Wissenschaftlers aufzusuchen. Hier wollte er weitere Einzelheiten erfahren.

Von dem Besuch versprach er sich neue Erkenntnisse, doch gleichzeitig war ihm durchaus bewusst, dass in letzter Konsequenz der Sohn von der Existenz der brisanten Datenträger in Kenntnis gesetzt werden musste, ungeachtet aller unliebsamen Folgen.

Alle notwendigen administrativen Hürden hatte Bertram nunmehr meistern können und begann seine Reise in die Schweiz mit ungeahntem Enthusiasmus.

Bereits während der Zugfahrt legte er sich die richtigen Argumente für den äußerst wichtigen Kontakt zurecht, wohl wissend, dass alle weiteren positiven Ergebnisse von der wohlwollenden Kooperation Nicolas Stettener abhängen würden.

Um für sämtliche ungünstige Konstellationen für den Ausgang seiner Reise in die Schweiz gewappnet zu sein, hatte er dem Freund in Belgien alle notwendigen Vollmachten erteilt.

Als er in Basel Bahnhof eintraf, stieg er voller Selbstbewusstsein und mit der Einstellung alles richtig gemacht zu haben aus dem Zug.

Nur mühsam bahnte er sich seinen Weg durch die Menschenpulks. Das Wochenende und die frühsommerlichen Temperaturen ließen die Bewohner aus den Städten flüchten und in den Bahnhof strömen.

Bertram entkam dem hektischen Gedrängel und folgte den Hinweisschildern in die Innenstadt.

Je weiter er sich vom Bahnhofszentrum entfernte, umso anschaulicher und wärmer empfing ihn die Umgebung der Altstadt.

Neugierig saugte er das angenehme Ambiente ein doch kurz darauf holte ihn der wahre Anlass seines Besuches aus der touristisch fröhlichen Stimmung heraus.

Über die Gerbergasse gelangte er auf den Marktplatz, den er ohne die ihn sich malerisch und freundlich anschmeichelnden Häuserfassaden zu beachten mit fast monotonen Schritten überquerte.

Das als Treffpunkt verabredete Straßencafe' lag am anderen Ende des Platzes. Kellner in beinlangen Schürzen umkurvten in gekonnten Schwüngen die geschmackvoll dekorierten Tische und kredenzten elegant aber verhalten die bestellten Speisen und Getränke.

Die Umgebung erinnerte Bertram an eine Filmsequenz einer französischen Straßenszene im seinerzeit besetzten Paris, als im Frühling 1942 die Straßencafes der Stadt als Treffpunkt für Spione und sonstige zwielichtigen Gestalten dienten.

Genau so kam er sich vor, als er das Cafe' betrat und den Kellner nach einen von Nicolas reservierten Tisch zu fragen.

Kaum dass er sich gesetzt hatte, trat ein junger Mann an den Tisch, stellte sich als Nicolas Stettener vor und setzte sich übergangslos und selbstbewusst auf einen der freien Korbstühle. Bertram nahm die Sonnenbrille ab und musterte den Mann aufmerksam aber zurückhaltend.

Nach den üblichen Begrüßungsfloskeln begann Nicolas Stettener unvermittelt konkret das Gespräch über den mysteriösen Tod seines Vaters.

Als wäre die von ihm vermutete unklare Todesursache faktisch nachgewiesen, begannen die beiden Männer in vorher nicht abgesprochenem Gleichklang nach kausalen Zusammenhängen um den Unfalltod des Wissenschaftlers zu forschen.

„Es kann einzig und allein nur mit dem Projekt zusammenhängen, an dem Ihr Vater gearbeitet hatte", resümierte Bertram die Diskussion, nachdem Nicolas unter anderem das gespannte Verhältnis zu seinem Vater dargelegt hatte.

„Über einen Mittelsmann bei der EU in Brüssel konnte ich erfahren, dass Ihr Vater im Auftrag der Europäischen Union ein Gutachten für ein Trinkwasserprojekt in Spanien zu erstellen hatte"; setzte Bertram den Dialog fort.

„Einzelheiten hierüber sind mir jedoch nicht bekannt, es bedarf noch einiger Nachfragen bei den entsprechenden Stellen. Die Sache gestaltet sich ausgesprochen schwierig, denn die ständigen Ausforschungen rufen Misstrauen hervor und anschließend verhüllt sich alles in tiefes Schweigen," gab er zu bedenken.

„Ich habe in den Unterlagen meines Vaters einige Akten gefunden, auf die ich mir noch keinen Reim machen kann. Sie alle beinhalten Hinweise auf Umweltschäden in Südspanien. Ich sollte hier vielleicht ansetzen, um mehr darüber zu erfahren," schlug Nicolas vor und hoffte auf vorbehaltlose Zustimmung seines Gesprächspartners.

Bertram bejahte diesen Vorschlag und in seinem Hinterkopf spukten die Gedanken um die Datenträger des Wissenschaftlers. Sie schienen gegen seine Gehirnwände zu trommeln, um befreit zu werden, endlich diesem Verlies zu entrinnen, um dem Gewissen Erleichterung zu verschaffen.

Fast wie entfesselt sprudelten die Wörter heraus, machten sich breit im Nebel des Gespräches, brachten Klarheit in Bertrams Kopf und Geist.

Er berichtete dem Sohn, wie er in den Besitz der Datenträger dessen Vaters gekommen war, erzählte von den ergebnislosen Versuchen, mit Hilfe von Spezialisten die Verschlüsselung zu knacken.

„Das passt zu ihm", entgegnete Nicolas lächelnd und schien dabei seinem toten Vater wohlwollend auf die Schulter zu klopfen.

Verdutzt über die seltsame Reaktion auf die bisher zurückgehaltene Erwähnung über die Existenz der Datenträger, wartete Bertram auf weitere Erklärungen Stetteners.

„Mein Vater war eigentlich kein Sicherheitsfanatiker. Wenn er diese Daten derart sorgfältig verschlüsselt hat, ist der Inhalt gewiss im höchsten Maße brisant. Er würde niemals ohne Grund solche Vorsichtsmaßnahmen wählen, um etwas zu verbergen. Der Code muss geknackt werden, dann wissen wir mehr!", führte Nicolas weiter aus und scannte augenblicklich sein Wissen über den Vater ab, um ad hoc einen Codeschlüssel zu ermitteln, was jedoch nicht gelang.

Erst nach einer kurzen Pause, die beide Männer benötigten, um das bisher Gesagte zu verarbeiten, war Bertram von der Richtigkeit seines Tuns überzeugt.

Einen weiteren Verbündeten gefunden zu haben, der zudem noch höchst persönliches Interesse an der Lösung des Geheimnisses hatte, machte Mut, bildete breite Schultern und stärkte den Drang nach vorn zu arbeiten.

Den Rest des Gespräches beinhaltete fast ausschließlich ein Monolog Stetteners, in dem er von seinem Vater erzählte, seine

Launen und Macken beschrieb. Betroffen und mit zurückhaltender Stimme berichtete er vom frühen Tod der Mutter.

Bertram Seegers hörte aufmerksam und artig zu, wenngleich seine Gedanken ihm schon weit vorauseilten. Sie malten ihm schattenhaft unwirkliche Szenen mit Verfolgungsfahrten und nächtlichen Observation in dunklen Gassen aus.

Nach einem gemütlichen Abend in einem Restaurant quartierte Nicolas seinen deutschen Besucher im winzigen Gästezimmer seiner Wohnung ein.
Die beiden Männer resümierten den Tag unabhängig voneinander als gelungener Beginn der Spurensuche zum rätselhaften Tod des Forschers und Vaters.
Nicolas überlegte, während er noch längere Zeit wach lag, wie er schnellstens und sicher Verbindung zur dieser spanischen Gruppe aufnehmen konnte, die sein Vater mit regelmäßigen Zahlungen unterstützte. Nebenher dachte er an die Verschlüsselung der Datenträger und welcher Bereich des Lebens seines Vaters zur Codierung diente.

Am nächsten Morgen diskutierten die beiden Männer bei einem ausgiebigen Frühstück die Situation und tauschten die Gedanken aus, die sie in der vergangenen Nacht in den Schlaf begleiteten. Wie in einem Trichter verengte sich der Gesprächsstoff einzig und allein um die Lösung des Codeschlüssels. Hiervon allein waren alle weiteren Schritte in der Sache abhängig.

Bevor Bertram in den Zug stieg und seine Heimreise nach Deutschland antrat, einigte man sich, alle neuen Informationen zügig auszutauschen und keine Maßnahmen zu unternehmen, die ohne vorherige Absprache den Ausgang ihres gemeinsamen Handelns unnötig gefährden konnten.

Kapitel 12

Sie hatte einen kleinen Strauß bunter Frühlingsblumen auf Bertram Seegers Schreibtisch gestellt und unterstrich somit ihre große Sympathie, die sie für ihren Chef empfand.

Doch außer eines kurzen „Danke" erhielt Frau Hallmann keinerlei Antwort auf ihre kleinen, versteckten Herzlichkeiten, mit denen sie ihm ihre warmen Empfindungen vermitteln wollte.

Sie fühlte sich beschützt, wenn er ihr mit seiner Anwesenheit unbewusst Geborgenheit und Wohlbefinden spendete. Dann möchte sie sich an seinen Körper binden, wie ein Schiff mit festen Tauen an eine Kaimauer.

Doch schienen Gefühle und Warmherzigkeiten für diesen workoholic in Diensträumen und Arbeitszeiten nichts zu suchen zu haben, denn nicht die kleinste Regung eines freundlichen Sinnesreizes war seinen Gesten zu entnehmen.

Für die 50-jährige, unverheiratete Edith Hallmann war jeder Morgen, an dem sie zum Dienst gehen konnte, eine Flucht aus der Einsamkeit und Kälte ihrer vier Wände. Stets sich immer nur mit einem selbst beschäftigen zu müssen und jeden Abend die Verlassenheit zu spüren, wenn der Schlaf nicht kommen mag, war schwerlich zu ertragen.

Diese Eintönigkeit in ihrem Leben, die sie seit dem Tod ihrer Mutter vor 5 Jahren schon abbüßte, wurde lediglich durchbrochen, wenn sie sich in Bertrams Reichweite befand, seine Stimme wohlwollend in ihre seelische Stille eindrang. Gab er ihr dienstliche Anweisungen, fühlte sie sich gestreichelt und liebkost.

Jedes Wort von ihm legte sich dann wie Balsam auf ihre wunde Psyche und tröstete die vereinsamte Frau.

Sie musste sich höllisch vorsehen, ihre Empfindungen nicht offensiv zu sehr auszudrücken, wie schnell würde es anderen Kolleginnen auffallen und sie dem Geschwätz der Belegschaft aussetzen.

Nur im Geheimen genoss sie diesen warmen inneren Frieden.

Frau Hallmann empfing den über alle Maßen geschätzten Vorgesetzten wie immer mit mehr als nur einer freudigen Begrüßung, als Bertram das Büro betrat.
Es beschäftigte sie sehr, wo der Mann das Wochenende verbracht haben könnte, denn mehrmals hatte sie versucht, ihn anzurufen, doch nur die monotone Stimme des Anrufbeantworters hatte ihr seine Abwesenheit erklärt.
Sie wollte ihn von einem Gespräch mit Kollegen berichten, in dem diese sich bei ihr am letzten Arbeitstag vor dem Wochenende außergewöhnlich hartnäckig nach Bertram erkundigt und ziemlich neugierig Fragen gestellt hatten.
Nicht nur ihnen waren die Veränderungen im Wesen des Bertram Seegers aufgefallen.
Schon seit Längerem war besonders ihr eine massive Wandlung in Bertrams gesamten Verhalten augenscheinlich geworden, denn wie kein anderer Mensch in seiner Umgebung nahm, Frau Hallmann jede seiner Bewegungen, jede Geste und jedes einzelne Wort mehrfach gefiltert und analysierend in sich auf.
Sie beobachtete messerscharf, wie er sich kleidete, registrierte wohlwollend, wie seine Ausstrahlung auf alle anderen Personen und Mitarbeiter im Dienstbereich wirkte. Insbesondere verzeichnete sie die Reaktionen anderer weiblicher Kolleginnen, wenn diese während gemeinsamer Unterhaltungen Bertram Seegers offensiv anschwärmten oder ihm mit sanften Augenaufschlägen ihre Sympathien signalisierten.

Und vor allem bemerkte sie, dass kein Alkohol mehr seine Haut schädigte, und dass kein Brechreiz erzeugender Atem morgens mehr die Spuren der vergangenen Nacht in die Büroräume hauchte.
Diese Tatsache musste durch eine massive Umgestaltung in seinem Wesen hervorgerufen worden sein, denn seit dem empfand man seine Gesellschaft mehr als eine angenehme Seite des

Dienstes, suchte seine Nähe und nahm gern Gesprächskontakt mit ihm auf.

Doch was hatte diese Veränderung erwirkt? War es womöglich eine neue Liebe, dachte Frau Hallmann und diese Idee löste in ihr erdbebenartige Hitzewallungen aus und vernebelten kurzzeitig ihre Sinne. Diese Möglichkeit versuchte sie nicht weiter auszuschmücken, doch hier und da rasten diese eifersüchtigen Gedanken durch ihr Gehirn.

Was hatte diesen Mann so erneuert, ihn wie nach einer genmanipulierten Operation in einem neuen Lebensgewand vom OP-Tisch auferstehen lassen?

Ihr Herz brannte sich vor Unwissenheit in einen Rausch von Hoffnungen und Wünschen und danach fiel sie immer tiefer in einen Sog des Verloren sein und in einen grundlosen See massiver Zweifel. Entfernte sich dieser Mann, den sie abgöttisch verehrte, immer weiter aus ihrem Blickfeld?

Trotz aller offenen Sympathie, mit der sie ihn umgarnte, wurden ihre warmen Gefühle durch ihn in keinster Weise weder erwidert, noch registriert. Nicht ein Fünkchen eines glimmenden Gegenlichtes hatte er ihr gesendet.

Edith Hallmann, die ihn abgöttisch liebte, mutmaßte immer fühlbarer, dass mit Bertram Seegers etwas nicht stimmte und dieser womöglich in irgendwelchen Machenschaften verwickelt sein musste, denn warum sonst wurde aus dem einstigen Alkoholiker ein strebsamer Mitarbeiter, dessen geballtes Talent die Vorgesetzten jetzt unerwartet zu schätzen wussten und mittlerweile von dessen Fachwissen profitierten.

Selbst bis in die mittlere Leitungsebene der EU reichten derweil seine Beziehungen, denn nicht ohne Grund gingen ständig Rückrufe aus Brüssel direkt in seinen Arbeitsbereich und nicht wie sonst üblich zuerst in die Referatsebene.

Dass er in Brüssel eine Liebschaft unterhalten könnte, blendete die Frau völlig aus, daran zu denken, erlaubte sie ihrem Gehirn nicht.

Sie himmelte diesen Mann innbrünstig an, starb fast vor Sehnsucht, wenn die einsamen Wochenenden ohne seine Nähe ihr Inneres gnadenlos quälten. Die Zimmerwände ihrer Wohnung schienen sie zerquetschen zu wollen, wenn diese unerträgliche Einsamkeit ihre wunde Psyche anhaltend folterte.

Und noch immer hatte sie Bertram ihre Liebe nicht persönlich offenbart, ihm nicht von den schlaflosen Nächten berichtet, nicht das Leiden geschildert, welches die Liebe zu ihm in ihrem Herzen verursachte und sich wie ein Flächenbrand auszudehnen schien.

Oft an Sonntagen, wenn von 12-18 Uhr der zugedrehte Energiehahn ihre kleine Wohnung in einen riesigen Kühlschrank verwandelte, saß sie in dem kleinen Cafe' gegenüber dem Wohnblock, in dem seine Wohnung lag.

Hinter dem Fenster, das zur Straßenseite zeigte, vermutete sie den einsamen Mann, dem sie all ihre Sympathie entgegen brachte, der sich jedoch nicht für sie interessierte.

Gerne würde sie sich jetzt an ihn kuscheln und ihre erkaltete Seele an seiner warmen Haut auftauen lassen.

Doch ihre Wünsche blieben unerfüllt. Und sie begann immer häufiger über Bertrams Leben nachzudenken, mehr als über ihr eigenes. Immer öfter schrieb sie wie von Geisterhand auf, wann er seinen Schreibtisch verließ, wann er Urlaub nahm, oder Überstunden ausglich. Sein Privatleben auszuforschen, wurde langsam und stetig zur Manie, füllte fortan ihre Freizeit voll und ganz aus.

Vielleicht war es für eine Offenlegung ihrer Gefühle ihm gegenüber schon zu spät, denn sollte sie irgendwelche dunklen Flecken auf seiner weißen Weste ausmachen, würde sie Bertram Seegers zum Feind haben.

Wie konnte es sein, dass dieser Kollege, der zwar ihr Vorgesetzter war, jedoch mit dem Rang eines 1. Sachbearbeiters lediglich der mittleren Führungsschicht des Ministeriums angehörte, der ohne großes Antragsverfahren im Rahmen von Dienstreisen in Europa unterwegs sein durfte. Und dann diese ständigen Anrufe aus Brüssel. Warum interessierte sich die wichtige EU für diesen einfachen Beamten??

Mehr und mehr kamen Misstrauen und Zweifel in ihr auf, und ihre innige Zuneigung drohte aufgrund seines Desinteresses an ihrer Person langsam in sanften Hass und einer aufkommenden freudvollen Feindschaft umzuschwenken. Alles, was diesen Mann umgab, schien mysteriös zu sein. Was wusste man denn schon von ihm.

Die Last dieser Gedanken trug sich schwer und sie war bemüht, dieses im täglichen Arbeitsablauf nicht sichtbar werden zu lassen.

Doch entgegen aller innerlichen Zerrissenheit sorgte Frau Hallmann wie gewohnt dafür, dass stets frische Blumen auf Bertrams Schreibtisch standen, dass der geliebte Vorgesetzte immer den besten Kaffee bekam.

Kapitel 13

Frost saß gelangweilt im tiefen Sessel der Hotellobby, drehte die dicke Havanna im Mundwinkel hin und her und beobachtete aufmerksam sowohl das breite Entree, als auch die Treppen des Hauses. Die Fahrstühle waren schon seit langem außer Betrieb.

Längst hatte er über den Portier ermittelt, wer sich hinter der hübschen jungen Frau verbarg, die hier seit geraumer Zeit wohnte und neuerdings ständig in Begleitung des gut aussehenden Nordafrikaners unterwegs war.

Das konspirative Durchsuchen der Zimmer der beiden hatte nichts ergeben, und auch die Ermittlung im Internet brachte nichts Schlüssiges hervor. Das Ergebnis einer gut bezahlten Anfrage beim befreundeten Leiter des Polizeidepartements würde ihm in kürze noch zugehen. Nichts wollte er unversucht lassen, um alles über die hübsche Frau zu erfahren.

Da Frost derzeit mehrmals das Hotel für Treffen mit diversen Geschäftspartnern nutzte, konnte er nebenbei sein Interesse an der jungen Frau stillen. So würde er auch herausfinden können, was der Nordafrikaner hier wollte. Sollte dieser auch der Clique angehören, die hier bei den Arbeitern herumschnüffelten, würde Handlungsbedarf bestehen. Denn gerade jetzt, da er für die Absicherung der Probebohrungen verantwortlich war, durfte keinesfalls eine neue Gefahrenquelle entstehen, die das Projekt gefährden könnte. Er wollte auf der Hut sein.

„Es ist wirklich ein tolles Auto, das sie da haben", hörte er eine aufregend sanfte Stimme hinter sich sagen und ließ ihn aus seinen Planspielen hochschrecken.

Die junge Frau setzte ihre Sonnenbrille auf und schlug den Weg zum Ausgang ein. Frost verharrte kurz in breitem Erstaunen, fasste sich wieder und folgte der jungen Frau, die mittlerweile draußen staunend vor dem Geländewagen stand.

„Ein 2030-er Toyota-cantio, mit neuester Dieseltechnik, die gerade noch unterhalb der Schadstoff-Limitierung liegt". Und 280 Pferde unter der Haube geben ihm die richtige Power und wollen manchmal gebändigt werden.", erklärte Frost wie beiläufig, während er der kalten Zigarre mit einem Streichholz neue Glut verschaffte.

„Wie besorgen Sie sich denn den Kraftstoff. Bei der Knappheit muss es doch ein echtes Problem sein, einen vollen Tank zu bekommen?", fragte Anna Emilia lässig.

„ Frost, freut mich, sie kennen zu lernen", sagte er freundlich und streckte ihr die Hand entgegen und überging elegant die Frage der jungen Frau.

Anna Emilia erwiderte den Händedruck, nannte brav und höflich ihren Namen und kam zurück auf das Auto, um weitere Fragestellungen zu ihrer Person nicht aufkommen zu lassen.

„Ich habe versucht, ein Fahrzeug zu mieten. Leider vergebens.", berichtete sie berechnend missmutig.

„Für welche Anlässe benötigen Sie einen Wagen, machen Sie Urlaub?", fragte Frost neugierig und streichelte dabei andächtig die Kotflügel seines Autos.

„Nein, ich bin nicht zur Erholung hier", gab sie ihm zu verstehen. „Ich bin Klimaforscherin und untersuche spätgeschichtliche bzw. eiszeitbezogene Einflüsse auf das heutige Klima", log sie. „Und mein Institut konnte mir bisher keinen Wagen zur Verfügung stellen."

„Ja, da sind sie natürlich ohne einen entsprechenden fahrbaren Untersatz ziemlich aufgeschmissen", antwortete Frost mit bedauerndem Verständnis.

„Und der junge Mann, der sie begleitet, ist er Ihr Assistent?", warf er zügig hinterher.

„Er begleitet mich", entgegnete Anna Emilia kurz und ausweichend, um unvermittelt wieder das Thema zu wechseln. „Dann gehört Ihnen das Fuhrunternehmen –*Frost- Transportes de Agricultura-* ?"

„Ja, das gehört mir!", erwiderte Frost mit einem nicht zu überhörenden überheblichen Unterton.

„Ich sah die LKW und jetzt erinnerte ich mich an den nicht spanischen Namen, ist es ein deutscher Name?"

„Ja, meine Vorfahren waren Deutsche. Wollen Sie mal eine Probefahrt machen?", wiegelte Frost ab, ging auf die Fahrerseite und öffnete die Tür.

Anna Emilia's Smartphone klingelte.

„Später, vielleicht später gern einmal. Nur jetzt geht es nicht!", antwortete sie und nestelte in ihrer Umhängetasche.

Yassin stand am Fenster seines Hotelzimmers und beobachtete die Unterhaltung.

Er hörte Anna Emilias Stimme im Smartphone. Yassin meldete sich jedoch nicht und beendete abrupt die Verbindung.

„Falsch verbunden", sagte Anna Emilia, verstaute das Smartphone, reichte Frost die Hand und schob sich an ihm vorbei, um wieder das Hotel zu betreten.

„Wie gesagt, später mit dem größten Vergnügen, doch jetzt bin ich in Eile", sprach sie und ging mit schnellen Schritten auf den Hoteleingang zu.

„Ich melde mich bei ihnen, bald...", rief Frost ihr hinterher, sah ihr noch einige Sekunden nach, stieg in den Wagen und fuhr los.

„Was sollte dieser Anruf", herrschte sie Yassin ärgerlich an und warf ihre Tasche mit weitem Schwung auf das Bett.

„Wer war dieser Mann"; fragte Yassin aufgeregt, „Ich habe ihn im Restaurant gesehen, er scheint sich für uns zu interessieren, ich habe ein absolut schlechtes Gefühl!"

„Wir könnten ihn für unser Vorhaben gebrauchen, ihm gehören die LKW, die wir auf der Plantage gesehen haben, vielleicht erhalten wir über ihn endlich ein Fahrzeug", antwortete Anna Emilia bestimmend und ziemlich angekratzt.

„Ja, vielleicht kommen wir mit seiner Hilfe sogar auf die Plantage, klar das ist es!!!!", erwiderte Yassin fast aufgeregt.

Anna Emilia wagte nicht die aufkommende Euphorie in seinen Worten zu ersticken, doch konnte sie sich kaum vorstellen, dass Frost es ihnen ermöglichen würde sich auf der Plantage ausgiebig umsehen zu können.

„Ich sollte mich bei ihm als Arbeit Suchender ausgeben, eventuell geht es über diesen Weg", versuchte Yassin sein Vorhaben zu erläutern.

„Ein Nordafrikaner, der in einem guten Hotel wohnt und auf Arbeit auf einer Plantage wartet, das glaubt dir kein Mensch Yassin", gab ihm Anna Emilia zu verstehen.

„Es sei denn...?",.

„Ich werde nebenbei erwähnen, dass Du bald Ingenieur sein wirst, zwar noch ohne Diplom, und Arbeit suchst. Frost wird dich unterbringen, da bin mir sicher. Schon allein, um Dich aus meiner Umgebung zu verbannen. Damit würde ein möglicher Nebenbuhler kaltgestellt. Er hat ein Auge auf mich geworfen, ich spüre es, und diese Tatsache könnte seine Sinne vernebeln und ihn für uns berechenbarer machen.

Ja, so müsste es klappen, und so werden wir es angehen", beendete Anna Emilia ihre Planung.

Yassin setzte sich gedankenverloren aufs Bett; die gerade gefassten Absichten ließen in ihm ein gehöriges Potenzial an Zuversicht und Hoffnung aufkommen. Die Sache bekam Kontur und Schub, während sich dadurch andererseits die gefährliche Sprengkraft der Aktion massiv erhöhte. Würde sich Anna Emilia womöglich in diesen Kerl verlieben und sich aus seinem eigenen Blickfeld mehr und mehr entfernen? In einer nie dagewesenen Häufigkeit quälten ihn diese Gedanken.

In der Nacht, wenn der Schlaf nicht kommen wollte, dachte er an seine Eltern, die sich ganz sicher um ihn sorgten. Das schlechte Gewissen, ihnen zurzeit keine Hilfe sein zu können, bohrte in ihm und schmerzte auf der Seele. Doch er wollte diese Mission zu Ende führen, unter allen Umständen und mit aller Kraft

Die knallenge Jeans formte Anna Emilias Körper ziemlich aufreizend und brachte ihre attraktive Weiblichkeit beeindruckend zum Vorschein.

Yassin warnte eindringlich vor zu viel anmutigen Schwung: „Du riskierst Kopf und Kragen, wenn du schon beim ersten Treffen den Kerl verführen willst".

„Ich will ihn nicht verführen sondern nur ein wenig ködern, mehr wird nicht passieren, wird nie passieren!!", stellte sie ultimativ fest. „Mir geht es einzig und allein um ein vollgetanktes

Fahrzeug und um deine Aufnahme in die Plantagenarbeit, Punkt und aus!", gab sie ihm zu verstehen, verabschiedete sich und schloss die Zimmertür.

Verdutzt blieb Yassin zurück, ging zum Fenster und sah auf den Vorplatz der Hotelanlage, wo Frost in seinem Geländewagen auf Anna Emilia wartete.
Ein niedriges Gefühl der Eifersucht stieg in ihm hoch und verursachte einen ziemlichen Druck in seiner Magengegend. Nein, dieser Mann da unten in dem Jeep würde niemals sein Freund werden, und obwohl der Gegner noch nicht zu den Waffen gerufen und seine Truppen mobilisiert hatte, stellte sich Yassin schon jetzt auf einen massiven Kampf ein, dessen Taktik für einen erhofften Sieg ausgereift und von List und Schlauheit nur so überquellen musste.

Anna Emilias langes dunkles Haar wehte im Fahrtwind und umspielte ihr Gesicht wie ein sanfter Schleier. Hinter der Sonnenbrille wachten zwei aufmerksame Augen, die den Fahrer fixierten und jede seiner Bewegungen konzentriert beobachteten.
Die junge Frau hatte Frosts volle Aufmerksamkeit und sein absolutes Interesse im Handstreich auf sich fokussieren können. Er war fasziniert von ihrer Gewandtheit der Wortwahl mit der sie ihre Stimme an sein Ohr brachte, wie ihre feine Weiblichkeit seine Person unsichtbar schmeichelte und den Mann verzauberte.
Die Anmut ihrer Bewegungen ließ in ihm das Blut mit stetig ansteigender Geschwindigkeit und ohne Gegenwehr dem Siedepunkt näher kommend durch seine Adern rasen.
Diese Frau hatte ihn eingeschlossen in ein Labyrinth, dessen Ausgang zu finden ihm zum jetzigen Zeitpunkt als schier unmöglich vorkam. Nie zuvor fühlte er sich derartig hilflos und stand einem erregenden Abgrund so nahe wie gegenwärtig, und niemals war er so fest entschlossen, sich für diese Frau in diese bodenloseTiefe fallen zu lassen.

Das Straßencafe' am Plaza de Mayo war nur mäßig besucht. Die Aussicht über die Avia del Cabo de Gata hinweg erlaubte einen freien Blick auf das Meer. Die Menschen am Strand genossen die Sonne und ließen sich durch die Wirtschaftskrise nicht davon abhalten, ihren lieb gewonnenen Gewohnheiten nachzugehen. Ganze Familienbünde versammelten sich an den Stränden und vergnügten sich mit Ballspielen. Die Kinder tobten im warmen Sand und spielten Fangen. Sie dürften die einzigen sein, denen nicht ständig die Rationierungen des Trinkwassers, der Kraftstoffe und der elektrischen Energie durch den Kopf gingen. Sie konnten unbeschwert in den Tag hinein leben, während die Erwachsenen sich allzeit inmitten eines immer stärker aufkommenden Versorgungschaos drehten. Sich in den Rotationen der Schwarzmarktkarusselle der Benzinmaffia einen der festen Plätze zu verschaffen, war für viele zur Mobilität verpflichteten Menschen zum vorherrschenden Tagesthema geworden.

Ein unabhängiger Beobachter würde diese Strandszenen aus den Jahren um 2005 vermuten und nicht aus dieser Zeit.

Anna Emilia gab sich betont selbstbewusst und versuchte Frost mehr und mehr aus der Reserve zu locken. Sie überlegte haargenau inwieweit sie den Mann über sich aufzuklären gedachte und baute nach und nach einen imaginären Grenzzaun um sich auf. Frost legte sich mächtig ins Zeug, um weltmännisch und mondän zu wirken. Er vermied es jedoch seine Beziehungen zur Plantagenwirtschaft näher zu erläutern. Besonders dieser Sachverhalt könnte das erste Riff sein, an dem sein Persönlichkeitsbild Schiffbruch erleiden könnte. Er umschiffte diese Angelegenheit mit eleganten Wortspielen und wechselte umgehend das Thema, sobald die Plantage ins Gespräch kam.

Dann ging Anna Emilia frontal zum Angriff über und fragte konkret: „Mein Begleiter sucht einen Job. Haben Sie mit ihren

Beziehungen nicht die Möglichkeit ihn irgendwo unterzubringen? Er ist mit seinem Studium fast fertig und möchte für seine Diplomarbeit noch etwas Erfahrung sammeln und außerdem benötigt er das Geld sehr dringend. Er ist ein netter Kerl und ich habe versprochen ihm zu helfen", log sie und hoffte auf keine weiteren Fragen zur Person Yassins.

Frost blickte überlegend hinüber zum Strand, und als hätte er diese Frage bereits erwartet antwortete er: „In welcher Beziehung stehen sie zu ihm, kennen sie den jungen Mann schon länger? Ich meine......", stotterte Frost, um seine Frage in eine bestimmte Richtung zu lenken.

„Nein, ich habe keine Beziehung zu ihm, wir lernten uns zufällig im Hotel kennen, mehr ist nicht!", gab sie fast ruppig zu verstehen.
„Ich möchte ihnen ja nicht zu nahetreten, aber in diesen Zeiten sind die Nordafrikaner nur hier, um auf den hiesigen Plantagen zu arbeiten.......!", rückte Frost die Lage zurecht, und ließ für einen Augenblick seine chauvinistische Anschauung durchblicken.

Anne Emilia zeigte sich von dieser geringschätzigen Bemerkung unbeeindruckt und antwortete: „Und genau das will er auch, nur das!"
Sie hatte damit anscheinend genau den richtigen Ton gefunden, denn Frost weitete das Thema nicht aus. Er war zufrieden, denn jetzt konnte er den Nordafrikaner aus ihrer Umgebung drängen, ihn nach Belieben wie eine Schachfigur hin und her schieben. Und sollte dieser dem Feuer zu nahe kommen, würde er ihn kurzerhand hineinstoßen.
„Ich will sehen, was ich tun kann. Versprechen kann ich nichts", ließ er die Frau wissen, schob dabei ein schmalziges Lächeln herüber und rückte den Stuhl näher an den Tisch, als wolle er die Zusage mit seiner Nähe untermauern.

Anna Emilias Minenspiel erhellte sich nach dieser Antwort. Sie berührte wie zufällig seine stark behaarte Hand und sagte anschmeichelnd: "Ach, ich wusste, dass Sie Einfluss und die Möglichkeit haben, mir den Wunsch zu erfüllen".

Frost fühlte sich gut und sonnte sich in der Zuversicht, seinem Ziel, die junge Frau zu erobern, ein kleines Stückchen näher gekommen zu sein.

Anna Emilia war mit ihrer Taktik hoch zufrieden, es tat gut zu sehen, wie der Mann, der ihr absoluter Feind sein sollte, langsam in die von ihr gestellten Fangschlingen trat.

Kapitel 14

Nicolas Stettener fand nur schwer zurück in seinen täglichen Arbeitsablauf. Besonders die Tatsache, dass sein Vater schon frühzeitig alle Vorbereitungen für einen eventuellen Tod getroffen hatte, ohne ihn zu beteiligen, machte ihn traurig und beschämte ihn zugleich. Nichts zu erfahren, geschweige denn von der inneren Zerrissenheit seines Vaters gewusst zu haben, bekümmerte Nicolas unendlich.

Was mochten die Beweggründe für diesen Vertrauensentzug gewesen sein, mit dem ihn der Vater sogar den Lotteriegewinn verheimlicht hatte?

Bei weiterem gedanklichem Zurückblicken in die letzten Jahre musste Nicolas feststellen, dass die Kluft zwischen ihnen beiden anscheinend größer war, als ihm sein bisheriges egoistisches Empfinden suggerieren wollte.

Die durch den Besuch des deutschen Beamten Bertram Seegers hinterlassene Zweifel am Tod seines Vaters, sowie das mit all den neuen Belastungen behaftete Gespräch beim Notar Rosetti ließen das Einerlei seiner Arbeit in der Redaktion zur wahren Tortur werden. Gedankenversunken und fernab jeglicher Aufmerksamkeit dümpelte Nicolas durch den Rest der Woche, bis der rettende Samstag und die Aussicht auf den freien Sonntag eine Besserung des Gemütszustands versprach.

Er nahm sich vor, den Tag wieder im Haus seines Vaters zu verbringen. Hatte er damit den Weg einer quasi Wiedergutmachung eingeschlagen?
Ihm fiel auf, dass es ihm gar nicht bewusst war, nunmehr wohlhabend und bar aller finanziellen Probleme zu sein. Nein, nicht im Entferntesten war ihm dieser Gedanke gekommen.

Sein Elternhaus stand ab sofort nicht mehr zum Verkauf. Nicolas hatte die Seele des Hauses wieder entdeckt, war nach all den Jahren zurückgekehrt, wie ein Boot, das nach einer turbulenten Weltumseglung endlich wieder in den Heimathafen einlaufen konnte.
Und nun wollte er sich mit all seiner Energie der Aufklärung des mysteriösen Unfalltods seines Vaters widmen. Das war er ihm schuldig.

Zur Unterstützung dieses Vorhabens beabsichtigte er den aus fernen Schultagen bekannten ehemaligen Leiter des Sicherheitsdienstes des Pharmariesen Pierson Medical, Rudolf Kronberger zu engagieren.
Dieser schlug sich derzeit mehr recht als schlecht als Privatdetektiv durch, wäre aber aufgrund seiner Erfahrung und seines ausgefeilten Könnens als Kriminalist eine hochkarätige Hilfe.

Für das bevorstehende Wochenende hatten beide bereits ein Treffen vereinbart.
Nicolas fühlte nach diesen Entschlüssen einen ganz besonderen Ehrgeiz in sich aufsteigen. Seine Arbeit in der Redaktion verrichtete er weiterhin ordnungsgemäß, ohne dem Vorgesetzten oder Kollegen irgendeinen Grund zum Nachdenken über seine Person oder sein Verhalten zu geben.
Am frühen Abend lehnte er sich entspannt zurück in die weiche Lehne des Sessels und sah aus dem Wohnzimmerfenster, wie die

Bernina - Bahn kraftvoll und arbeitsam den steilen Anstieg der Strecke schaffte. Der lang gezogene Pfeifton untermalte die Stimmung in seinem Elternhaus fast wie inszeniert.

Die Entspannung war nur vordergründig, denn innerlich umtrieb ihn ein massiver Hochdruck.

Auf dem Tisch lag der Brief seines Vaters, den ihm Notar Rosetti übergeben hatte.

Als Nicolas den Brief aus dem Umschlag zog, erkannte er die wohl geschwungene Handschrift seines Vaters.

Lieber Nicolas,

es war in den letzten Monaten nicht einfach, einen Weg zu Dir zu finden, zu sehr hat uns die Zeit auseinander gebracht. Und wenn du jetzt diesen Brief erhältst, haben vielleicht die Ärzte Recht behalten, ich werde es nie mehr erfahren.

Dr. Rosetti wird dir sicher schon alle Einzelheiten mitgeteilt haben und damit in dir sicherlich ein gewisses Erstaunen hervorgerufen haben.

Es war keinesfalls fehlendes Vertrauen, dir den Lotteriegewinn zu verheimlichen, dennoch zog ich diesen Schritt vor, um weitere unnötige Belastungen um uns herum auszuschließen.

Ich sah mich bewogen, einer Naturschutzorganisation einen großen Anteil des Betrages zur Verfügung zu stellen, weil ich damit die Möglichkeit sah, der mir so sehr ans Herz gewachsenen Region in Spanien damit zu helfen.

Nach dem Tod deiner Mutter habe ich hauptsächlich gutachterliche Aufträge angenommen, die mich nach Südspanien führten. Wie du weißt, haben deine Mutter und ich damals dort sehr oft die Feuchtgebiete um die Donana besucht, was mich stetig mehr mit dieser Region verbunden hat.

Diese Gegend ist mittlerweile zur Wüste verkommen, das zu sehen hat mich zutiefst erschüttert und meinen Glauben an das Gute im Menschen restlos ausgelöscht.

Besonders mein kurz vor dem Abschluss stehendes Gutachten für ein südspanisches Projekt bezeugt die räuberische und gnadenlose Ausbeutung der Grundwasserreserven durch die Plantagenmaffia und macht deutlich, wie nah wir die Welt ungehindert an den Abgrund gerückt haben.

Ich hoffe, dass ich mit meiner Geldspende dieser Entwicklung vielleicht ein wenig Einhalt gebieten kann.

Sicherlich wird dir der Nachlass ein sorgenfreies Leben bereiten, was ich dir von Herzen gönne.

Ich bedaure jedoch sehr, dass wir beide in letzter Zeit keine Gelegenheit genutzt haben, uns ein wenig öfter zu sehen. So musste ich diesen Weg gehen.

Trotz aller fehlenden Nähe darfst du dir meiner uneingeschränkten Liebe sicher sein.

Pass gut auf Dich auf mein Sohn
Dein Vater

Jetzt die richtigen Gedanken zu finden fiel Nicolas außerordentlich schwer. Die warme Beziehung, die ehemals zu seinem Vater herrschte, fand erst jetzt nach seinem Tod wieder die richtige Bahn und fädelte sich in die frühere Stärke ein.

Jetzt wurde Nicolas klar, warum kurz nach dem Tod des Vaters dessen Kollege aus dem Forschungsinstitut Thomas Resch sich bei ihm so intensiv nach den Arbeitsunterlagen für ein bereits abgeschlossenes geologisches Gutachten interessiert hat. Mehrfach musste Nicolas ihm erklären, dass sich keinerlei Unterlagen in seinem Besitz befinden.

Da sich dieser Resch seit einigen Wochen nicht mehr gemeldet hatte, schien die Angelegenheit wohl erledigt sein.

Sämtliche ihm zur Verwaltung überlassenen Dokumente des Vaters hatte Notar Rosetti in Bankschließfächer deponiert, und gerade diese wollte Nicolas in kürze zügig durcharbeiten, bevor das Treffen mit dem Privatermittler Kronberger stattfinden sollte.

Möglicherweise würden hieraus neue Indizien sichtbar, die bei der Zusammenkunft mit dem Detektiv möglicherweise ausschlaggebende Ermittlungsrichtungen aufzeigen würden.

Nicolas genoss die Nachmittagssonne, während er den Cappuccino im Straßencafe' in der Brotlaube nahm.

Die junge Frau am Nebentisch erregte seine Aufmerksamkeit, weil ihre natürliche Schönheit so ganz ohne Make-up auszukommen schien. Ihre unauffällige aber absolut passende Garderobe unterstrich ihre frauliche Ausstrahlung, mit der sie seine Blicke wie ein Magnet auf sich zog.
Die Sonne brachte ihr rotbraunes Haar zum glänzen und reflektierte hieraus ein goldenes Echo.
Nicolas ertappte sich dabei, angestrengt über ihren möglichen Beruf nachzudenken, und in welchem Tätigkeitsbereich auch immer diese Schönheit vergeudet wurde, diese Statue einer fraulichen Gestalt stand oder saß tagsüber mit absoluter Sicherheit am falschen Arbeitsplatz. Michelangelo würde bei diesem Anblick seine Mona Lisa vergessen und nur für diese Frau das berühmte unnachahmliche Lächeln porträtieren.

Zwischen Bankerin, Ärztin oder Staatsanwältin schwankten Nicolas' Vorstellungen, doch konnte er keine finale Entscheidung treffen, denn mit einem Lächeln, das sie ihm freundlich herüber warf, stand die Schönheit auf und verließ das Cafe' über die Paradiesgasse in Richtung Commandergasse.
Fasziniert, ja nahezu hypnotisiert sah er ihr nach, bis sie hinter einem Häuserblock seinen Blicken entkam.
Erst jetzt konnte sich Nicolas wieder den mitgebrachten Unterlagen zuwenden, doch schon nach den nächsten Leseminuten hob er den Kopf und schaute sehnsuchtsvoll in

die Richtung in der die schöne Frau entschwunden war. Ein fiktives Geschoss aus ihren Augen hatte ihn getroffen und die Normalfunktion seiner Sinne außer Betrieb gesetzt.

Er besann sich und verstaute seine Unterlagen in die Aktentasche. Nachdem er gezahlt hatte, folgte er wie von unsichtbaren Tauen geschleppt der Frau, deren aufregendes Parfüm spürbar noch als Duftmarke die Häuserblocks umnebelte und ihm als Fährtenspur zu dienen schien.

Die Spur der Schönheit hatte sich im Gewirr der Passanten verloren, jedoch sah Nicolas in jedem der weiblichen Gesichter dieses Antlitz wieder spiegeln. Er versuchte sich diesen Trugbildern zu widersetzen und nahm nur zögernd den Weg zum Bus, der ihn zum Elternhaus brachte, wo er den Rest des Tages verbringen wollte.

Auch dort, auf dem Balkon sitzend, verfolgte ihn das schöne Gesicht dieser Frau, während der Bernina-Express kraftstrotzend und würdevoll seine Wagen am Haus der Stetteners vorbei zog.

Morgen musste Nicolas nach Basel, um sich mit dem Privatermittler Rudolf Kronberger zu treffen, also gab es vorerst keine Möglichkeit, dieser Schönheit ein zweites Mal zu begegnen.

Nicolas rief Bertram Seegers an und informierte ihn über das bevorstehende Treffen mit dem Detektiven Kronberger. Der Deutsche unterstützte diesen Schritt, gab jedoch nebenbei einmal mehr seine Enttäuschung über das immer noch offene Zugangspasswort für die Datenträger wieder.

Die beiden Männer verabredeten eine erneute kurzfristige Zusammenkunft, für deren Anreise sich Bertram über seinen belgischen Freund van Stappen erneut die erforderlichen Legitimationen von übergeordneter Stelle besorgen wollte.

Rudolf Kronberger freute sich, seinen ehemaligen Schulka-
meraden nach so langer Zeit wieder zu sehen. Die letzte Zusammenkunft anlässlich eines Klassentreffens lag schon
fast fünf Jahre zurück. Und jetzt sollte es eine schicksalhafte
Begegnung werden.

„Ich glaube, die Rettungsringe um deine Hüften haben ein
wenig an Volumen zugelegt", witzelte Nicolas, als sie sich
herzlich begrüßten.

Mit leichtem Klopfen mit der Handfläche auf den Bauch bestätigte Kronberger diese Vermutung und wollte nach kurzen Begrüßungsfloskeln sofort neugierig den Anlass des
Treffens wissen.

Nicolas erzählte vom Tod seines Vaters und der vielen
Zweifel, die mit dem Erscheinen des deutschen Ministerialbeamten in ihm wuchsen. Ebenso gab er über die Arbeiten seines Vaters und der ominösen Datenträger dem Detektiv alle notwendigen Informationen.

Kronberger saß andächtig und fast regungslos im Sessel
und verarbeitete die Neuigkeiten scheinbar stückweise.

Erst nach ausgiebigem Schweigen sah er den Freund an,
holte tief Luft und legte sich fest:

" Es könnte ein harter, langer Kampf werden, sollte es sich
bewahrheiten, dass beim Tode deines Vaters nachgeholfen
wurde.

Die Tatsache, dass die ermittelnden Behörden den Fall so
schnell abgeschlossen und zu den Akten gelegt hatten,
macht mich irgendwie misstrauisch.

Und....", Kronberger machte eine kurze Pause, als wolle er
Anlauf für eine wichtige Frage nehmen, „Dieser Deutsche,
wie hieß er gleich noch mal …?"

„Bertram Seegers, er ist ein Ministerialbeamter in Deutschland", antwortete Nicolas feststellend, „Ich vertraue ihm,
denn mein Gefühl sagt mir, dass er loyal und ehrlich ist",

schob er hinterher, und erstickte die in Kronbergers Frage aufkommenden Zweifel.

„Ich glaube dir, wir müssen deshalb eng an ihm dranbleiben und uns seine Hilfe sichern, denn wahrscheinlich ist er die beste Verbindung zum Auftraggeber der Einsätze deines Vaters. Für unsere Ermittlung bedarf es eines gewissen finanziellen Rahmens. Hast du ausreichend Möglichkeit", legte sich Kronberger fest.

„Wir werden sehen", sagte Nicolas vorsichtig und nachdenklich, in der Absicht, Kronberger nicht sofort das Gefühl zu geben mit der Übernahme des Ermittlungsauftrages nunmehr finanziell aus dem Vollen schöpfen zu können.

Kapitel 15

Jose' Savallas, Verwalter der Plantage La Amplia, hatte mit der Vorbereitung für die bevorstehenden Probebohrungen wahrlich alle Hände voll zu tun. Und bald stand auch noch dieser Fiesling Frost zu einem weiteren Planungsgespräch in seinem Arbeitscontainer, was überhaupt nicht in den Zeitplan passte und die Laune des Verwalters kaum heben wollte.
Allein die ständigen Maschinendefekte in Sektor 17, der Bereich in dem die neuen Paprika-Anzuchten wuchsen, machten dem Verwalter heftig zu schaffen.
Savallas fühlte sich ungerecht behandelt, weil man alle Zwischenfälle und Defekte auf ihn abschob, dennoch motivierten ihn die Pannen, denn das Wasserprojekt wollte er nutzen, um der Leitung zu zeigen, dass ohne ihn nichts geht, und nur er die Plantage am Laufen hielt.
Dabei sollte ihm der Gangster Frost nicht in die Quere kommen.

Dieser stand im Ansehen bei den Plantagenbesitzern ziemlich hoch im Kurs. Allein weil dieser die Plantage mit diversen illegalen Energieversorgungen gegenüber den übrigen Betrieben übervorteilte und mit kriminellen Treibstoffgeschäften das Transportvolumen der „La Amplia" sicherte.
Savallas bewegte sich nah am Abgrund, wenn er sich Frost zum absoluten Feind machte.

Der Geländewagen kam in hohem Tempo den Weg zum Arbeitscontainer des Verwalters hoch gerast und hüllte die Umgebung in eine sandige Nebelwand. Den kalten Zigarillo arrogant durchkauend, ließ Frost die Sonnenbrille lässig über die Stirn vor seine Augen fallen, schwang sich vom Fahrersitz und klopfte den Staub aus den Jeans.
Die schmale Sonnenbrille mit Spiegelglas verlieh seinem Antlitz den Ausdruck überheblicher Arroganz, zweitklassiger Feinheit und gab der gesamten Figur den Glanz einer versteckten aber durchdringenden Gemeinheit.
Ohne anzuklopfen, stürmte Frost in den Container, schwang sich in einen der freien Plastikstühle und begann ohne Grußwort mit den Vorhaltungen.

„Ich warte immer noch auf ihre Liste der Wissenschaftler und deren Mitarbeiter. Ich habe meine Zeit nicht gestohlen, auch ich muss meine Planungen durcharbeiten, schließlich bin ich auch für die Sicherheit verantwortlich!", machte er in barschem Ton auf die Pannen anspielend unmissverständlich klar, dass der Verwalter nunmehr zu handeln hatte.
„Und außerdem hätte ich da einen qualifizierten Ingenieur, einen Marokkaner, der zwar noch nicht durch ist mit seinem Studium, doch ich denke, sie können angesichts der hier herrschenden chaotischen Zustände jede Kraft gebrauchen, die ihre Pannen behebt", spöttelte Frost zynisch und ließ in Savallas' Gemüt den Wutpegel deutlich ansteigen.
Der Verwalter konnte seinen Zorn nur mit Mühe zügeln,

die geballten Fäuste verrieten, dass es nicht mehr lange dauern würde, bis die nächste Auseinandersetzung mit Frost eine Explosion in ihm auslösen würde, die alle Bande zwischen den beiden Männern endgültig sprengen würde.

Und wieder speicherte sein Gehirn die erneute Demütigung durch diesen Frost und dieses Depot wuchs gefährlich an.

Savallas dachte sich: Eines Tages werde ich diesem Gangster alles heimzahlen, sich mannhaft gegen ihn erheben, ihm genüsslich die Kehle zudrücken, was er ohnehin schon mehr als 10000 Mal symbolisch vollzogen hatte. Irgendwann würde dieses fiese Bündel Mensch die Quittung erhalten und für seine Taten zur Rechenschaft gezogen werden. Alle Menschen, die unter ihm und durch ihn leiden mussten, würden in der Ewigkeit zum Spießrutenlaufen angetreten sein und jeden Peitschenhieb genießen, mit denen sie ihn durch die Reihen hetzten.

Doch vorerst blieb dieser Mann der Menschheit erhalten und Savallas hatte sich mit ihm zu arrangieren, ob es ihm passte oder nicht.

So verabredeten sie, dass Frost noch vor dem kommenden Wochenende den Nordafrikaner Yassin, auf der Plantage vorstellen würde, der Verwalter sollte ihn unter seine persönlichen Fittiche nehmen und als Hilfskraft einstellen.

Der angekündigte Kontakt der Naturschutzgruppe mit Anna Emilia fand in ihrem Hotel statt. Als Pizzaservice getarnt, überbrachte ein Mitglied der Organisation der jungen Frau, sicher verpackt in einem „ear-clip", die neuesten Informationen, die aktuelle Lagebeurteilung und die entsprechenden Verhaltensanordnungen.

Bevor diese Angaben ausgetauscht wurden, hatte die Kontaktperson das Hotelzimmer ausführlich nach Abhörgeräten ausgeforscht, um Anna Emilia abzusichern.

Ihr wurde mitgeteilt, dass die Naturschutzorganisation vor einiger Zeit von einem anerkannten Geologen wertvolle Informationen angeboten wurden, eine Kontaktierung jedoch nicht zustande kam, da der Wissenschaftler bei einem Verkehrsunfall ums Leben kam. Weitere Einzelheiten hierzu seien der Gruppe bisher noch nicht bekannt gemacht worden.

Anna Emilia setzte die Organisation von ihren Plänen in Kenntnis, sich in den engeren Personenkreis der Plantage La Amplia einzuschleusen, um gezielt Ausforschungen zu ermöglichen.

Die Organisation gab aufgrund der Vorkommnisse um den verstorbenen Geologen sofort grünes Licht, da auch dessen letzter Einsatzbereich im Großraum Donana / Almeria lag.

Um die Tarnung der jungen Frau als Klimaforscherin glaubhaft zu machen, sollten ihr kurzfristig Forschungsgeräte und klimageologisches Kartenmaterial zur Verfügung gestellt werden.

Alle Zweifel, die ihr bei dem Gedanken kamen, Yassin in die Höhle des Löwen geschickt zu haben, zerstob sie augenblicklich, da sie sich durch den soeben durchgeführten Kontakt mit der Gruppe der Richtigkeit ihres Vorgehens sicher war.

Das Telefonat, in dem Frost ankündigte, den jungen Afrikaner zur Fahrt auf die Plantage abzuholen, um ihn dem Verwalter vorzustellen, war für sie ein neuer grandioser Anfang.

Untermauert wurde ihr Enthusiasmus durch die aufbauende Neuigkeit, dass auch der verstorbene Forscher weitestgehend in dieser Region tätig war. Jetzt schien sich die Sache mehr und mehr abzurunden. Sie musste nebenbei auch Ausführliches über den verstorbenen Wissenschaftler herausbekommen.

So plante die junge Frau mit ihrem Freund nunmehr alle erdenklichen Rückwirkungen auf sämtlichen infrage kommenden Zwischenfällen und Szenarien, die bei der Aktion auftreten könnten, durchzuspielen.
Ferner erarbeiteten sie ein bis in kleinste Einheit ausgetüfteltes Informationssystem; das nötige Equipment stellte die Organisation bereit.

„Du musst mir versprechen, keine gefährlichen Alleingänge zu starten, es steht zu viel auf dem Spiel. Halte dich genau an unsere Planungen", warnte Anna Emilia Yassin, der seine Rolle mit allergrößter Sorgfalt und zurückhaltender Vorsicht ausfüllen wollte. Ihm war bewusst, dass er eine zweite Chance in dieser Dimension und Nähe zum Geschehen niemals wieder bekommen würde.

Anna Emilia legte die Hand über die Augen, denn die warme Sonne blendete sie und nahm ihr den Blick auf das ruhige Wasser.
Auf den Grünflächen, die den See in einen Flickenteppich verwandelten, tummelten sich Hunderte von Wasservögeln, die ihre Freude über die wunderschöne Natur mit lautem Lärmen zum Ausdruck brachten.
Das freudig aufwallende Stimmengewirr einer herannahenden Armada von Kranichen ließ die junge Frau vor positiver Aufregung immer unruhiger werden.

Majestätisch näherten sich die stolzen Vögel von Nordosten her der **Donana** und nahmen schwungvoll Kurs auf die weitläufigen Wiesen, die abseits der Wasserfront auf das baldige Landen der prächtigen Tiere warteten und sie mit frischem Gras und saftigen Pflanzen zum Rasten einluden. Graureiher wateten mit grazilen Tanzschritten durch die Sumpfwiesen, scheinbar schwebend, sich in graziösem Laufrythmus fortzubewegen. Manchmal minutenlang starr und angespannt in den feuchten Grund blickend, still und andächtig verharrend.

Dem Nachwuchs das Geheimnis des Jagens stumm vermittelnd, lauerten sie in der andächtigen Beobachtungsstellung, vertrauten auf reiche Beute.

Sie schienen deutlich unberührt vom Anflug der Kraniche, deren Anführer wahrscheinlich schon vor Stunden die Aufteilung der Landezonen vorgenommen hatten, denn in aufgeräumter Formation und unter heftigem Freudengetriller landete die Luftflotte ordnungsgemäß, um sich nach kurzen Blicken und Feststellung der Vollzähligkeit in die nahe Umgebung zu verteilen, wo anschließend die im Übermaß vorhandene Nahrung auf die Tiere wartete.

Umgeben von prachtvoller Fauna, vertrauten sich die Vögel freudvoll der Landschaft an, in der ihnen niemand etwas zu Leide tun würde. Eine Welt ohne die Bestien, die sich Menschen nennen. Welch ein paradiesischer Zustand.

Verstört und erregt erwachte Anna Emilia schweißgebadet aus diesem Traum und versuchte gleichwohl zurückzukehren in diese gerade verlassene heile Welt, doch die Erinnerung an dieses Paradies entfernte sich eilig wie ein Schnellzug, der aus einem Bahnhof ausfährt und den Fahrgästen keinen Blick zurück gestattete. Ihr gelang es nicht, noch einmal über die Brücke des Schlafes in diese wohltuende Illusion zu gelangen, und den wirklichen Grausamkeiten des wahren Lebens nochmals entfliehen zu können.

Die Tür zum Paradies blieb verschlossen.

Ihre Gedanken näherten sich nunmehr dem realen schmerzvollen Schlachtfeld. Sie dachte an Yassin, der sich bald in der Höhle des Löwen befand und möglicherweise dem Tod näher als dem Leben sein könnte.

Ungute Ahnungen breiteten sich in ihr aus, legten sich dunkel auf ihre Seele und verursachten massive Schuldgefühle. Sie betete beschwörend zu Gott, er möge diesen Mann beschützen. Inständiges Flehen an den Schöpfer, den sie schon seit längerem nicht mehr vertraute und den sie verlassen hatte, weil dieser all die Ungerechtigkeiten, die sie bekämpfte, unbedenklich geschehen ließ.

Jetzt, verloren und niedergeschlagen reichte sie ihm wieder reumütig die Hand, kroch demütig als kleine Bittstellerin zurück in seine Nähe, um egoistisch flehend seinen Beistand zu erbitten.

Kapitel 16

Dass er den Detektiv Kronberger in alle Einzelheiten der Umstände zu Tode seines Vaters eingeweiht hatte machte Nicolas nach reiflichen Überlegungen ziemliches Kopfzerbrechen. Insbesondere die Bekanntgabe, dass uncodierte Datenträger erheblichen Anteil an den Verstrickungen haben könnten, stieß ihm heftig auf.

Kronberger wollte daraufhin befreundete Angehörige des Schweizer Geheimdienstes zur möglichen Dechiffrierung befragen.

Nicolas schob alle Bedenken zur Seite und befasste sich wieder mit den Hinterlassenschaften seines Vaters. Die persönlichen Unterlagen waren umfangreich, insbesondere die handschriftlichen Aufzeichnungen waren fast tagebuchähnlich chronologisch fortgeschrieben. Es bedurfte eines riesigen Zeitaufwandes alles in Ruhe und Sorgfalt zu sichten. Irgendwann wollte Nicolas sich die Zeit dafür nehmen. Mehr und mehr gewöhnte er sich wieder an sein Elternhaus, genoss es, mit wachsendem Wohlbehagen auf dem

Balkon zu sitzen, die Umgebung zu beobachten und den Geräuschen zu lauschen, die der Bernina-Express ihm bei jeder Vorbeifahrt herüberschickte.

Auch das Heimatstädtchen Chur, in dem die Energiekrise den Autoverkehr fast ganz aus den Straßen verbannt hatte, wuchs ihm wieder nachhaltiger ans Herz.

Die Nachbarin Frau Pohlheimer, die während seiner Abwesenheit auch weiterhin sein Elternhaus betreute, war ihm eine gute Hilfe geworden. Hin und wieder, wenn er sich im Haus mit Umräumarbeiten und sonstigen Tätigkeiten abzulenken versuchte, verwöhnte sie ihn mit frischem Kuchen und andere Köstlichkeiten.

Der Kellner im Straßencafe' in der Brotlaube brachte ihm mittlerweile unaufgefordert den Cappuccino, so, wie der neue Gast ihn liebte.

Als er an einem dieser schönen Tage das Cafe' ansteuerte, stockte ihm der Atem; plötzlich hatte er wieder diesen betörenden Duft in der Nase, der ihm kürzlich fast das Bewusstsein genommen hatte.

Da saß sie, die Schönheit, deren Haar mit Hilfe der Sonne wieder diesen extremen Glanz in die Umgebung streute. Die schlanken Beine dezent übereinandergeschlagen, mit den gepflegten Händen das Kaffeekännchen streichelnd saß sie da, fast abwesend und verträumt in die Wolken blickend.

Nicolas setzte sich an einen der Nebentische und schon trafen sich ihre Blicke als hätten schwere Magneten ihre Augenpaare mit geballter Macht angezogen.

Die junge Frau genoss sichtlich wohltuend dieses offensichtliche Interesse an ihrer Person und badete in dem Gefühl von diesem Mann beobachtet, ja fast angehimmelt zu werden.

Sie quittierte seine eindringlichen Blicke mit einem dankbaren weichen Lächeln. Nicolas war sich nicht sicher, ob er sie als Einladung oder nur als freundliche Antwort werten sollte.

„Darf ich noch etwas bringen?", weckte der Kellner beide aus sanften Träumen. Nicolas begann zu stottern und konnte seine Verblüfftheit kaum verbergen.

Um sie zu kaschieren, fragte er den Kellner freundlich „Sagen Sie mir bitte Ihren Namen, damit ich dieses „HERR OBER" endlich vermeiden kann?", fragte Nicolas höflich.

„Gerne, ich heiße Sebastian", antwortete der Kellner gut gelaunt.

„Bitte, Sebastian, darf ich Sebastian sagen, bringen Sie mir bitte noch einen Cappuccino?"

„Sehr wohl Herr....?"

„Nicolas Stettener, sie dürfen Nicolas....!

Der Kellner unterbrach ihn, „Ich werde Sie mit -Herr Stettener – ansprechen, denn uns sind Vertraulichkeiten mit Kunden und Gästen nicht erlaubt."

Er beugte sich etwas zu Nicolas herunter. „Und nebenbei, sie war in der letzten Woche fast jeden Tag hier", flüsterte er schmunzelnd und ging zurück ins Lokal, um den bestellten Cappuccino zu holen.

Riccarda Köller blätterte in ihren Akten und verglich im Essay wiederholt das Foto mit der in ihrer Nähe sitzenden männlichen Zielperson. Schon beim letzten Aufeinandertreffen war sie sich sicher, dass ihre fehlerfreien Ermittlungen zum Erfolg geführt hatten.

Nun sollte nur noch eine zufällige Kontaktaufnahme mit den vorgegebenen Fakten den ersten Teil der Arbeit erfüllen.

Wieder einmal hätte sie einen Auftrag für die Organisation erfolgreich abgeschlossen. Doch diesmal beschlich sie ein Gefühl, das sie nicht so recht von diesem Mandat entbinden wollte.

Irgendetwas zog sie magisch an den gesamten Sachverhalt zurück und schien sie fester mit der Sache zu verbinden und zu fesseln, als es ihr recht war.

Sollte es nur für das kleine Quäntchen optischer Sympathie liegen, das sie für den jungen Mann hegte. Nein, es war offensichtlich mehr. Denn die Wichtigkeit, mit der die Organisation ihr den Auftrag übertragen und in der Prioritätenliste ganz nach vorn gesetzt hatte, ließ sie neugierig werden und etwas tiefer berühren.
Mit dem verdeckten Ermitteln der Einzelheiten über die Zielperson sollte ihre Aufgabe eigentlich beendet sein.

Ein sich plötzlich über sie senkender Schatten veranlasste sie die Akte abrupt zu schließen und in die Mappe in ihre Aktentasche zu verstauen.
„Entschuldigen Sie, aber Ihnen ist da etwas heruntergefallen „!
Gepflegte Finger eines Mannes legten den auf den Boden gefallenen Merkzettel neben ihre Kaffeetasse.
Sie blickte in das Gesicht des Schattens und erschrak förmlich, als sie Nicolas Stettener vor sich sah. Zu sehr war sie in Gedanken zu ihrem Auftrag versunken. Obwohl gerade dieser Mann der Grund ihrer Ermittlungen war, fühlte sie sich ob seiner deutlichen Nähe ziemlich überrumpelt und momentan geradezu unsicher.

„Ihr Parfüm hat mir Ihre Anwesenheit verraten", log er freundlich, „Schon vor ein paar Tagen flog dieser Duft hier um die Häuser", schmeichelte er ihr süß.
„Danke, freut mich, dass es Ihnen gefällt", antwortete sie aufgeregt und versuchte mit belanglosen Floskeln sich aus der Situation zu retten. Sie war angetan von der ausgesprochen dunklen Stimme des Mannes, der sie mit freundlicher, offener Ausstrahlung aus seinen blauen Augen ansah.

Weshalb war die Organisation an dem, was diesen Mann umgab, so sehr interessiert? In den kurzen Augenblicken, zwischen den Worten, versuchte sie diese Zusammenhänge zu ergründen. Sie war trotz aller Verdutztheit bemüht, einen Versprecher zu vermeiden, und sich nicht in eine ausweglose verbale Situation zu manövrieren.

„Darf ich mich zu ihnen setzen", hörte sie und eh sie sich versah, saß ihr der Mann gegenüber.
Der Kellner stellte ungefragt 2 Gläser ab, und verschwand im Eingang des Restaurants, um sofort mit einer Flasche Wein wieder herauszutreten. Gekonnt füllte er die Gläser und stellte wortlos den Wein daneben. Nicolas bedankte sich mit leichtem Kopfnicken.
„Sie müssen unbedingt diesen Wein probieren, man sagt er würde die Seele mit einem sanften Feuer streicheln und die Zunge lähmen, um den Genießer sprachlos zu machen", sagte er, hielt ihr sein Glas entgegen und erwartete ihre Reaktion.
„Sie haben eine ziemlich direkte Art", antwortete die Schöne und ließ ihr Glas an das seine klingen.
Dieser sinnliche Ton der Berührung ihrer Gläser verband beide mit dem Bruchteil einer Sekunde. Die junge Frau befürchtete fast erwartend, dass dieser Kontakt noch nicht das Ende ihres Auftrages sein würde.

Die beiden bemerkten nicht die Blicke des einige Meter entfernt sitzenden Mannes, der ausnehmend wissbegierig lauschend das Paar beobachtete.
Sie sahen nicht seine Hände, die aufgeregt und zittrig ein kleines NotizSmartphone mit Anmerkungen füllten. Ihnen fielen nicht die dicken Brillengläser auf, die seine schmalen Augen zu breiten Schlitzen verformten.
Ständig versuchten die altersschwach wirkenden Hände des Mannes den Sitz der Brille zu korrigieren. Zwischendurch ergriffen die knochigen Finger die große Kaffeetasse

und führten sie fast bedächtig zum Mund, der von einem
ungepflegten 6-Tage-Bart eingerahmt war.

Und immer wieder richteten sich die Blicke des Unbekannten zu dem jungen Paar, das sich nichts ahnend und be-
schwingt unterhielt.

Kapitel 17

Anna Emilia wehrte sich nur dezent gegen die freundschaftliche Umarmung, mit der Frost sie überschwänglich
zu begrüßen versuchte. In der ihm üblichen Art eines über-
drehten Playboys hatte er sich aus dem Geländewagen ge-
schwungen und war der jungen Frau mit offenen Armen
entgegengetreten.

Er vermied es, den nebenstehenden Yassin mit Handschlag
zu begrüßen, nickte nur kurz in dessen Richtung, nahm ihm
die Reisetasche ab und warf sie grob auf den Rücksitz des
Fahrzeugs.

Nachdem er mit sportlichem Sprung wieder hinter dem
Lenkrad Platz genommen hatte, befahl er dem Marokkaner
durch Tippen auf die Polster des Beifahrersitzes das sofortige Einsteigen.

Yassin erkannte schon in Frosts Verhalten und den nachfol-
genden ersten Äußerungen dessen politisch-soziale Gesinnung. In abfälligster Weise wurde dem jungen Mann klar
gemacht, dass nur er, Frost, über seinen Verbleib auf der
Plantage entscheiden würde. Nur ihm hatte er den

Aufenthalt und die Arbeit zu verdanken. Über den Tätigkeitsbereich und alle Vorgänge sollte er Frost in zeitlichen Abständen Bericht erstatten. Hierfür erhielt er ein gezielt eingerichtetes Mini-Smartphone, das ausschließlich Anrufe von Frost entgegennahm.

Yassin hörte sich die Instruktionen geduldig an, ließ Frost nicht die Antipathie spüren, die er gegen solche Menschen hegte. Nur sein Vorhaben, das Schicksal seiner Freunde zu ermitteln, stand im Vordergrund. Alle aufkommenden Nebengeräusche wollte er dabei möglichst großzügig ausblenden.

Ein Tisch, ein Stuhl, ein Bett, ein paar Regale, ein schäbiger Teppich und schmutzige Wände leisteten Yassin Gesellschaft in dem Raum, der im hinteren Teil des Arbeitscontainers des Verwalters lag, und vom vorderen weitläufigen Bereich mit einer schweren, abschließbaren Zwischentür getrennt war. Er diente ihm sowohl als Arbeitszimmer und gleichzeitig auch als Wohn- und Schlafzimmer.

Das kleine Containerdorf beherbergte ausschließlich Personal, das mit der Logistik und Organisation der Plantage beschäftigt war, und lag ziemlich entfernt von den Wohnbereichen der afrikanischen Arbeiter, die sich in einem eingezäunten Areal am Anfang der kleinen Hügelkette fast zu verstecken schienen.

Die Unterkünfte wurden durch ein ausgeklügeltes Kamerasystem überwacht, Lichtschranken und elektronische Sensoren, die ihre Signale an die Überwachungszentrale sendeten, sorgten für eine ununterbrochene Kontrolle der Arbeiter.

Die Chips, die man jedem Arbeiter unter die Haut des linken Oberarmes implantiert hatte, ermöglichten eine lückenlose Beaufsichtigung der Plantagensklaven.

Yassin war zufrieden. Er war drin. Hatte es geschafft. Anne Emilia hatte dafür gesorgt, dass er hier sein konnte. An den Preis, den sie womöglich dafür irgendwann einmal zu zahlen hatte, mochte sein Gehirn nicht denken. Viel zu sehr schmerzte ihn der Gedanke, dass sich der Fiesling Frost sich nunmehr öfter in ihrer Gesellschaft sonnen durfte.

Yassin orientierte sich vorsichtig in der neuen Umgebung.

Ihm war klar, dass es ihm praktisch unmöglich war, in die verbotenen Zonen zu gelangen, denn für ihn gab es nur für bestimmte Bereiche eine Aufenthaltsgenehmigung.
Er stand unter ständiger Aufsicht des Verwalters Jose' Savallas, der anfangs gar nicht glücklich war über die Zuteilung eines weiteren Mitarbeiters, und dazu noch eines Nordafrikaners.
Der Gangster Frost hatte der Plantagenführung diesen Mann empfohlen, wie sonst hätte man einen „Sklaven" in die Nähe des Verwalters gesetzt, der, zwar abgesichert, mehr und mehr sensible Daten verwaltete und bald Zugang zu fast allen sicherheitsrelevanten Einrichtungen der Plantage haben sollte.

Savallas hatte Vorkehrungen getroffen, um den neuen Gehilfen nicht zu tief in das Innere des Plantagenmanagement und der internen Belange blicken zu lassen.
Dennoch wollte er die Kenntnisse des jungen intelligenten Mannes für seine Arbeit nutzen, um mit dessen Hilfe verbesserte Ergebnisse erzielen zu können und sein Verhältnis zur Geschäftsleitung aufzubessern.
Denn Yassin, der kurz vorm Erwerb des Ingenieurdiploms stand, hatte während seiner Agrarpraktika in Südfrankreich überdurchschnittliche Kenntnisse erlangt, welche ihm für die Durchführung seiner Pläne im höchsten Maße zugutekommen könnten.

Einen bitteren Beigeschmack hatte diese neue Zusammensetzung für Savallas gleichwohl, denn, ein afrikanischer „Sklave" als Zuarbeiter eines spanischen Verwalters, die Kollegenschaft würde sich über diese ungewöhnliche Konstellation amüsieren und ihn bei jeder sich bietenden Gelegenheit dafür hochnehmen.

Doch Jose Savallas wollte das Beste aus der neuen Situation machen, und er verlor nicht aus den Augen, wem er all diese neuen Probleme zu verdanken hatte. Alles bündelte sich zu einem neuen Geschoss der Hassmunition, die er gegen seinen Erzfeind Frost bisher angesammelt hatte und die er eines Tages zum Abfeuern in Stellung bringen würde.
Irgendwann sollte Frost für all die seelischen Misshandlungen, die er Savallas mit Lust und Freude zugefügt hatte, erbarmungslos büßen.

Yassin engagierte sich mit seiner Situation, die ihn zwar von der Außenwelt total abschottete, keinen Kontakt zu Anna Emilia erlaubte, ihn von allen anderen Sklaven isolierte, doch bei fortwährender Beharrlichkeit ihn weiter in die Nähe neuer Informationen über den Verbleib seiner Freunde bringen sollte.
Geduckt und gut getarnt in Lauerstellung haltend, wartete er auf seine Chance.

Er malte sich zwar Angst einflößende Szenarien aus, in denen immer wiederkehrend dieser Frost eine entscheidende Rolle spielte, doch mutig überspielte er diese Vorstellungen.
Yassin versuchte stets, durch intensive Sorgfalt und Fleiß dem Verwalter keinen Anlass zu Kritik oder Klage zu geben. Alle ihm übertragenen Aufgaben erledigte er zügig und trotz seiner eingeschränkten Arbeitsmöglichkeiten sogar hervorragend.

Die in den seinerzeit abgeleisteten Praktika erworbenen Erfahrungen gaben ihm die nötige Sicherheit und Routine.

Doch nebenbei muss er sich seinen ureigensten Planungen widmen und endlich das Verschwinden seiner Freunde aufklären.
Doch zurzeit fehlte ihm die Nähe zu Anna Emilia, ihre Ausstrahlung und ihre Ratschläge.
Die Worte, die er in seinem „Verließ" nachts zu ihr sprach, prallten von den Wänden ab wie, wenn ein Morgennebel sich gegen die saugenden Sonnenstrahlen wehrte.

Heftiges Stimmengewirr, das die Morgenstille zerfetzte, weckte Yassin. Der Einfahrtsbereich der Plantage war von riesigen Staubwolken eingehüllt und ließ den sonst üblichen Blick in die Ebene nicht mehr zu.

Eine nicht enden wollende Kolonne von Fahrzeugen besetzte invasionsartig die Zufahrtstraße und wartete mit laufenden Motoren erwartungsvoll auf die Weiterfahrt.
Harsche Kommandos in fremden Sprachen versuchten, die Motorengeräusche zu übertönen.
Männer mit Planskizzen unter den Armen eilten aufgeregt umher, riefen mit bedeutungsvollen Gesten Befehle in die Gegend und forderten laut deren sofortige Ausführung.

Inmitten des Pulks stand der Verwalter und versuchte fast hilflos mit bewegender Stimme Ordnung in das Chaos zu bringen. Sein stolperndes Englisch schien die Situation nur noch zu verschärfen, denn niemand nahm weder seine Anwesenheit wahr, noch kam einer der Invasoren seinen Aufforderungen nach.
Der Tross der Wissenschaftler bezog nach kurzer und hektischer Einweisung durch den Vormann die auf der Plantage bereitgestellten Container und richtete sofort die erforderlichen Arbeitsplätze ein.

Kenneth P. Hawks, ein schottischer Geologe mit typisch roten Haaren und sommersprossigem Gesicht betrat den Arbeitscontainer des Verwalters Savallas, stellte sich kurz vor und bat darum, der Plantagenführung die Planungen der Arbeiten und den generellen Forschungsauftrag darzulegen und gleichzeitig überhaupt den Besitzer kennen zu lernen.

„Ich begrüße sie im Namen der Gesellschafter der Plantage La Amplia", sagte Savallas und streckte dem Schotten die Hand entgegen.
Wie nebenbei erwiderte der kauzige Hawks nur knapp den Gruß und erkundigte sich erneut nach der Führungsriege der Plantage.
„Es tut mir leid, aber vorerst müssen Sie mit meiner Person Vorlieb nehmen. Die Chefetage ist zurzeit verwaist. Die Damen und Herren sind allesamt in Europa unterwegs", gab der Verwalter fast schroff zu verstehen und konnte dabei seine Nervosität und das Unwohlsein ob dieser peinlichen Situation kaum verbergen.

Der Schotte Hawks gab dem Vormann zu verstehen, dass der Forschertrupp mit der Aufnahme und der Begrüßung ganz und gar nicht einverstanden war, und bat abschließend nahezu befehlend, ihm in den nächsten Tagen einen kompetenten Mitarbeiter als Verbindungsmann zur Verfügung zu stellen. Dieser sollte rund um die Uhr für die Wissenschaftler verwendbar und präsent sein.
Mit knappem Gruß und ohne eine Antwort abzuwarten, verabschiedete sich Hawks und ließ einen konsternierten Vormann zurück, gegen den sich scheinbar nunmehr alles und jeder verschworen hatte.

Savallas erinnerte sich an seinen neuen nordafrikanischen Gehilfen, schickte nach ihm und empfand wohltuende Zufriedenheit, als dieser nach einer halben Stunde den Eindringlingen in fließendem Englisch, und einem ausgezeichneten Französisch alle notwendigen Anweisungen übersetzt hatte und damit dem Beginn der anstehenden Arbeiten für die Probebohrungen für sich persönlich in eine positive Richtung geleitet hatte.

Für den Verwalter sollte Yassin ob seiner vielfältigen Sprachkenntnisse ab sofort zu einem unverzichtbaren Mitarbeiter werden.
Yassin selbst empfand den Beginn der Arbeiten der Forscher auf der Plantage als überraschend positive Fügung. Er konnte wieder freier atmen, sah andere Menschen und nahm einen neuen Anlauf, diese freiwillige Versklavung für sein Vorhaben vorteilhaft zu nutzen.

Vormann Antonio Lorca, auch ein Mann fürs Grobe, zog genüsslich an seinem Zigarillo und schob aufschneiderisch seinen Hut in den Nacken, nachdem er aus seinem Pickup gesprungen war. Er beobachtete voller Skepsis diesen neuen Sklaven, der mit fachmännisch selbstbewussten Ansagen die Weisungen des Verwalters an die Arbeitstrupps der Forscher weitergab und von manchen sogar mit freundschaftlichem Schulterklopfen und anerkennendem Lächeln belohnt wurde.

Neid und Bitterkeit entströmten sichtbar seinem boshaftem Gedankenspiel und formten gleichzeitig niederträchtige Planspiele, wie er dem nordafrikanischen Knecht in kürze das Leben zur Hölle machen konnte.
Er wollte keinesfalls akzeptieren, dass dieses nordafrikanische Pack sich in seine Kreise hochzuarbeiten drohte und

ihm womöglich Aufträge und Kompetenzen abnehmen könnte.

„Ich freue mich immer wieder, wenn ich Sie zu einer Spazierfahrt einladen darf, obwohl ich jetzt meine Arbeit vernachlässige und der Energiekrise keinesfalls Rechnung trage, doch für Sie tue ich es gerne, viel zu gerne...!" , hob Frost großspurig hervor, als Anna Emilia zu ihm in den offenen Geländewagen stieg.

„Danke, sehr freundlich", entgegnete sie brav, schnürte gekonnt das Kopftuch im Nacken zusammen und schob sich lässig die Sonnenbrille vor die Augen.

„Wohin sollen wir fahren?", hörte sie Frost fragen und antwortete mit einem leichten Anheben der Hände und zuckte dabei fragend die Schultern.

„Dann zeige ich ihnen mal etwas Interessantes", kündigte Frost eine Überraschung an und ließ den Wagen mit einem kräftigen Satz nach vorn anfahren.

Anna Emilia war froh, dass der Fahrtwind und die Motorgeräusche eine Unterhaltung nahezu unmöglich machten. So konnte sie sich die Umgebung einprägen und ihre Gedanken ordnen.
Frost steuerte den Wagen auf das Plateau, in dessen Nähe das Gefängnis lag, aus deren Richtung die Kräche kamen, von denen Yassins Freund damals seiner Mutter berichtet hatte.

Er stoppte am Rand eines abschüssigen Weges, von dem man einen weiten Blick hinunter auf die Ebene hatte, in der sich die Plantage La Amplia großmächtig und stolz ausbreitete.

Die Sonne ließ die weißen Plastikdächer wie Schutzdächer über die Ebenen spannen. Nur die Straßen und Wege bildeten hierin Unterbrechungen und zeigten sich als unnütze, knöcherne Windungen in einem toten Landschaftskörper.

Mit weit ausholenden Gesten begann Frost von den Kostbarkeiten und den Ausnahmen des Landstriches und der Plantage zu schwärmen, so, als wäre er der Architekt und Planer dieser doch hässlichen Planen- und Gewächshauskultur gewesen.

Wie ein Großgrundbesitzer bilanzierte er in ergiebigen Wortschwallen die profitablen Gewinnmargen, erhob seine Stimme, um dem Gesagten noch mehr Ausdruck zu verleihen, ohne auch nur eine Silbe für die Menschen zu verlieren, deren Arbeitskraft nach gewissenlosen Zwangsrekrutierungen diese massive Ausbeute erst ermöglichte.

Er schwärmte vom Fleiß der Menschen, die trotz der weltweiten Energiekrise die Region an der Spitze der Landwirtschaftsliga hielten, und wollte nicht aufhören, deren Errungenschaften zu preisen. Und erstmals erzählte er von seiner Familie, redete sich in eine emotionelle Rage, die sich wie ein Springbrunnen auftat, aus dem die Geschichte jedes einzelnen Familienmitgliedes seines Clans als Heldenepos an die Oberfläche empor sprudelte. Mit leuchtenden Augen und gewaltigen Armbewegungen unterstrich er seinen Vortrag.

Besonders hob Frost die heroischen Großtaten seines deutschen Vorfahren in den Himmel, der damals als Kampfpilot in deutschen Flugzeugen der Legion Condor im Spanischen Bürgerkrieg dazu beitrug, die nordspanische Stadt Guernica in Schutt und Asche zu bomben.

In bildhaft ausgeschmückten Sätzen hob er die Vorzüge einer diktatorisch geführten Gesellschaft hervor, und wirkte wie ein Wahlkämpfer der versuchte, einer taubblinden Menschenansammlung sein wahnwitziges und überdrehtes Wahlprogramm visuell zu verkaufen.

Anna Emilia hörte bisher nur beiläufig zu, sie ließ ihren Blick über die Bergketten schweifen, dorthin, wo ihre geliebten Feuchtgebiete durch die angeblichen Errungenschaften dem Untergang geweiht waren.
Doch plötzlich drosch ihr das heroische Geschwätz ihres Begleiters wie ein Peitschenhieb ins Gesicht, die Gedanken wirbelten durcheinander, die Stimme wollte ihr versagen, die Backen eines Schraubstocks schienen ihr die Luft abzudrücken. Brechreiz wollte ihren Mageninhalt nach außen spülen. Nur noch undurchdringlich nahm sie Frosts ununterbrochenen Redeschwall wahr.

Mit zitternder Stimme bat sie schreiend und fast befehlend um sofortige Heimfahrt, worauf Frost fast erschrocken seine Rede einfror und umgehend den Geländewagen startete.
Während der Heimfahrt saß die junge Frau zusammengekauert im Beifahrersitz.
Frost wagte nicht sie anzusprechen, geschweige denn einen seiner derben Sprüche vom Stapel zu lassen. Die offensichtliche Niedergeschlagenheit seiner Beifahrerin ließ ihn verstummen.
Wortlos, nur mit einem Nicken verabschiedete sich Anna Emilia von ihrem Chauffeur und rannte ängstlich verstört in die Hotelhalle.

April 1937, Guernica, eine Stadt im Norden Spaniens

Trümmer bedecken den dampfenden, stinkenden Asphalt; von der Bombenwut aufgerissene Straßen lassen die Erde mit weit geöffneten Mäulern drohen, verwundete Körper winden sich wie Würmer in ihrem Blut. Stehende, vor Angst erstarrte Menschen, bedecken ihre angstvollen Antlitze, Mauern bersten, Schreie, Befehle, Motorengeheul bedecken die Stille, Brandgeruch lässt die Hölle vermuten.

Ein Mann zerrt am Mantel einer verstörten Frau und fordert sie schreiend auf, schneller, schneller zu gehen, weil die Flieger schon in Sichtweite sind und ihre Visiere justieren; ein junger Mann hinter dem Pärchen schleppt keuchend vor Atemnot ein in Todesangst weinendes Mädchen hinter sich her.

Das Kind verliert im Kugelhagel der angreifenden Tiefflieger seine Puppe, es reißt sich von der rettenden Hand los, rennt zurück, um ihr Spielzeug zu holen, der junge Mann folgt laut und eindringlich rufend dem Kind, wirft sich schützend auf den kleinen Körper, als die Tragflächen der Flieger blitzend und blaffend ihr grausames Stakkato erklingen lassen und tödlich metallische Grüße über den Bezirk des Bahnhofs von Guernica schicken.

An der Stelle, wo gerade noch der Mann am Mantel der Frau zog, klafft ein bodenloser Krater in dessen tiefer Mitte schmutzige, blutgetränkte Fetzen des dunklen Mantels wie Siegesfahnen über die Leichenreste herüber winken, hinauf zum Kraterrand, wo der junge Mann entsetzt das kleine zitternd wimmernde Mädchen behütend festhält.

Wieder und wieder hatte Anna Emilia diese dramatische Geschichte gehört, wenn ihre Großmutter unter Tränen von diesen tragischen Ereignissen als Mahnung für alle Zukunft erzählte, als sie als kleines Mädchen mit ihren Eltern und ihrem Onkel vor den deutschen Fliegern der Legion Condor flüchtete und allesamt den Bahnhof in Guernica erreichen wollten, um weiter Richtung Süden zu fliehen.

Die Puppe rettete sie und ihren Onkel vor dem Zielfeuer der Flieger, denn hätte sie das Spielzeug nicht verloren, wären auch sie Opfer des Bombentreffers und der Krater ihr Grab geworden.
Der Geburtstag der Großmutter war gleichzeitig der Todestag ihrer Eltern.
Nie wieder hatte die Großmutter diesen Geburtstag als einen Tag des Lebens angesehen. Wenn sich dieses Datum jährte, verdeckte sie Ihr Antlitz mit einem schwarzen Schleier, ging für einen ganzen Tag in die Kirche zündete mit Tränen in den Augen 2 Kerzen an und schwor sich, dem Menschen, der ihre Eltern tötete, niemals zu verzeihen.
Diese unnachgiebige Beharrlichkeit nahm sie mit ins Grab.

Oft hatte Anna Emilia daran gedacht, dass, wenn die Ewigkeit ihre Großmutter aufnehmen würde, sie vielleicht den Mann trifft, der damals die Maschine flog und die tödlichen Geschosse entsandte.
In Gottes Reich unendlicher Weite bliebe ihr dann immer noch viel Zeit, barmherzig zu sein und dem Todesschützen vergeben.

Und jetzt traf Anna Emilia hier auf Erden als Nachfahre eines Opfers möglicherweise den Nachkommen eines der Täter, oder möglicherweise **des** Täters, der damals blind vor Stolz und Pflichtbewusstsein am Bahnhof in Guernica sein in naivem Ehrenkodex verblendet eingeübtes Handwerk tapfer und gezielt vollzog.

Dieser angebliche Held, der wahrscheinlich nach seinem Einsatz auf einem der Kriegsflugplätzen von seinen ebenfalls unbeschadet heimgekehrten Fliegerkameraden schulterklopfend für seine heroische Tat gelobt wurde, um anschließend lachend und spaßend mit ihnen im Kasino den todbringenden Anflug auf Guernica anhand eines Flugzeugmodells nachspielte, und mit einem lauten „Tack, Tack, Tack" wirklichkeitsgetreu den tödlichen Singsang der Bordkanonen den mit bewundernder Wissbegier lauschenden Kampfkameraden zu berichten.

Oder vielleicht hockte er wider erwartend als menschliches Elend zusammengekauert neben seinem Spind unter der ledernen Fliegerjacke versteckt und eingegraben sein tränenüberströmtes Gesicht voller Scham verbergend und schluchzend den Herrgott inständig um Vergebung anrufend, wenn sich der heroische Auftrag in seinem Gewissen als unsinnig und verbrecherisch entpuppen würde, und sich der kleine Funken christlichen Glaubens über den faschistoiden Zweck des widersinnigen Zieles hinweg setzen würde.

Jetzt, da Anna Emilia die volle reale Erinnerung an ihre Großmutter hat aufleben lassen müssen, war sie sich nicht sicher, ob sie dem Menschen, der sie vor ein paar Stunden mit seinem Geländewagen vor dem Hotel abgesetzt hatte, erneut begegnen möchte. Viel zu sehr schwangen die Gedanken an die grauenvollen Erlebnisse ihrer Großmutter und den noch verschwommenen Sympathien für Frost nach und wollten keine Entscheidung zulassen, fragten immer wieder nach dem Sinn dieser innerlichen Zerwürfnisse. Was aber würde ein hasserfüllter Rachefeldzug bringen? Wie wollte sie Frost bestrafen? Sollte er für die Verbrechen seiner Vorfahren büßen?

Könnte die Gewissheit einer vollführten Vergeltung möglicherweise das vorstellbar friedlose Weiterleben ihrer Großmutter in der gottbeschützten Ewigkeit blumiger verschönern, gar befreiend und oder gar genugtuend wirken?

Warum hatte das Schicksal Anna Emilia mit diesem Mann zusammengeführt? Sollte es sein, um endlich einen Schlusspunkt über die Toten von Guernica zu setzen, oder führte jemand Regie, dem es lediglich um eine nachträgliche Sühne ging?…oder könnte es eine weitere Prüfung in ihrem Leben sein, der sie sich nunmehr zu stellen hatte.

Die schlaflose Nacht wollte kein Ende nehmen, mit sorgenvollen Gedanken an Yassin saß Anna Emilia am Fenster und starrte entmutigt in die geisterhaft lichtlose und menschenleere Umgebung ihres Hotels.
Warm und geheimnisvoll erfüllten die Gedanken an den jungen Afrikaner eine bisher verborgene innere Neugier in der jungen Frau.
Welche Gefühle entwickelte sie plötzlich für ihn? War es die augenblickliche Hilflosigkeit, die sie so massiv an ihn denken ließ und ihr Bedürfnis nährte, sich fest und hilfesuchend und verloren an ihn schmiegen zu wollen?
Die während des Tages zeitweise abgeschalteten Klimageräte hatten eine unerträgliche Hitze in den Zimmern aufkommen lassen, und während der Nacht war es schier unmöglich, Körper und Seele zu beruhigen, und Schlaf und Ruhe zu finden.

Später, auf dem kleinen Balkon stehend, fühlte Anna Emilia wohltuend eine leichte Brise, die vom Meer herüber waberte und ein wenig Abkühlung in die aufgeheizten Wände brachte.
Das angenehme Wohlbefinden durch den kühlen Lufthauch vermochte nicht die Zerrissenheit und Besorgnisse in ihren Gedanken einzudämmen oder gar auszulöschen.

Die Ängste um Yassin und Frosts Vergangenheit ließen sie einen richtungsweisenden Entschluss manifestieren.

Um Yassins Leben zu sichern und ihr Vorhaben, die Natur in dieser Region zu retten, musste sie in Frost eine blinde Leidenschaft entfachen und ihn mit ihrer aufreizenden Weiblichkeit bis zur seelischen Ohnmacht treiben, ihn fest an sich binden; er sollte verrückt werden vor gedankenlosem Begehren und wilder Zuneigung. Sie musste sein uneingeschränktes Vertrauen gewinnen. Koste es, was es wolle.

Kapitel 18

Edith Hallmanns Hände zitterten, ihr Puls nahm Fahrt auf und sie spürte den Schlag ihres Herzens bis unter den Scheitel der strengen Frisur, als sie die Genehmigung für Bertram Seegers Dienstreise zur EU-Verwaltung nach Brüssel zur weiteren Bearbeitung auf ihrem PC erhielt.
Wieder begründete eine wichtige Anforderung der EU-Verwaltung die Abkommandierung ihres Sachbearbeiters Bertram Seegers nach Belgien.

Er würde erneut in Europa unterwegs sein, für eine Sache, die wahrscheinlich nur nach außen hin einen dienstlichen Charakter aufwies.
Abermals begann eine aufkommende Beklommenheit die Türen des Zimmers der Verzweiflung in der Frau aufzustoßen, der Raum, in dem sie immer öfter unbewusst Zuflucht suchte, um sich in Schmerz und Selbstmitleid zu suhlen, und ihre verwundete Seele mit dem Balsam einer Mixtur aus Verloren sein und Ohnmacht zu ummanteln.

Sie hatte nunmehr für ihren Vorgesetzten alle für die Dienstreise relevanten Vorarbeiten zu treffen. Dazu gehörte unter anderem die Erledigung der Reiseformalitäten. Ministerialbedienstete erhielten für derartige Fahrten Kraftstoffgutscheine und Bahntickets für eine uneingeschränkte Verwendung.

Angeblich bat man um Bertram Seegers' Teilnahme an einer wichtigen Dienstbesprechungen mit außergewöhnlicher Dringlichkeit.
Verbarg sich hinter dieser erneuten Abordnung die Teilnahme an einer internationalen Verschwörung, gar ein Spionageskandal mit weltweiter Tragweite, oder eine Liebschaft?
Minutenlang hob sie ab aus der üblichen eintönigen Tagespflicht und gelangte immer stärker in eine Nebenwelt, in der sie rätselhafte Tatbestände und Zusammenhänge konstruierte, worin sie ihren geliebten Mitarbeiter verstrickt wähnte.

Eine konkrete Themenübersicht zum Ablauf der Tagung lag der Anforderung wie gewohnt nicht bei. Ein weiterer Punkt, der ihr Denken immer weiter aktivierte.

Je tiefer sie in die Bearbeitung dieses Vorganges vordrang, desto mehr nährten diese Tatsachen eine fast ungebremste Wissbegier. Neugier und Argwohn und einen aufkommenden liebevollen Hass wuchsen in der Frau. Angesichts dieser fast nicht zu ertragenden Unkenntnis brodelten in ihr Verzweiflung und Wut zu einem Giftgemisch, das eine gefährliche Dimension anzunehmen begann.

Bertram hingegen war ob der tadellos funktionierenden Verbindung zu seinem Freund van Stappen absolut guter Dinge. Sein Verbündeter in Brüssel sorgte nicht nur für notwendige Ergebnisprotokolle, sondern lieferte auch die für

Bertrams Dienststelle erforderlichen Teilnahme- und Anwesenheitsbescheinigungen der „Tagung".

So konnten sie sich vollkommen auf den eigentlichen Zweck der Zusammenkunft konzentrieren.

Einzig und allein war wie bisher die Entschlüsselung der Sicherungscodes des Datenträgers der alleinige Weg zu allen weiteren Maßnahmen.

Nicolas Stettener hatte erhebliche organisatorische Mühe, seinen Entschluss, dem Treffen in Brüssel beizuwohnen, in die Tat umzusetzen. Die Energiesituation hatte ihm bisher nie gekannte Aktivitäten abverlangt.

Alle notwendigen Schritte, was die Mobilität eines Journalisten betraf, hatte bislang die Redaktion für ihn erledigt. Diese außergewöhnliche private Reise musste er nun selber regeln.

Es war nicht möglich, innerhalb einiger Stunden ein Bahnticket für diese Reise zu bekommen. Die antragskonformen Bedingungen waren seinerseits nicht erfüllt worden, denn die Begründung für den schnellen Erhalt von Fahrkarten lagen nicht vor, so musste er für einen immens hohen Geldbetrag aus illegalen Quellen einen PKW mit den dazu gehörigen Genehmigungen mieten und überhöhte Schwarzmarktpreise für die erforderlichen Kraftstoffgutscheine zahlen, um die Fahrt nach Belgien antreten zu können.

Mehrmals wurden seine Reisevorbereitungen durch heftige Gedankensprünge an die Schöne aus dem Cafe' unterbrochen.

Für die Reise und den Aufenthalt in Brüssel hatte er 5 Tage eingeplant. Während dieser Zeit würde keine Chance bestehen, die Frau zu treffen.

Fast ertappte er sich dabei, seinem Gehirn melancholische Träumereien zu erlauben.

Doch nur kurz schien dieser Zustand anzuhalten, denn der Blick auf den Schreibtisch holte ihn aus seiner Verträumtheit zurück.

Nicolas hatte auf Anraten van Stappens alles durchzudenken und zu notieren, was seinen Vater anging. Mit diesen Erkenntnissen wollte man den Computer zur Entschlüsselung der Datenträger füttern.

Er sortierte die Notizen nochmals sorgfältig und schob sie in die bereit gelegte Aktentasche.

Während er seine Reisevorbereitungen zum Abschluss brachte, parkte unweit seines Elternhauses ein dunkler Volvo. Schmale, knochige Finger des Fahrers umklammerten entschlusswillig das Lenkrad.
Der Kopf des Mannes drehte sich immerwährend in alle Richtungen, scheinbar um eine drohende Gefahr möglichst frühzeitig erkennen zu können.

Nicolas verließ das Haus, ging die schmale Treppe zur Straße hinunter, wo er den Briefkasten öffnete und die Post unbesehen in die Aktentasche schob.
Er ließ das Gartentor mit einem lauten Schnarren ins Schloss fallen, verstaute Koffer und Aktentasche im Mietwagen, stieg ein und fuhr ab.

Ihm folgten die fast ängstlichen Blicke des Mannes im abgestellten PKW, der enttäuscht den Kopf auf die Hände sinken ließ, die fortwährend Hilfe suchend das Lenkrad wie einen Rettungsring umfassten.

Bevor er das Fahrzeug anrollen ließ, beobachtete der Mann eingehend die nähere Umgebung. Seine Blicke lösten sich nur zögernd von der Häuserreihe.

Erst als er sich sicher war, dass sein Aufenthalt vor dem Haus der Stetteners unbemerkt blieb, fuhr er langsam und unauffällig davon.

Auf Höhe des Städtchens Freyming-Merlebach, an der Südspitze des Saarlandes, legte Nicolas eine ausgedehnte Rast ein.
Die ungemütlichen und seelenlose Räume der Autobahnraststätte und ihre fast gähnende Leere ließen ihn nahezu unberührt.
Einzig und allein interessierte ihn momentan der Brief, den er fast zufällig aus dem Stapel Post hervorzog. Beim hastigen Verstauen des Briefkasteninhaltes vor seiner Abfahrt war er ihm nicht aufgefallen.
Lediglich sein Name stand auf dem knittrigen Couvert, Absender und Postwertzeichen fehlten. Man hatte ihn also anonym in seinen Briefkasten gesteckt.
Nicolas überlegte kurz, ob er ihn sofort, oder erst nach seiner Ankunft in Gesellschaft seiner Mitstreiter öffnen sollte, denn ohne den Inhalt zu kennen, hatte ihn eine zwiespältige Ahnung beschlichen.

Er entschied sich für eine sofortige Nachschau.

Als er die Zeilen las, die in ungelenker, krakeliger Schrift aufs Papier gebracht wurden, stockte ihm der Atem.

„Mein Name ist Siegmar Dermbach, ich bin ein ehemaliger Kollege Ihres Vaters und habe Angst; bin auf der Flucht. Ich fliehe vor den Leuten, die auch am Unfalltod Ihres Vaters beteiligt waren. Helfen Sie mir, wir müssen uns treffen. Ich werde mich wieder bei Ihnen melden."

Nicolas bemerkte, wie sich das leichte Zittern seiner Hände auf das Papier übertrug und es zum Schwingen brachte. Er fühlte Schweißperlen auf seiner Haut und Hitze in sich aufsteigen, sein Gehirn schien die vielen Fiktionen, die seinen Gedankenspeicher durchpflügten, kaum aufnehmen und verarbeiten zu können.

Ihm wurde klar, dass er sich spätestens jetzt inmitten eines weit umspannenden Intrigenspiels befand und dass er selbst eine der Figuren war, die immer weiter in den Mittelpunkt des Geschehens und somit in den akuten Gefährdungskreis rückten.

Nur mühsam konnte sich Nicolas auf den Rest der Fahrtstrecke konzentrieren. Die schöne Landschaft des deutsch-französischen Grenzgebietes imponierte ihm nicht, ja, er nahm sie überhaupt nicht wahr.

Er brannte darauf, Bertram Seegers und van Stappen diesen Brief zu präsentieren und deren Meinung sowie ihre zu erwartenden Verhaltensvorschläge zu diskutieren.

Die Gesamtstrecke von knapp 800 km konnte Nicolas in fast 9 Stunden zurücklegen. Die Energiekrise verwandelte die noch vor Jahren überfüllten Autobahnen in gut zu befahrende Fernstrecken. Staus und sonstige Behinderungen waren derzeit äußerst selten und beileibe nicht ausgelöst durch zu hohes Fahrzeugaufkommen, sondern durch Kontrollen und Einhaltung eventueller Fahrverbote, Sonderfahrerlaubnisse und Kraftstoffgutscheine.

Die schwerpunktmäßige Fahndung nach illegalen Einwanderern ließ ebenfalls eine durchgehende Fahrt nicht zu.

Die Stadt Brüssel empfing ihn mit Nieselregen und schlechter Sicht. Dunstige Schwaden durchzogen die große Straße in dem sein Hotel lag, das als Treffpunkt des Trios dienen sollte.

Das triste Wetter versetzte die Fassaden der angrenzenden Jahrhundertwendehäuser in ein düsteres Szenario. Die Schönheit der altehrwürdigen Straßenzüge konnte nur vermutet werden.

Nach kurzer Begrüßung widmeten sich die drei Männer sofort dem ominösen Schreiben und fanden im ersten Moment kaum Worte zu dessen Inhalt. Unbehagen, Zweifel, aber auch Neugier vermischten sich in ihren Gedanken.

„Wir müssen zu diesem Mann umgehend eine Verbindung herstellen, er könnte der Schlüssel und der Wegweiser für unsere weiteren Vorgehensweisen sein", bekräftigte van Stappen die Situation.
Der Belgier Erik van Stappen gab bei der Zusammenkunft den Ton an. Auffällig bestimmend machte er den Mitstreitern seine Standpunkte für die weiteren Planungen deutlich.
„Nicolas, ich habe mittlerweile in Erfahrung bringen können, in welcher Region in Spanien dein Vater zuletzt tätig war. Des Weiteren konnte ich einige Mitglieder der Forschergruppe zuordnen; die zwei engsten Kollegen waren der verstorbene Mitarbeiter und in der Tat der jetzt aufgetauchte *Dermbach*.
Alle anderen gehörten nicht zum engsten Kreis, wir können sie also für unsere Ermittlungen außen vorlassen".

Van Stappen öffnete anschließend eine vorbereitete Präsentation, in der das Einsatzgebiet der Wissenschaftler verzeichnet und die jeweiligen Meldestationen aufgeführt waren.

Bertram Seegers und Nicolas Stettener folgten interessiert den Ausführungen und bewunderten die gründliche Vorbereitung des Belgiers und freuten sich über dessen intensives Engagement.

Man wollte den Verfasser des anonymen Schreibens bei seinem nächsten Auftauchen kontaktieren und mithilfe dieses

Mannes neue Anhaltspunkte zum Tode von Nicolas Vater finden.
Ferner beabsichtigte van Stappen, im Rahmen seiner Möglichkeiten, die von Nicolas angefertigte Sammlung über seinen Vater intensiv zu analysieren, um damit der Entschlüsselung der Datenträger vielleicht ein Quäntchen näher zu kommen.

„Wie ist Dein Verhältnis zu Deiner Mitarbeiterin Hallmann? " fragte van Stappen fast nebenbei und blickte in das erstaunte Gesicht Bertram Seegers, der von dieser Frage irritiert und überrascht schien.
„Sie hat mehrmals in meinem Referat um weitere Unterlagen für Deine Dienstreise gebeten. Ziemlich neugierig hat sie meine Sekretärin nebensächlich in dem Gespräch nach dem Grund Deines erneuten Aufenthaltes hier ausgefragt", fuhr van Stappen fort.

Bertram sah den Belgier verdutzt an und konnte seine Verblüffung kaum verbergen.
„Ich wüsste nicht, was sie dazu bewogen haben sollte. Ich habe ihr keinen Anlass für etwaige Nachfragen gegeben….", versuchte Bertram zu beschwichtigen, während sich in seinem Gehirn eine massive Gedankenlawine in Gang setzte, um den Grund für Frau Hallmanns Neugier kurzfristig zu ermitteln. Es gelang ihm jedoch nicht, sofort ein Ergebnis vorzuweisen.
Bertram wollte dieser Sache nach außen hin momentan keine große Aufmerksamkeit schenken, doch innerlich beschäftigte sie ihn weiter.

„Ich werde sie nach meiner Rückkehr besonders im Auge behalten", versprach er und man wandte sich wieder den Schlachtplänen zu.

Nicolas Stettener wollte nicht den großen Finanzier herauskehren, machte seinen Partnern dennoch das Angebot, alle für das

Projekt zukünftig anfallende Kosten für Reisen, Unterkünfte und sonstige Aufwendungen zu übernehmen.

Anfänglich lehnten van Stappen und Bertram Seegers dieses großzügige Angebot ab, doch nachdem Nicolas auf diese Regelung zu bestehen drängte, zumal es sich hier um die Aufklärung des Todes seines Vaters handelte, gaben sie ihren Widerstand auf.

Insbesondere Bertram konnte aufgrund dieser finanziellen Absicherung leichter planen und war nicht mehr auf die dienstlichen Abordnungsmodalitäten angewiesen. Ab jetzt opferte er wenn erforderlich Urlaubstage für die Treffen.

So wurde vereinbart, dass Nicolas für weitere Zusammenkünfte die notwendigen organisatorischen Dinge erledigte.

Der Vorschlag des in der Schweiz agierenden Detektiv Kronbergers, nunmehr Dechiffrierspezialisten aus Halbweltkreisen hinzuzuziehen, stieß bei allen Beteiligten auf strikte Ablehnung. Hier würde man in diesem Milieu einen Wettkampf in Gang bringen, dessen Verlauf nicht mehr zu kontrollieren war.

Bezüglich dieses Vorschlages ermahnte van Stappen seine Mitstreiter zur absoluten Vorsicht und Aufmerksamkeit, denn mittlerweile könnten diverse Kreise von ihrem Vorhaben rund um die brisanten Datenträger Kenntnis erlangt haben.

Besonders gefährdet war nach seiner Meinung Nicolas, der, wie die letzten Vorfälle zeigten, in unmittelbarer Nähe zum Epizentrum stand. Hauptsächlich sollte er in Zukunft auf alle Nebengeräusche in seinem Lebensumfeld achten und jede außergewöhnliche Annäherung von Personen registrieren.

Nicolas nahm diese Warnung äußerst ernst, dachte dabei jedoch nur nebensächlich an das Zusammentreffen mit der Schönheit im Cafe und legte es sofort wieder als unwichtig ab; er wollte die Frau nicht in Zusammenhang mit diesen Angelegenheiten sehen, denen sich die drei hier in Brüssel widmeten. Gern schob er sie in eine andere, schönere Seite, umgeben von warmen Gedanken und bunten Ausschmückungen. Etwas anderes ließ sein Gehirn nicht zu.

Bertram kam während der Ausführungen van Stappens wieder die Kollegin Hallmann in den Sinn. Die Tatsache, dass sie sich für seine Auslandsdienstreisen interessierte, ließ ihn innerlich arbeiten. Er nahm sich vor, nach seiner Rückkehr an seinen Arbeitsplatz intensiver auf sie und sein gesamtes Umfeld zu achten.

Als nächsten wichtigen Schritt setzten die drei auf die Kontaktaufnahme mit Dermbach, dem „anonymen" Briefschreiber, und legten sich hierfür eine ausgefeilte Taktik zu Recht.

Kapitel 19

Der schottische Geologe Kenneth P. Hawks hatte ein Gespür dafür, dass der Verwalter Savallas die Anwesenheit des Wissenschaftlertrupps als eine massive Störung seines täglich gewohnten Arbeitsablaufes ansah und die Gesellschaft und Nähe zu ihnen nicht gerade suchen würde.
Außerdem erkannte Hawks schnell, dass dessen immenser Aufgabenbereich eine intensive Hilfe und Unterstützung für sein Team kaum zulassen würde.
So wurde der Marokkaner Yassin zum willkommenen Ansprechpartner sowie Blitzableiter und Prallhang für die Angelegenheiten des Forscherteams.

Der knochige Schotte hielt sich ausschließlich an den jungen Nordafrikaner, wenn es zu Stilllegung von Anbauflächen oder sonstigen, den normalen Ablauf innerhalb Plantage beeinflussenden Störungen kam.
Yassins technisches Wissen und sein perfekter Scharfsinn für die momentanen Sachlagen, machten ihn mehr und

mehr zum unentbehrlichen Fachmann und innerhalb kürzester Zeit hatte sich die Kette, die ihn bis dahin an seinen Container gefesselt hatte, scheinbar wie von Zauberhand gelockert. Und der Verwalter Savallas war froh, die Forscher vom Hals zu haben.

Jetzt war es Yassin möglich, auch ohne konkrete Aufträge den unmittelbaren Bereich des Arbeitscontainers zu verlassen und schon bald konnte er sich innerhalb des weitläufigen Areals der Plantage frei bewegen.
Lediglich der oft in seiner Nähe befindliche Pickup des Vormannes Lorca störte den paradiesischen Zustand dieser neu gewonnenen Freiheit. Yassin fühlte oft die neidischen Blicke aus den feindseligen Augen des Vormannes und ahnte die von diesem Menschen ständig ausgehende latente Gefahr.

Trotz der neu gewonnenen Freizügigkeit fehlte Yassin Anna Emilias Nähe und die Gesellschaft dieser jungen Frau.
Nicht nur zur weiteren nutzbringenden Fortführung seiner Vorhaben war eine baldige Verbindungsaufnahme zu ihr unabdingbar, auch seine warmen Empfindungen für sie forderten ein baldiges Wiedersehen.
Ebenso war sein beharrlicher Drang, die gesteckten Zielsetzungen baldigst zu erreichen ein lebenswichtiger Motivationsschub.
Es musste ihm bald gelingen, eine Lücke zu finden, durch die er unbemerkt nach außen schlüpfen konnte, um sich konspirativ mit ihr zu treffen.

Sehr vorsichtig und verhalten tastete sich Yassin aus dem inneren Ring seiner bisherigen unsichtbaren Gefängnismauern. Obwohl ihm der tägliche Umgang mit den Wissenschaftlern vielfältige Möglichkeiten bot, das weitläufige Gebiet der Plantage unbemerkt zu erkunden, hielt er sich in der Ausweitung seiner lokalen Kompetenzen noch umsichtig zurück.

Verwalter Savallas hatte Yassin das alte Motorrad für die An-
fahrten zu den entfernt gelegenen Bereichen der Anbaugebiete
zur Verfügung gestellt, doch Yassin nutzte dieses Vertrauen
nur dosiert, um dem misstrauischen Vormann Lorca nicht zusätzlich Anlass zu geben, ihn noch intensiver zu beobachten.

Während der einzelnen Fahrten inspizierte Yassin aufmerksam die Einsatzgebiete der Sklaven, ihre Arbeitszeiten, und deren Versorgungspunkte. Ihm gelang bald, die einzelnen
Trupps zu unterscheiden und die eingeteilten Aufseher zuzu-
ordnen.
Mittlerweile konnte er die Lage ihrer Unterkünfte ausmachen
und diese in seinen Lageplan verzeichnen. Ebenso hatte er die
strategisch wichtigen Anlagen der Plantage, wie Maschinen-
häuser, Aggregatanlagen, Pumpstationen und Transport-
punkte, genauestens in seine privaten Planskizzen eingezeich-
net.

Abends saß er in seinem Container und vervollständigte die
Gebietskarten des gesamten Areals.
Als Versteck für diese brisanten Unterlagen diente eine Abde-
ckung des Kühlflüssigkeitstanks, der die Klimaanlage versorgte. Dieser war nur schwer zugänglich unterhalb der Verbindung zum angrenzenden Arbeitscontainer des Verwalters
Savallas angebracht.
Den Spediteur Frost unterrichtet Yassin wie befohlen über das
kleine Smartphone, ohne dabei wichtige Einzelheiten preis zu
geben.

Für den nächsten Tag hatte der Verwalter Yassin angewiesen,
den Schotten Hawks zu begleiten und nebenbei ein Auge auf
dessen Mitarbeiter zu werfen.
Das Forscherteam beabsichtigte Spiegelsensoren aufzustellen,
mit deren Hilfe einzelne Gebietszonen der Plantage über Satel-
liten großflächig gescannt werden sollten.

„Es ist wichtig, dass der Bereich 17 nicht betreten wird," bekräftigte Savallas noch einmal. „Diese Zone ist unbedingt auszunehmen, wir wollen verhindern, dass die Anzucht der jungen neuen Paprika Schaden nimmt. Jede negative Einwirkung könnte verheerende Folgen für das Pflanzenwachstum haben. Es ist nicht auszuschließen, dass sich unter den Wissenschaftlern Spione befinden, die es genau auf diese neue Sorte abgesehen haben".
Yassin nahm die Weisungen geduldig entgegen und wies die Forschergruppe entsprechend ein.

Als Vormann Lorca erfuhr, welchen Auftrag Yassin erhalten hatte, stürmte er den Arbeitscontainer des Verwalters und brüllte diesen erregt an: "Wie kannst Du diesem Afrikaner solch einen sensiblen Auftrag geben….Du weißt, wie brisant der Bereich 17 ist?"

Seine Stimme überschlug sich förmlich, während Savallas in gleichmütiger Ruhe auf den Monitor sah und seine Arbeit am Computer unbeeindruckt fortsetzte. Dieses lässige Verhalten heizte die Wut des Vormannes noch weiter an.
„Viel zu gut geht es diesem Afrikaner hier bei uns….einer …von dem wir zu wenig wissen….ich…."

Savallas blickte hoch :" Er macht seine Arbeit gut, die Forscher bekomme ich aufgrund seiner Fähigkeiten kaum noch zu Gesicht, ich habe meine Ruhe, kann mich meiner Arbeit widmen, und alles andere läuft gut….also, mische Dich gefälligst nicht in meine Kompetenzen ein…und jetzt raus…."!

Der Vormann rang nach Luft, schnaufte kurz, nahm seinen Cowboyhut, schlug ihn sich auf den Oberschenkel und verließ wutentbrannt den Arbeitscontainer.

Verwalter Savallas vernahm nur das hektische Aufheulen des Pickups, zog genüsslich an seinem Zigarillo und wandte sich wieder seiner Arbeit zu.

Anna Emilia ließ die Avancen, mit denen Frost ihre weibliche Festung stürmen wollte, mit eigennütziger Aufmerksamkeit über sich ergehen und öffnete nach und nach außerordentlich berechnend einen Spalt breit ihr Herz für den Mann.

Frost verbuchte es genugtuend als kleinen Sieg und genoss es, seinem Ziel näher gekommen zu sein. Er überschlug sich in Verbindlichkeiten und verwöhnte Anna Emilia, wo es nur möglich war.

Rundherum zufrieden und getragen von einer heiteren Leichtigkeit widmete er sich seiner Arbeit. Die für den Transport der Ernteerträge der Plantage „La Amplia" notwendigen Fahrzeuge stellte er der Plantagengesellschaft nunmehr zu einem höheren Entgelt zur Verfügung. Er fühlte sich gegenüber der Eigentümer La Amplias in einer unentbehrlichen Stellung, denn nur er verfügte mittlerweile einzig und allein über die erforderlichen Verbindungen und Ressourcen.

Frost hielt Beziehungen aufrecht, die den illegalen Bezug von Kraftstoffen, den Erhalt von Genehmigungen und alle weiteren, für den Bestand der Plantage lebenswichtigen Strukturen sicherten.

Die Beziehung zu der jungen Frau ließ ihn über Auffälligkeiten insbesondere im Sicherheitsbereich hinwegsehen, die ihm unter normalen Umständen ein Dorn im Auge gewesen wären und deren Abstellung er umgehend betrieben hätte.

Von dieser unvorhergesehenen Gunst profitierte insbesondere Yassin, dessen Wohlbefinden Frost sich bei fast allen Besuchen im Arbeitscontainer des Verwalters bestätigen ließ. Savallas hielt sich strickt daran, dem jungen Mann die notwendigen Vorteile zukommen zu lassen. Er wollte keinesfalls Übellaunigkeiten bei Frost auslösen, denn mit diesem ungeliebten Zeitgenossen stand und fiel das Leben der Plantage.

Yassin bemühte sich, die neue Freiheit nicht über den Maßen zu strapazieren. Er ging kein Risiko ein, fiel im gesamten Räderwerk der täglichen Abläufe des Betriebes kaum auf.
Er arbeitete sich mehr und mehr in seine Aufgaben ein, ohne sein eigentliches Vorhaben aus den Augen zu verlieren. Sein Aufenthalt auf der Plantage hatte ihm jedoch die Möglichkeit genommen, mit seiner Familie in Kontakt zu treten. Er hoffte inständig, dass Anna Emilia dieses wie versprochen für ihn erledigte. Denn sie wusste, wie sehr sich seine Eltern um ihn sorgten.

Während seiner abendlichen Rundfahrt steuerte Yassin das kleine Plateau im nordöstlichen Teil der Plantage an. Er lehnte das alte Motorrad an die Mauerreste der verfallenen Pumpstation und setzte sich auf den staubigen Boden. Genüsslich lehnte er sich zurück und ließ seinen Blick über das Areal schweifen.
Von hier aus hatte man einen fantastischen Blick über die ganze Ebene.
Die spärlichen Lichter der Stadt flimmerten im Hintergrund und erhellten nur schemenhaft den Horizont, bevor die Energiesperre sie für den Rest der Nacht fast vollständig erlöschen ließ.

Aus der im mittleren Talausgang liegenden Haftanstalt drangen wie gewohnt Rufe der Insassen zu ihm herüber.

Von seinem Standort aus konnte er den separat ausgeleuchteten Bereich 17 mit dem Fernglas gut einsehen. Yassin machte den Pickup des Vormannes Lorca aus, der neben dem Aggregatschuppen abgestellt war.

Er wunderte sich über dessen Anwesenheit und sah kurz darauf den Vormann den Schleusenraum des Gewächshauses verlassen. Die Tatsache, dass er diesen ohne Schutzkleidung betreten hatte, erhöhte Yassins Misstrauen.

Denn jeder, der für den Zugang des Bereichs 17 autorisiert war, hatte sich vor dem Betreten zu entkeimen und die bereitliegende Schutzbekleidung anzulegen, um eine Infektion der hochsensiblen Pflanzen zu vermeiden.

Der Vormann hatte nicht nur diese Sicherbestimmung verletzt, sondern auch das ordnungsgemäße Ausloggen am Kontrollsystem unterlassen. Er musste kurzzeitig die Codierung des Zählwerkes außer Kraft gesetzt haben, um die Erfassung vor dem Betreten auszuschließen.

Welchen Beweggrund sollte der Vormann für dieses Vorgehen haben, überlegte Yassin und nahm sich vor, soweit es ihm möglich war, Lorcas Verhalten genauer zu studieren.

Er beobachtete, wie der Vormann nach dem Einsteigen in den Pickup minutenlang etwas unter die Sitzbank zu verstecken versuchte und anschließend außergewöhnlich langsam und ohne Beleuchtung davonfuhr.

Nachdem Yassin seinen Arbeitscontainer erreicht hatte, notierte er diesen Vorfall und vervollständigte wie gewohnt seine Planskizzen mit den neu gewonnenen Erkenntnissen.

Anna Emilia staunte nicht schlecht, als sie auf das Anwesen des Fuhrunternehmers Frost zusteuerten.

Ihre Erwartungen wurden bei Weitem übertroffen. Die ganze Pracht der mediterranen Schönheit machte sich auf der gesamten Finca breit.

Stilvolle Säulen boten beim Betreten des in warmen Farben gehaltenen Hauptgebäudes ein charmantes Geleit, und große überdachte Terrassen erlaubten einen grandiosen Blick über das weite Anwesen hinaus bis hin zum Horizont, wo sich großmächtig das Mittelmeer aufreizend in warmem Blau zeigte.

Elegante Rundbogenfenster zeugten vom ehemaligen maurischen Besitztum und gaben dem Haus ein fast märchenhaftes Aussehen. Das Sonnenlicht fand hierin zu jeder Tageszeit herrlichen Einfall und versorgte jeden einzelnen Raum mit natürlichem Glanz.

„Meine Vorfahren hatten viel Geschick in der Ausgestaltung und der Anordnung der Gärten, mir fehlt dazu das glückliche Händchen, ich lasse es pflegen, damit es nicht verkommt", erklärte Frost, während Anna Emilia immer noch versuchte, die Vielfalt aller harmonisch aufeinander abgestimmten Bepflanzungen visuell zu erfassen.

Die kleinen miteinander verbundenen Springbrunnen ließen wohltuende Melodien rauschenden Wassers in die nähere Umgebung spülen und untermalten angenehm die mit Vogelgesang durchsetzte Stille.

„Es ist traumhaft schön hier ", konnte sie nur hervorbringen und über Frost's Gesicht huschte dabei ein Anflug überheblicher Genugtuung. Er genoss es, der jungen Frau sein Anwesen zu zeigen und in seinen Gedanken arbeitete er insgeheim die nächste Phase seines Eroberungsfeldzuges aus. Es interessierte ihn nicht, dass er kaum etwas über sie wusste, er blendete Zweifel rigoros aus, nichts sollte seinen weiteren Angriffen auf ihre weibliche Bastion im Wege stehen. Er wollte diese Frau besitzen, komme was wolle, denn schließlich hatte er bisher alles bekommen, nach dem ihm je gelüstete.

Der Tag verging ohne weitere Höhepunkte. Anna Emilia ließ sich geduldig den gesamten Besitz zeigen.

Insbesondere registrierte sie ausführlich den pompösen Fuhrpark, den die Fahrzeughallen im unteren Bereich der Finca beherbergten.

Von schnellen Motorrädern, über Jeeps, bis hin zu prachtvollen Nobelautos war hier alles zu finden.

Einem kleinen, zweisitzigen Geländewagen streichelte sie sanft über die Motorhaube, als wolle sie einem Baby ihre besondere Zuneigung bekunden.

„Der ist ja süß", lobte sie übertrieben das Gefährt und machte Anstalten einzusteigen.

„Nur hinein", forderte Frost die junge Frau auf und schwang sich, ohne abzuwarten auf den Beifahrersitz.

„Du kannst ihn haben, ein Fehlkauf, er steht eh nur nutzlos herum", schob er nach.

Anna Emilia drehte am Lenkrad, wie ein kleines Kind, das zum ersten Mal am Steuer des väterlichen Autos sitzen durfte.

„Nein, wirklich?", spielte sie die Überraschte.

„Sicher doch, komm, wir fahren eine Runde", sprach Frost, drehte dabei mit der rechten Hand den Zündschlüssel herum, und legte den linken Arm freundschaftlich über ihre Schulter.

Anna Emilia erstarrte, ließ es jedoch geschehen und drückte das Gaspedal. Sie fuhren langsam über die von Blumenrabatten umgebene Straße, die aus der Finca zur großen Serpentine führte.

Frost lachte überschwänglich und forderte sie auf, schneller zu fahren.

Kapitel 20

Am letzten Tag ihrer Zusammenkunft hatten sie vergeblich versucht, den Datenträger anhand der von Nicolas zusammengestellten Sammlung von Hinweisen aus dem Leben seines Vaters zu öffnen. Anschließend wurde die Speicherkarte in einem Bankschließfach deponiert.

Ein Öffnen des Banktresors war nur mit einem von Nicolas eingesetzten Passwort möglich. Würde ihm etwas zustoßen, fielen die Depotrechte automatisch an van Stappen und Bertram Seegers.

Der anschließende Abend hatte mit außergewöhnlich viel Genever seinen Ausklang gefunden, und am nächsten Morgen trat Nicolas mit einem ziemlichen Brummschädel die Heimfahrt an.

Erst am späten Abend erreichte er übermüdet und abgespannt sein Elternhaus.

Nachdem er sein Gepäck vor der Haustür abgestellt hatte, ging er zurück zum Treppenaufgang und leerte den Briefkasten. Außer Werbeflyer und die Tageszeitung vom Tage und Vortag befand sich nichts darin.

Der anonyme Schreiber hatte keinen neuen Brief gesandt.

Dass sich die Tageszeitungen noch im Briefkasten befanden, machte ihn stutzig, kümmerte sich doch Frau Pohlheimer während seiner Abwesenheit um die Post sowie abends und morgens um das Herunterlassen und Öffnen der Jalousien.

Verdächtige Ahnungen ließen Nicolas den Aufgang zum Haus hoch spurten und nach dem er vorsichtig den Schlüssel im Schloss drehte und so die schwere alte Haustür öffnete, fand er das Haus in einem verwüsteten Zustand vor. Schränke und Schubladen waren ausgeräumt und die Inhalte auf den Fußboden verteilt, Aktenordner lagen aufgerissen vor den Regalen und kaum ein Möbelstück stand noch an seinem Platz.

Nicolas realisierte sofort, was die Eindringlinge gesucht hatten. Nun musste er klaren Kopf behalten und alle weiteren Maßnahmen in genauer Reihenfolge so ablaufen lassen, dass die wahren Gründe für den Einbruch möglichst unbekannt blieben.

Er alarmierte die Polizei und meldete den Einbruch.

An der Haustür konnte er keine Einbruchsspuren feststellen, anscheinend hatten die Täter geeignete Schlüssel. Diese Tatsache ließ Nicolas abrupt um Frau Pohlheimer bangen. Mit schnellen Schritten rannte er den Treppenaufgang hinunter.

Unten kamen ihm schon die herbeigerufenen Beamten entgegen; mit aufgeregten Worten schilderte Nicolas kurz das Geschehen, während er mit den Polizisten das Haus der Nachbarin erreichte.

Es war abgedunkelt und verschlossen, und nach kurzer Inaugenscheinnahme entschieden sich die Männer eines der Fenster einzuschlagen, um ins Innere des Hauses zu gelangen.

Sie fanden Frau Pohlheimer in einem ihrer schweren Sessel sitzend. Sie war tot, die Augen weit geöffnet und ihr Hals wies blau gefärbte Spuren auf, die auch ein Laie sofort als Würgemale erkennen konnte.

Nicolas rief den Namen der Frau und verlor völlig die Fassung, während einer der Beamten ihn aus dem Zimmer bugsierte und die Mordkommission alarmierte.

Die beiden Häuser und deren Grundstücke waren in ein gespenstisches Licht gehüllt, mit dem die aufgestellten Scheinwerfer die Umgebung erhellten. Überall herrschte Stimmengewirr während Spezialisten der Kripo ihre Arbeit aufnahmen.

Nicolas versuchte das Erlebte zu verarbeiten und antwortete ziemlich verwirrt auf die Fragen der Ermittler.

In Gedanken machte er sich Vorwürfe, dass seine Nachbarin aufgrund der Tatsache, dass sie seine Hausschlüssel verwahrte, unschuldig sterben musste.

Anscheinend haben die Täter sie in ihrem Haus überfallen, die Herausgabe des Schlüssels erpresst, und die Frau anschließend kaltblütig umgebracht.

Für die Durchsuchung seines Hauses hatten die Täter ausreichend Zeit, denn Frau Pohlheimer wusste, dass Nicolas erst am heutigen Tag zurückkommen würde.

Es war ihm klar, dass die Einbrecher es nicht auf irgendwelche Wertgegenstände abgesehen hatte, einzig und allein wurde das Haus nach den brisanten Datenträgern durchsucht.

Den ermittelnden Beamten war der Grund für diese Gewalttat suspekt. Angesichts der Tatsache, dass nicht nach Wertsachen gesucht wurde, lud man Nicolas für weitere Befragungen am nächsten Nachmittag ins Präsidium vor. Man wollte der Sache intensiv auf den Grund gehen.

Nicolas fand erst spät in der Nacht endlich ein wenig Ruhe. Sich zu sammeln und dieses grausame Ereignis zu durchdenken fiel ihm sichtlich schwer.

Es war ihm bewusst, dass er sich nunmehr in höchster Gefahr befand, selbst Zielscheibe für weitere Angriffe dieser Tätergruppe zu werden.

Er unterrichtete van Stappen und Bertram Seegers über die Vorfälle und stieß auf tiefe Betroffenheit bei seinen Freunden.

Die Angerufenen konnten sich im ersten Moment nicht erklären, wie die Information in diesen Täterkreis gelangen konnte.

Ein Schuldiger wurde sofort unterschwellig ausgemacht. Die Kenntnisse über die Versuche die Datenträger zu entschlüsseln, konnten nur über den Detektiv Kronberger in kriminelle Kreise eingesickert sein, die sie zu weiteren Nachforschungen ermuntert haben. Van Stappen bezeichnete es als unverzeihlichen Fehler, Kronberger voll informiert zu haben.

Bertram Seegers schloss eine Verwicklung des alkoholkranken Computerfreaks, den er seinerzeit in seiner damaligen Stammkneipe für die Entschlüsselung engagiert hatte aus diesem Verwirrspiel kategorisch aus. Denn dieser war mit der Entlohnung für seine Aufwendungen hoch zufrieden und suchte sicherlich nicht noch weiteren Verdienstquellen.

Nicolas ging wieder und wieder der Tod seiner Nachbarin durch den Kopf. Die alte Dame musste sterben, weil er und seine Mitstreiter unvorsichtigerweise die Brisanz und die Folgen ihres eigenen Tuns falsch beurteilt, gar unterschätzt hatten.

Auch van Stappen und Bertram Seegers konnten nunmehr ebenfalls Ziel gewalttätiger Angriffe werden, denn man musste davon ausgehen, dass die Täter und deren Hintermänner über alle bisherigen Schritte Kenntnis erlangt hatten.

Nachdem er die größte Unordnung beseitigt hatte und die Möbelstücke wieder an ihrem Platz standen, schenkte sich Nicolas ein Glas Wein ein, setzte sich in seines Vaters Sessel und versuchte ein wenig abzuschalten. Doch es fiel ihm schwer, sich gedanklich von den grausamen Vorkommnissen zu entfernen.

Die Vorbeifahrt des Bernina 951 riss Nicolas jäh aus den Gedanken um die vorangegangenen turbulenten Ereignisse. Er ging auf den Balkon und verfolgte, wie der Zug spielend die leichte Steigung nahm und sich mit einem freundlichen langgezogenen Pfeifen entfernte.

Nicolas dachte an seinen Vater und die schöne Zeit, als sie noch zusammen das Haus bewohnten und gemeinsam den Zug bewunderten. Mit einem leichten Lächeln begleitete er die netten Rückblicke in eine Epoche voller Harmonie und familiärer Freude.

Und immer wieder sah er seinen Vater vor sich, den die Liebe zu diesem Zug stets in Hochstimmungen versetzte, insbesondere dann, wenn er wusste, dass sein Freund Uli Neudeck im Führerstand des Zuges wähnte.

Und wenn die beiden Freunde sich trafen, konnte man die kameradschaftlichen Gefühle spüren, mit denen dieser Zug die Männer verband.

Doch nun waren diese freudigen Erinnerungen durch die todbringenden Ereignisse fortgewischt worden; Angst und Bestürzung beherrschten jetzt die Gedanken.

Nicolas verließ den Fahrstuhl und betrat das Büro des Kripobeamten Capallo, der die Ermittlungen zum Tod Frau Pohlheimers leitete. Kühl und reserviert bot der Mittvierziger Nicolas einen Sitzplatz an, um postwendend mit der Vernehmung zu beginnen.

Nicolas beantwortete alle Fragen, wich jedoch, als der mögliche Hintergrund des Überfalls auf die Nachbarin zur Sprache kam, geschickt aus und verwies auf seine Reise nach Belgien, wo er lediglich Freunde treffen wollte.

„Dieses haben wir bereits überprüft, es wurde vor ein paar Minuten bereits bestätigt. Ihr Alibi ist damit perfekt. Die Tatsache, dass in ihrem Haus nichts gestohlen wurde, und sie sich nicht erklären können, was die Täter gesucht haben könnten, beunruhigt mich.

Es ist Fakt, dass Frau Pohlheimer getötet wurde, weil sie die Schlüssel für das Haus ihres Vaters besaß. Und diese Umstände zwingen mich, hier weiter zu ermitteln. Und ich kann ihnen nur raten, mit uns zusammenzuarbeiten. Sollten Sie uns etwas verschweigen, was grundsätzlich relevant für die Aufklärung der Tat sein könnte, würden sie sich strafbar machen!" Damit sprach Capallo unmissverständlich eine konkrete Warnung aus.

Gedankenverloren schlenderte Nicolas nach Verlassen der Polizeipräfektur über die Kasernenstraße, erreichte die Altstadt und suchte wie automatisch das Cafe' in der Brotlaube auf.

Als er im schattigen Bereich Platz genommen hatte, fiel ihm auf, dass der junge Mann, der ihn seit seinem Verlassen des Polizeigebäudes auffällig folgte, sich auf der gegenüber liegender Straßenseite die Auslagen in den Schaufenstern ansah.

Anscheinend sollte Nicolas durch die offensive polizeiliche Observation vermittelt werden, dass man sich mit seinen bisher gemachten Aussagen noch lange nicht zufriedengab.

Sollte die Beobachtung anhalten, wäre er gezwungen, die persönliche Verbindung zu seinen Mitstreitern in Deutschland und Belgien vorerst einzufrieren.

Auch eine telefonische Kontaktaufnahme sollte derzeit unterbleiben, denn Nicolas ging davon aus, dass seine Telefonanlage bereits angezapft worden war.

In den nächsten Tagen würde er sich mehrere nicht registrierten Smartphones und bagcomps besorgen. Eine entsprechende Information wollte er van Stappen und Bertram Seegers zeitgerecht übermitteln. Er ging davon aus, dass ein neuerlicher gedeckter und abgesicherter Kommunikationsaufbau nur über van Stappens Dienststelle möglich war.

Nicolas fühlte sich merklich unwohl in dieser deprimierenden Insellage, in der er sich momentan befand und suchte intensiv nach Mitteln und Wegen, dieser Ohnmacht zu entkommen.

Dass sich der brisante Datenträgersatz geschützt im Bankschließfach seines Mitstreiters van Stappen befand, gab ihm
nur ein minimales Gefühl der Sicherheit, denn es war nur
eine Frage der Zeit, wann die Mörder von Frau Pohlheimer
erneut aktiv würden.

Obwohl bei der Bank die Aushändigung des 2. Schließfach-
schlüssels nur mit der Verwendung des von Nicolas eingesetzten Passwortes möglich war, erhöhte gerade diese Tatsache die Turbulenzen in seinen Gedanken. Denn der Weg
zu den Datenträgern führte auch wieder direkt zu ihm, er
befand sich also in höchster Lebensgefahr.

„Darf ich mich zu Ihnen setzen", sagte eine sanfte Stimme
und ließ Nicolas aus den tiefen Gedanken hochschnellen.
Die Schöne hatte ihn aus seinen Alpträumen gerissen und
ließ ihn für Sekunden das Geschehene vergessen.
Nicolas erhob sich höflich und bot mit ausgestreckter Hand
der Frau Platz an.
„Sicher, bitte setzen sie sich, ich freue mich", lobte er verhalten die Situation.
„Ja, es ist schön, dass wir uns mal wieder treffen. Es ist
wahrlich ein nettes Lokal", antwortete sie und schob dabei
ihre modische Lederaktentasche neben das Tischbein.
„Nun sollten wir uns aber mal bekannt machen, beim letzten Mal haben wir kaum die Möglichkeit gehabt. Mein
Name ist Nicolas Stettener", sagte Nicolas und erhob sich
galant dabei.
„Ricarda Köller", hörte er sie sagen, während er sanft ihre
ausgestreckte Hand drückte.

„Wie immer?" schob sich der Kellner dazwischen und
kurvte mit sportlichem Schwung gut gelaunt um den Tisch.
„Ja, bringen sie uns bitte den Prosecco", orderte Nicolas,
ohne die Zustimmung der jungen Frau abzuwarten.

„Was führt Sie eigentlich in diese Gegend", fragte Nicolas und erwartete insgeheim die Antwort „Bankgeschäfte".

Doch die Frau entgegnete fast geplant: „Ich arbeite für eine internationale Organisation und vertrete sie in dieser Region, und womit verdienen Sie ihr Geld?", schob sie ausweichend hinterher und wartete auf seine Reaktion.

Zwischendurch servierte der Kellner lächelnd die bestellten Getränke.

„Mit Schreiben für eine Zeitung, ich bin Journalist", antwortete Nicolas und hoffte auf keine weiteren Fragen, die sein Privatleben angingen, denn das war seit kurzem sicherlich genügend durcheinandergewirbelt worden.

Es machte ihm Mühe, sich auf das Gespräch zu konzentrieren, nervös hantierte er mit seinem Glas, und seine Angespanntheit blieb der Schönen nicht verborgen.

„Sie sehen etwas müde aus"; diagnostizierte sie freundlich, worauf Nicolas sich fast automatisch beidhändig über die geschlossenen Augen fuhr.

„Ja,", antwortete er entmutigt, „die letzten Tage waren etwas viel für mich!"

„Scheint ein aufreibender Job zu sein, Ihre Schreiberei. Sie sehen urlaubsreif aus. Wollen wir nicht das schöne Wetter nutzen und ein wenig zum Wasser hinunter gehen?"

„Eine gute Idee"; erwiderte Nicolas, erhob sich dabei, reichte der jungen Frau ihre Aktentasche und bezahlte im Vorbeigehen die Getränke.

Die warme Sonne gab den beiden das Gefühl im Urlaub zu sein. An der Promenade tummelten sich die Menschen, nichts deutete auf eine angespannte Wirtschaftslage oder gar eine massive Energiekrise hin.

Lediglich der fehlende Verkehrslärm, der in früheren Zeiten von der nahen Stadtautobahn störend herüber dröhnte, machte die wirtschaftliche Veränderung deutlich.

„Ich habe es vorgezogen, das Lokal zu verlassen, weil wir beobachtet wurden, vielleicht ist es ihnen nicht aufgefallen, doch von der gegenüberliegenden Straßenseite interessierte sich jemand auffällig für uns", begründete Ricarda Köller ihren Vorschlag spazieren zu gehen.

Da Nicolas wusste, wem die Observation galt, befand er sich in einer Zwickmühle. Wenn er zugab, dass man ihn beobachtete, war es mit einer lapidaren Erklärung nicht getan. Spielte er den Unwissenden, würde sie ihm nicht glauben und sicherlich weiterhin Fragen stellen. Dass die junge Frau die Observation bemerkte, war ebenfalls außergewöhnlich, dachte Nicolas beiläufig.
„Es ist meinetwegen. Die Polizei beobachtet mich", sagte er unmissverständlich und erklärte in Kurzfassung das Geschehen um den gewaltsamen Tod seiner Nachbarin, ohne auf weitere Einzelheiten einzugehen.

„Das ist ja schrecklich", entgegnete die Schöne und unterbrach den Spaziergang, indem sie Nicolas durch ein Handzeichen auf die nahe Parkbank aufmerksam machte.
Nachdem sie sich gesetzt hatten, schien es, als würden sich beide für die nächsten Sätze die richtigen Worte parat legen, denn es herrschte auffällig eine erwartungsvolle Gesprächspause.

Ricarda Köller unterbrach die Stille und gab offensiv ihre Identität preis. Die Umgebung beobachtend sprach sie in unterdrückter Lautstärke.

„Darf ich ihnen etwas erklären. Die Organisation, die ich vertrete, setzt sich unter anderem für den Erhalt natürlicher Ressourcen weltweit ein. Unsere Naturschutzgruppe finanziert sich einzig und allein durch Spenden, deren Aufkommen seit der Energiekrise immens angestiegen ist. Global unterstützen uns namhafte Politiker im Ruhestand, Wirtschaftsbosse und sonstige gut betuchte Menschen, weil sie erkannt haben, dass die Welt nur durch einen rapiden Einschnitt in der Wirtschafts- und Klimapolitik zu retten ist.

Seit einigen Jahren sind wir besonders in Europa, respektive Spanien aktiv, um dort den Raubbau an der Natur und der Wasservorräte einzudämmen.

Ich hatte das Vergnügen vor knapp drei Jahren ihren Vater kennen zu lernen".

Ohne auf den erstaunten Ausdruck in Nicolas' Gesicht Rücksicht zu nehmen sprach sie unaufgeregt weiter.

„Wir trafen damals zufällig in einer Hotellobby aufeinander und saßen abends nach dem Essen zusammen. Ihr Vater sprach von seinen Projekten in Spanien, die ihn persönlich berührten, da er diese Regionen seinerzeit mit ihrer Mutter oft bereiste, hing sein Herz sehr stark am Erhalt dieser einzigartigen Naturlandschaften.

So kam es, dass er sich unserer Organisation anschloss und sie mit einer außergewöhnlich hohen Spende bedachte.

Wir blieben auch später in Verbindung, trafen uns noch ein oder zwei Mal. Anschließend gab es lediglich sporadische Telefonate.

Bei unserem letzten Gespräch klang er sehr aufgeregt, ja fast ängstlich. Wir verabredeten ein Treffen, an dem er mir etwas mitteilen wollte, was von immenser Wichtigkeit zu sein schien.

Leider war er zu diesem Treffen nicht erschienen, und nachdem uns später bekannt wurde, dass er bei einem Verkehrsunfall ums Leben gekommen war, wurde ich durch meine Organisation beauftragt, Kontakt zu ihnen aufzunehmen".

Aus Nicolas Gesicht war eine große Sprachlosigkeit zu lesen. Er holte tief Luft und lehnte sich zurück, nachdem er den Ausführungen der jungen Frau zugehört hatte.

Er vermochte das eben Gesagte kaum glauben. Gleichzeitig gab er seiner Enttäuschung Ausdruck.

„Und ich dachte unsere Zusammenkunft basiert auf gegenseitige Sympathie, doch......nun!!"

„Und....? Haben sie etwas herausbekommen", fragte er betrübt.

„Ich kann ihre Enttäuschung verstehen, doch ich biete ihnen meine Hilfe an, denn ich glaube, dass die Schwierigkeiten, in denen sie sich momentan befinden, ausschließlich mit der Tätigkeit ihres Vaters zusammenhängen".

Nicolas spürte den Druck, den die tonnenschwere Vielzahl von Neuigkeiten in ihm zu einem fast nicht mehr zu ertragenem Maße anschwellen ließ.

In Anbetracht der Tatsache, dass sie nunmehr beide in einem Boot saßen, legte er die Karten auf den Tisch und berichtete der jungen Frau von all den bisher erfolgten Schritten und Geschehnissen, seit er vom Notar Dr. Rosetti die Unterlagen seines Vaters erhalten hatte.

Ausführlich schilderte er nun die Zusammenkünfte mit dem Belgier van Stappen und dem deutschen Ministerialbeamten Bertram Seegers.

Er schien im Gesicht der jungen Frau zu erkennen, dass besonders der Hinweis auf die brisanten Datenträger in ihr mächtiges Interesse hervorrief.

„Wir sollten uns in meinem Haus weiter unterhalten", schlug er vor, als sich die Sonne verzogen hatte und der Situation angemessen dunkle Wolken ein herannahendes Gewitter ankündigten.

In der wiederhergestellten Ordnung seines Hauses machten sie es sich gemütlich. Nicolas ertappte sich dabei, dass er abseits der wahren Gründe ihrer Zusammenkunft der Frau den Hof machte.

Ricarda Köller verwies äußerst pragmatisch auf den Verdacht, dass die Täter das Haus mit Abhöranlagen ausgestattet haben könnten. Bevor Nicolas sich versah, fischte sie einen kleinen Sender aus ihrer Aktentasche und scannte Raum für Raum des Hauses ab.

Lediglich in der Nähe des Telefons konnte sie eine „Wanze" ausfindig machen. Ansonsten schien das Gebäude „sauber" zu sein.

„Besonders einfallsreich sind die Herrschaften nicht vorgegangen", quittierte sie den Fund.

Nicolas zeigte sich erstaunt und bewundernd über die Fähigkeiten der Frau und der Sammlung ihrer Ausrüstung.

„Ich gehöre einem Stab an, der für die Sicherheit unserer Interventionsteams verantwortlich ist. Wir bereiten die Einsätze vor und schützen gefährdete Mitarbeiter.

Und nunmehr wurde ich beauftragt, zu Ihnen Kontakt aufzunehmen. Auch uns waren die Umstände zum Tode ihres Vaters sehr suspekt, und da er praktisch einer von uns war, erschien es als unsere Pflicht, an der Aufklärung mitzuarbeiten.

Parallel zu meinen Tätigkeiten hier in der Schweiz arbeitet eine weitere Mitarbeiterin vor Ort in Spanien".

Ricarda Köller versuchte durch ruhiges Erklären zur Besänftigung der angespannten Situation beizutragen und um Nicolas das Gefühl zu geben, in diesem Kampf nicht allein zu stehen.

Van Stappen wurde von Nicolas über das Zusammentreffen mit der jungen Frau informiert. Er zeigte sich erstaunt über die Schnelligkeit, mit der sich die Sache entwickelte und in welchen Dimensionen sie sich inzwischen ausbreitete. Die Neuigkeiten lösten dennoch schwere Besorgnisse in ihm aus, wollte die Verbindung zu der jungen Frau zwar nicht als Fehler deklarieren, warnte Nicolas jedoch eindringlich erhöhte Vorsicht walten zu lassen.

Wann würde ihnen die Handlungsfähigkeit entgleiten, wo sie momentan auf immer neue Situationen zu reagieren hatten.

Wie lang würde es noch dauern, bis ihnen die Kämpfer der Gegenseite konkret gegenüberstehen würden, und sie mit offenem Visier zum Duell aufforderten?

Die Ereignisse der vergangenen Tage ließen van Stappen über eine grundlegende, tiefgreifende Änderung der bisherigen Taktik nachdenken.

Die Tatsache, mit der Organisation *NaturPeople* nunmehr in einem Boot zu sitzen, bereitete einerseits Bauchweh, doch sollte diese Verbindung zu eigenen Gunsten genutzt werden.

Die drei aktiven Männer wären gut beraten, die hochwertigen Ressourcen der Gruppe und das dazu gehörige Knowhow für ihr Vorhaben arbeiten zu lassen.

Über diese Organisation könnten sie nunmehr in sensible Bereiche vordringen und gleichzeitig würde sie ein erstklassiger Schutzschirm decken und bewachen.

Ein Vertrauen bildendes Gespräch sollte seiner Meinung nach als erste Verbindungsaufnahme folgen, um anschließend über gut abgeschirmte Direktleitungen sicher kommunizieren zu können.

Van Stappen hatte eine ausgiebige Überprüfung der Organisation über die dienstliche Schien vornehmen lassen und bekam uneingeschränkte Entwarnung. Er brannte nunmehr darauf, voll in die Zusammenarbeit mit der Gruppe einzusteigen, allein seine dienstlichen Verpflichtungen hinderten ihn am sofortigen Handeln. Ungeachtet dessen brachte ihm sein Arbeitsplatz großartige Möglichkeiten, seine Dienststellung zur Durchsetzung ihrer Pläne noch weiter zu nutzen.

Und als kompakte Mannschaft sollte es jetzt gelingen, bald das Geheimnis um die brisanten Datenträger zu lüften.

Kapitel 21

Bertram Seegers versuchte seiner Kollegin Frau Hallmann in gewohnter Art und Weise gegenüber zu treten. Er überlegte ab sofort diverse Umgangsformen, um das Misstrauen so gering wie möglich zu halten.

Die Frau zu beobachten, ohne dabei kontrollierend zu wirken sollte im Vordergrund stehen.

Sein letzter Aufenthalt in Belgien hatte ihre Beziehung zu ihm scheinbar gänzlich verändert, denn sie verhielt sich äußerst reserviert, ja fast gekränkt.

Auch die übrige Kollegenschaft erkannte diese Verwandlung, reagierte hiervon jedoch unberührt.

Die Information über den Tod Frau Pohlheimers und den Einbruch in Nicolas' Haus sowie der Kontakt mit der Umweltorganisation rückten den gesamten Sachverhalt in ein neues Licht. Bertram hatte nicht nur seine neugierige Kollegin, sondern sein unmittelbares Umfeld unter Beobachtung zu halten, denn die kleinste Unachtsamkeit oder leichtsinnige Schlampereien könnten ab sofort tödlich sein.

Die Zusammenarbeit mit seinem Referatsleiter war weiterhin unkompliziert und frei von Belastungen, denn Bertram löste im gesamten Sachgebiet jedwede problembehafteten Aufgaben und hielt seinem Vorgesetzten den Rücken frei für andere Beschäftigungen, die nicht nur dienstlichen Charakter hatten.

Bertram machte es in den nächsten Tagen zur Gewohnheit, am Abend zu unterschiedlichen Zeiten seine Wohnung zu verlassen, um die Umgebung zu inspizieren.

Er ging, nachdem er in dunkler Bekleidung über den hinteren Kellerausgang aus dem Haus gelangte, im großen Bogen mehrmals um seinen Häuserblock.

Die Straßenzüge ausforschend schlenderte er entlang der Hauswände zurück in seine Straße, um anschließend aus gegebener Entfernung den spärlich beleuchteten Eingangsbereich zu beobachten. Der einsetzende Regen ließ die dürftige Fensterbeleuchtungen in den Pfützen widerspiegeln. Undichte Dachrinnen gossen ihren Inhalt durch die schadhaften Stellen auf die Bürgersteige.

Erst jetzt erkannte Bertram den miesen Zustand dieses Wohnviertels. Überlaufende Mülltonnen hielten die Bewohner nicht davon ab, ihren Abfall kurzerhand daneben auf dem Gehweg zu entsorgen.

Diese Ignoranz und Gleichgültigkeit passten in das Bild, das sich Bertram mittlerweile von seinen Mitmenschen gemacht hatte. Lediglich seine Arbeit und die Verbindung zu van Stappen und Nicolas Stettener hielten ihn seelisch am Leben und waren der Motor für jeden neuen Tag. Er ignorierte die negativen Begleiterscheinungen, die die momentane gesellschaftliche und sozialpolitische Situation den Menschen zu schaffen machte. Dieser Zustand kam den Regierenden in Berlin sehr zupass, denn diese Gesellschaft ließ sich durch anhaltende Angstverbreitung und Pression gut im Zaum halten. Allgemeine Verteuerung und Knappheit sämtlicher Güter des Lebensunterhaltes taten ihr Übriges.

Der Abend erinnerte ihn an den Film „Der dritte Mann", den er sich seinerzeit gemeinsam mit seinem Vater auf dem Marktplatz seiner Heimatstadt im Freiluftkino angesehen hatte. Eine ähnliche gespenstische Szene spielte sich auch hier ab und Bertram befand sich mittendrin.

In den vor dem Haus abgestellten wenigen Fahrzeugen bewegte sich nichts, die Straße war menschenleer. Kein Hinweis auf eine mögliche verdeckte Beobachtung.

Wahrscheinlich hinderte der anhaltende Regen die Bewohner daran, den Abend mit einem Spaziergang zu beenden, denn auch das gegenüber liegenden Cafe' war nur dürftig besucht. Bertram erkannte lediglich 4 Personen, die an verschiedenen Tischen den Raum „bevölkerten".

Er wechselte erneut seinen Standort und huschte wie ein Dieb in der Nacht in einen der nächsten Hauseingänge, von wo er die Observierung seines Häuserblockes fortsetzte.

Diesen abendlichen Rhythmus behielt er in den nächsten Tagen bei, drehte seine Runde und kontrollierte die Umgebung nach verdächtigen Personen oder Fahrzeugen.

Seitdem die Wohnung, die Wand an Wand sein Schlafzimmer begrenzte, nicht mehr vermietet worden war, fand er nachts wieder ausgiebig Ruhe. Der Vormieter hatte wegen der Schichtarbeit oft die Nacht zum Tag gemacht. Doch nach dessen Auszug war es still in den Räumen neben seiner Wohnung.

Die Woche verging für Bertram ohne außergewöhnliche Vorkommnisse. Die Telefonate mit van Stappen und Nicolas Stettener waren kurz und knapp, denn man beschränkte sich auf lapidare, vorher abgesprochene Floskeln, um einer eventuellen Abhörung keine weitere Nahrung zu geben.

Auch innerhalb seiner dienstlichen Arbeitsabläufe fiel nichts aus dem üblichen Rahmen. Er war wie immer der aufmerksame Vorgesetzte und für alle Kollegen der freundliche, hilfsbereite Mitarbeiter.

Frau Hallmann verhielt sich ihm gegenüber weiterhin reserviert und gönnte ihrem Chef innerhalb der dienstlichen Kommunikation nur die notwendigsten Worte.

Am frühen Samstagabend hatte Bertram das Haus verlassen, um sich für einen Schwimmbadbesuch in der nächsten Woche vormerken zu lassen. Da für Bedienstete in Regierungsbehörden eine zweimalige Nutzung der städt. Hallenbäder möglich war, trug er sich nach ausgiebiger Legitimation für einen der begehrten Abendtermine an einem der nächsten Tage ein.

Wegen des hohen Andrangs dauerte es eine geraume Zeit und so kam er erst nach Einbruch der Dunkelheit in seine Wohngegend zurück.

Als er in seine Straße einbog, gewahrte er zu seinem Erstaunen Frau Hallmann, die im Begriff war, das kleine Cafe' gegenüber seinem Häuserblock zu betreten.

Er hielt eine Weile inne, näherte sich dann vorsichtig im Schutze der angrenzenden Häuserfronten der kleinen Kaffeestube.

Frau Hallmann hatte an einem der Fenstertische Platz genommen und starrte pausenlos auf den Straßenbereich.

Bertram versuchte ihre Beweggründe für dieses Verhalten zu ermitteln.

Er überlegte, ob er ebenfalls „rein zufällig" das Cafe' betreten sollte, entschloss sich jedoch vorerst seine Kollegin von hier aus zu beobachten.

Er sah die Frau gedankenversunken und abwesend wirkend vor einer Tasse Kaffee sitzen. Aus dem unglücklichen Gesicht sprachen Einsamkeit und Angst, die müden Augen blickten ohne Ziel in die tiefschwarze Nacht.

Was wollte sie hier, in was hatte sie sich verrannt?

Bertram betrat das Cafe' und trat vor ihren Tisch. Frau Hallmann hob den Kopf, ihr Gesicht hellte sich auf, es schien, als wäre sie beim Anblick des Mannes tief erleichtert. Gruß-und wortlos setzte sich Bertram zu ihr, nahm den Blick der Frau auf und lächelte.

„Der Regen, der Regen könnte jetzt gerne einmal Pause machen", versuchte er zwanglos ein Gespräch zu beginnen und schaute durch sie hindurch hinaus in die Dunkelheit, um an der gegenüber liegender Häuserreihe seine abgedunkelten Wohnungsfenster zu beobachten.

„Ich glaube, es ist an der Zeit, dass wir uns einmal in Ruhe unterhalten", fuhr Bertram fort, ohne eine Reaktion der Frau abzuwarten und bestellte nebenbei für sie beide frischen Kaffee.

Die Tatsache, ertappt worden zu sein, ließ Frau Hallmanns Gesicht schamvoll erröten und man erkannte eine unverhohlene Betroffenheit.

„Sie interessieren sich sehr für mein Privatleben, lassen sie uns ganz offen darüber reden, hier, oder wollen wir zu mir gehen?", fragte er unüberlegt, ohne dabei an die Unordnung zu denken, die in seinem kleinen Wohnzimmer herrschte.

„Nein lieber hier, bitte", antwortete sie und atmete tief ein.
Frau Hallmann war nervös und unsicher. Sie fühlte sich von Bertram Seegers in flagranti erwischt und fand zunächst kaum Worte der Begründung für ihr Verhalten.
Nur zögernd begann sie zu reden.

„Ich kann es mir nicht erklären, doch…Habe ich..", sie unterbrach und versuchte sich zu sammeln.
„Es fällt mir schwer es Ihnen zu erzählen".
Bertram legte fürsorglich seine Hand auf ihre Finger und es kam ihm vor, als würde ein heftiger Stromschlag den Körper der Frau durchzucken.
„Sie haben es nie bemerkt", fuhr sie fort, ohne eine Antwort abzuwarten. „Nie, nicht einmal meine Blumen haben sie gesehen. Keines Blickes würdigen Sie mich. Ich existiere nicht in Ihrer Welt. Sie kennen nur Arbeit und ……", sie hielt inne.

„Und…?...und…weiter???", wollte Bertram wissen.
„Und dann Ihre Auslandsreisen", legte Frau Hallmann nach.
„Sie verbergen etwas, ich fühle es".
Bertram wollte ihr nicht das Gefühl vermitteln, ihn überführt zu haben und spielte den Ahnungslosen.

„Ich weiß nicht, auf was Sie hinauswollen", fragte er neugierig. „Und die ständigen Anrufe aus Brüssel, sie kommunizieren mit denen öfter, als unser Behördenleiter", warf sie ihm vor und schmunzelte dabei leicht.

Bertram griff diesen Anflug eines leisen Witzes dankbar auf und entgegnete lachend: "Ihre Anteilnahme an meinem Leben geht doch etwas zu weit, finden Sie nicht? Ich besuche lediglich alte Freunde, wenn ich gerade in Brüssel bin. Was ist so verwerflich daran, dass ich Dienst und Freizeit miteinander verbinde?", versuchte er das Thema zu bagatellisieren, wohlwissend, dass sich Frau Hallmann damit nicht zufriedengeben würde.

Es kehrte eine merkwürdige Stille zwischen ihnen ein, keiner von beiden wagte, ein weiteres Wort zu riskieren.

Das andächtige Schweigen schienen sie zu nutzen, adäquate Argumente zu finden, um aus der unangenehmen Situation herauszukommen.

Bertram überlegte kurz und knapp, ob er Frau Hallmann reinen Wein einschenken und ihr von all den Verflechtungen berichten sollte, verwarf diesen Gedanken jedoch sofort wieder, denn sicherlich würde sie dieses brisante Wissen in ihrer Naivität unbedacht gegen ihn einsetzen, ohne ihm schaden zu wollen.

Er vermied es auch, sich durch unglaubwürdige Ausreden und Notlügen aus der Zwickmühle zu befreien, sondern stellte ein für alle Mal in einem nunmehr strengeren Ton fest: " Nein, Frau Hallmann, es gibt keinen Grund irgendwelche Mutmaßungen über mich anzustellen. Es tut mir sehr leid, wenn ich ihre lieben Gesten übersehen haben sollte. Doch einen groben Klotz bekommt man so schnell nicht weich geschliffen", versuchte er mit ein wenig Selbstironie einsichtig zu wirken.

Er lächelte sie sanft an, nahm ihre Hand und bat sie inständig: "Zermürben sie sich bitte nicht in grundlosen

Verdächtigungen. Lassen sie uns weiter so gut, wie bisher zusammenarbeiten!"

Es war ihm klar, dass er hierdurch Frau Hallmann nicht zum Stillhalten bewegen würde. Doch diese Aussprache sollte fürs erste die Fronten geklärt haben und eine für die die Zukunft positivere Kommunikation in Gang bringen.

Bertram würde von nun an seine Mitarbeiterin akribisch beobachten und ihr durch höherwertige Arbeitszuweisungen größere Vertrauensbeweise zukommen lassen.

Frau Hallmann nickte schweigend, aus ihrem Gesicht verschwand nur zögerlich diese fast eingepflanzte Traurigkeit.

Kapitel 22

Ihre dunklen Haare wehten verspielt im Fahrtwind, als Anna Emilia den kleinen Geländewagen auf der Serpentinenstraße zum Plateau hinauf steuerte. Doch diese Fahrt war absolut kein unbeschwertes Freizeitvergnügen.

Sie fand den Platz, an dem sie vor einigen Wochen mit Yassin die Gegend nach einer bestimmten Plantage absuchte.

Jetzt war sie allein, ihr war es gelungen über den Spediteur Frost an ein Fahrzeug zu kommen, das ihr derzeit eine komfortable Unabhängigkeit bescherte.

Das gesamte Tal lag vor ihr, die Sonne spiegelte sich in den weißen Dächern, und die Plastikplanen wogten wie Wellen im Wind, sie reflektierten spielerisch das Sonnenlicht ins Unendliche.

Die Hazienda „La Amplia" schien verlassen, nichts regte sich, doch das Leben spielte sich unter der weißen Haut ab, dort wurde gepflanzt und geerntet, gewässert und gedüngt, geweint und gelacht, gelebt und gestorben.

Die afrikanischen Arbeiter vergossen ihren Schweiß unter den schneeweißen Dächern und atmeten die von riesigen Maschinen erzeugte Frischluft, wenn der Energievorrat es erlaubte.

Mit einem Weitwinkelfernglas scannte Anna Emilia Zone für Zone des Besitzes ab, konnte aber niemanden erblicken, welcher der Person Yassins hätte ähneln können.

Im hinteren Bereich, fast unerreichbar für das Fernglas, konnte sie verschwommen eine Gruppe Männer ausmachen. Sie hantierten mit langen Stangen, ordneten und legten sie an verschiedenen Punkten aus.
An mehreren Tischen hockten Personen, die, wie es schien, optische Messgeräte bedienten.

Nur schwer konnte die junge Frau eine Umzäunung erkennen, denn das unterhalb ihres Standorts befindliche lang ausgedehnte Karstgelände ging unvermittelt in das Plantagengebiet über.
Weiter rechts qualmten im Hintergrund die Reste eines Feuers, das auf der großen offenen Mülldeponie seinen giftigen Rauch in den blauen Himmel schickte.
Sie behielt die Männergruppe weiterhin im Visier, konnte jedoch keine außergewöhnliche Veränderung zu den bisherigen Tätigkeiten feststellen.

Im rechten Bereich, wo sich bald eine weitere kleine Hügelkette anschloss, konnte sie hinter einer Baumgruppe nur verschwommen die Umrisse von flachen Gebäudeteilen erkennen. Es könnte sich hier um Baracken handeln.

Sie beschloss, die Hügelkette noch weiter zu umfahren, in der Hoffnung einen umfassenderen Einblick in das Gelände zu erhalten.

Nachdem sie die enge Passage zwischen den Felsen durchfahren hatte, fand sie einen sicheren Platz, an dem sie den kleinen Geländewagen gedeckt abstellen konnte.

Von hier aus ermöglichte ihr der neue, nicht einsehbar gelegene Beobachtungspunkt eine hervorragende Rundumsicht auf das gesamte Objekt.

Die an die Felswand gedrückten, von ihr als Baracken vermuteten Gebäude entpuppten sich als grau-weiße Container. Hier könnten die afrikanischen Arbeiter untergebracht sein.
Der große Einfahrtsbereich war von hier aus komplett einsehbar. Am breiten Tor war ein kleiner Verschlag zu erkennen, in dem sich ein Mann rauchend aufhielt. Anscheinend eine Torwache, die ein unbefugtes Betreten verhindern sollte.

Die Stelle, an der vorher mehrere Personen mit langen Stangen hantierten, war mittlerweile menschenleer. Lediglich an einem der Tische montierte ein Mann an einem der Messgeräte.

Die ausgedehnte Anlage der Herrenhäuser und Verwaltungsgebäude waren von ihrem neuen Standort aus rückwärtig zu sehen. Ziemlich abseits hinter dem Pinienhain lagen in einem eingezäunten Abschnitt mehrere Container, die über eine Dachkonstruktion miteinander verbunden waren. Mehrere Fahrzeuge parkten in ungeordneter Formation an der Einfriedung.
Hier war ein reger Personenverkehr zu beobachten. Männer mit Kartons, und großen Papprollen bewaffnet betraten diesen Bereich, um anschließend weitere Teile aus den Fahrzeugen zu holen.
Anna Emilia vermutete, dass es sich hier um Arbeitscontainer der Führungskräfte der Plantage handelte.

Sie begann auf ihrem bagcomp eine ausführliche Skizze der Anlagen zu zeichnen. Sämtliche markanten Gebäude oder Einbauten nahm sie in die Zeichnung auf, um sie später mit den vorhandenen Satellitenbildern abzugleichen.
In der Straßenkarte wurden entsprechenden Ausschnitte vermerkt und nummeriert, um später andernorts das Abbild

genau abbilden zu können. Abschließend trug sie ihren neuen Beobachtungspunkt in die Übersicht ein, wohlwissend, dass sie diesen Platz wiederholt anzufahren gedachte.

Während der Rückfahrt überkam sie ein angenehmes Gefühl der Zufriedenheit. Obwohl noch keine Verbindung zu Yassin hergestellt werden konnte, sah sie sich auf einem guten Weg, die Entfernung zu ihm nach und nach zu verringern.

Ein klappriges Streifenfahrzeug der *Guardia Civil* quälte sich schnaufend über die Serpentinenstrecke. Die zwei uniformierten Insassen erschraken, als der kleine Geländewagen ihnen auf der kurzen Geraden zwischen den zwei scharfen Kurven entgegenkam. Das hohe Tempo des Gefährts veranlasste sie abrupt anzuhalten und der Fahrerin hinterher zu sehen. Außer dass sie es als eines der Fahrzeuge aus „Frio" Frost identifizierten, sinnierten sie völlig verblüfft über die Person am Steuer.

Yassin genoss immer mehr das Vertrauen des Verwalters und die damit zunehmende Selbstständigkeit in seiner Arbeit.
Trotz seiner Herkunft hatte er sich aufgrund seiner hervorragenden Kenntnisse und der daraus resultierenden guten Arbeitsergebnisse in kurzer Zeit auch die Hochachtung des restlichen Führungspersonals verdient.
Lediglich Vormann Lorca hatte ihn für sich zum Intimfeind erklärt und beobachtete Yassin weiterhin argwöhnisch auf Schritt und Tritt.

Das Motorrad hatte Yassin auf der kleinen Anhöhe gedeckt abgestellt und verschaffte sich mit seinem Feldstecher einen Überblick aller Bewegungen, durch die die visuelle Ruhe auf dem Gelände gestört wurde.
Von seinem Standort aus genoss Yassin einen komfortablen Blick auf die Gewächshäuser der Sektion 17.

Die Forscher hielten sich wie üblich schon sehr zeitig in ihren Unterkünften auf und manche unter ihnen gaben sich wieder ihren allabendlichen Alkoholexzessen hin, so dass sich kaum Personenverkehr in seinem Blickfeld abspielte.

Yassin gewahrte den Pickup des Vormannes, der in der Abenddämmerung gemächlich den Talweg herunterrollte.

Wie bereits an einem der vorherigen Abende steuerte Lorca langsam den Bereich 17 an, verließ den Wagen, hantierte an der Codiereinrichtung und betrat erneut unter Nichtbeachtung aller Sicherheits- und Hygienebestimmungen das Gewächshaus. Nach wenigen Augenblicken kam er wieder heraus, blickte nach rechts und links, ging zu seinem Gefährt zurück und betrat mit einem Gegenstand in der Hand, der einem kleinen Kanister ähnelte, erneut das Gewächshaus.
Eine knappe halbe Stunde blieb der Vormann in Sektion 17, um anschließend mit schnellen Schritten den Pickup zu besteigen und eilig in Richtung des Tales mit den alten Brunnenanlagen zu verschwinden.
Yassin vermerkte das Beobachtete und beschloss, bei nächster Gelegenheit den Bereich der alten Brunnenanlagen gründlich zu inspizieren.
Als er am nächsten Morgen Verwalter Savallas aufsuchen wollte, sah er den Jeep des Spediteurs Frost, der wie immer in rasanter Fahrweise den Weg zu den Arbeitscontainern hoch preschte.
Frost stürmte in den Arbeitsraum des Verwalters ohne Yassin eines Blickes zu würdigen, obwohl dieser zum freundlichen Gruß ansetzte, drängte sich vor und schob Yassin vor die Tür zurück.

Mit lautem Knall fiel die Tür ins Schloss und man hörte anschließend die Männer lautstark debattieren.

Das Gespräch hatte wahrlich keinen freundschaftlichen Charakter. Immer wieder fiel das Wort Sabotage, nur die Zusammenhänge waren für Yassin nicht vernehmbar.

In gehörigem Abstand wartete er unentschlossen, er wollte den beiden Männern nicht gerade in dieser hoch explosiven Stimmung begegnen.

Nach ein paar Minuten wurde die Tür aufgerissen und Savallas trat ins Freie. Er winkte Yassin zu sich und wies ihn mit ausgestrecktem Arm wortlos an, einzutreten.

In Erwartung einer unguten Laune betrat Yassin vorsichtig den Raum. Frost hatte sich mit verschränkten Armen am Schreibtisch lehnend kraftstrotzend und drohend aufgebaut, während Savallas mit ruhiger Stimme zu sprechen begann.
„Wir haben Grund zu der Annahme, dass Sektion 17 sabotiert wird. Mehrere Pflanzreihen zeigen massive Veränderungen, manche beginnen abzusterben, solltest Du etwas darüber wissen…, dann heraus damit. Da du nicht im Besitz der Codierung bist, hast du keine Zugangsberechtigung, also stelle ich mir nicht vor, dass du dir über sonstige Umwege Zutritt verschafft hast!"
„Nein", antwortete Yassin ruhig und sicher. „Ich habe Sektion 17 nie betreten".
„Solltest du uns hintergehen, werde ich Anna Emilia davon in Kenntnis setzen", mischte sich Frost ein. „Dann war das heute dein letzter Tag hier"!
„Ich habe nichts damit zu tun", wiederholte Yassin direkt und unmissverständlich.
„Möglicherweise haben wir uns mit dem Forscherteam einen Saboteur auf das Gelände geholt", sinnierte Savallas, um die These jedoch wieder sofort zu verwerfen.
„Die Codierung ist perfekt und es gibt keine weitere Zutrittsmöglichkeiten ", schob er nach.

„Du kannst gehen", befahl Savallas nebenbei und wies Yassin die Tür.

Als dieser nach außen trat, kam ihm Vormann Lorca entgegen und schob ihn verächtlich zur Seite.

Yassin ließ es über sich ergehen und schlug den Weg zu seinem Arbeitscontainer ein.

Aus den eingefriedeten Bereichen der Forscherteams drang lautes Gelächter zu ihm herüber, was in ihm sympathische Gedanken aufkommen ließ, denn die Forscher waren zwar rau und derb in ihrer Sprache und in ihrem Umgang miteinander, hatten jedoch eine sanfte Ader unter ihrer harten Borke.

Dieses nette, bunt gemischte Wissenschaftlervölkchen soll einen Saboteur in den Reihen haben, dass ich nicht lache, dachte Yassin und machte sich an seine Arbeit, wohlwissend wer die Probleme der neuen Anzucht zu verantworten hatte.

In ihm bohrte eine heftige Zerrissenheit, denn mit einem Wort hätte er dem Verwalter seine Beobachtungen mitteilen und den möglichen Saboteur nennen können. Er war sich nunmehr nicht mehr sicher, richtig gehandelt zu haben. Wäre es besser gewesen, den Verwalter über die Manipulationen zu berichten, mit denen sich Vormann Lorca Zutritt zum Bereich 17 verschafft hatte?

Da der Verwalter Savallas und Frost ihre Verdächtigungen gegen ihn sicherlich nicht gänzlich ausgeräumt hatten, musste Yassin nunmehr noch größere Vorsicht bei seinen Beobachtungen walten lassen. Jetzt war die Plantage unterschwellig in Aufruhr und tausend Augen schienen Jeden und Jedes zu beobachten.

Anna Emilia wurde nachdenklich, als Frost die Neuigkeiten vom Sabotagefall in der Plantage erzählte und Yassin in die Nähe eines möglichen Tatverdachtes rückte.

„Nein, Yassin hat sicher nichts damit zu tun. Er würde nie seine Arbeit aufs Spiel setzen. Zu sehr ist er auf das wenige Geld angewiesen", nahm sie den Freund in Schutz.

„Viel hast Du mir bisher nicht viel von diesem Afrikaner erzählt, ich habe auch nicht danach gefragt, werde es auch nicht tun", antwortete Frost auffallend kühl und provozierend.

Anna Emilia ertrug die diffamierenden Äußerungen, nahm sie aber als weiteres Signal zur erhöhten Wachsamkeit auf.

Möglicherweise wollte Frost ihr damit latent sein ständig wachsendes Misstrauen über sie und den Afrikaner anzeigen, oder war es ihm doch so gleichgültig, was Yassins Anwesenheit auf der Plantage anging? Unsicherheit verbreitete diese Mutmaßung allemal in ihren Gedanken.

„Gern würde ich Yassin mal wiedersehen", gab sie nebenbei zu verstehen, um sofort wieder auf die Vorkommnisse einzugehen und eigenen Willen zu bekunden.

„Was wurde überhaupt zerstört, und was wurde sabotiert", fragte Anna Emilia weiter, sie musste ihre Neugier ziemlich im Zaum halten.

Frost begann zu referieren, als hätte er die Frage erwartet.

„Seit Jahren experimentiert man hier auf „La Amplia" mit neuen Paprikazüchtungen. Und nun schienen die Versuche endlich gelungen, denn es ist eine Frucht veredelt worden, die mehrere Vorzüge gegenüber den bisherigen Aufzuchten in sich vereint.

Sie ist erstens absolut resistent gegen viele Schädlinge, lediglich ein aus Afrika eingeschlepptes Insekt macht noch Probleme und insbesondere hierfür befindet sich ein neues explizit für diesen Insektenbefall entwickeltes Pflanzenschutzmittel aus Deutschland in der Versuchsreihe. Dieses muss jedoch viele Genehmigungshürden der EU-Verwaltung nehmen, bevor wir es offiziell nutzen dürfen. Einige Proben konnten wir schon anwenden," wobei ihm ein Augenzwinkern übers Gesicht huschte.

Weiterhin führte er aus:

„Die Pflanze kommt mit weit weniger Wasser aus und ihre Erträge werden um mehr als 1/3 höher sein. Die Frucht ist einzigartig und würde die Plantage noch weiter nach vorne bringen. Die Produktivität könnte man um ein Vielfaches erhöhen und so die Vormachtstellung der Firma in der Region stärken.

Die Plantagenbesitzer haben sehr viel Geld in diese Versuchsreihen gesteckt, und jetzt sollten keine Rückschläge das Erreichte zunichtemachen, daher ist es wichtig, den oder die Saboteure schnellstens festzustellen."

Ohne eine Reaktion von Anna Emilia abwartend erklärte er:" Es muss daher in alle Richtungen ermittelt werden. Man ist sowieso missgünstig auf uns, denn die Subventionszahlungen der EU haben natürlich kräftig dazu beigetragen, das Unternehmen erfolgreicher zu machen. Unsere Verbindungen ....",

Frost fühlte, dass er soeben einen Pfad betreten hatte, wo weitere Schritte zu mehr Offenheit unliebsame Enthüllungen zutage brächten und bei Anna Emilia nur noch mehr Neugier entwickeln könnte. Er bekam noch rechtzeitig die Kurve und wechselte abrupt das Thema.

„Mein Freund Carlos Perido gibt am Wochenende eine große Party, ich würde mich freuen, wenn Du mich dorthin begleiten würdest. Es ist auch ein wichtiger Termin für mich in finanzieller Hinsicht. Perido ist ein sehr wichtiger Mann in Spanien und will in diesen Tagen über einen Kredit entscheiden, den ich für weitere Investitionen brauche. Ich würde mich freuen, wenn du mich begleiten würdest", bat er fast befehlend.

Anna Emilia erkannte sofort den Engpass, in den er sich hineinmanövriert hatte, und unterließ rücksichtsvoll weiteres Nachfragen über seine Geschäfte. Doch sie behielt dieses

Ablenkungsmanöver im Hinterkopf, um den Sachverhalt entsprechend zu verarbeiten.

„Ich würde dich gerne begleiten, wenn es nicht zu spät wird, Du weißt, ich muss später wieder zurück ins Hotel", gab sie zu bedenken.

„Wir könnten nach der Party zu mir fahren, es wäre schön, wenn Du mal über Nacht bei mir bleiben würdest", lud er sie ein.

Um dieses Angebot nicht zu schroff abzuweisen, antwortete sie leise und sanft:

„Irgendwann…ja, doch jetzt ist es dafür noch zu früh, finde ich ".

Sie wollte ihre komfortable Situation nicht riskieren und stellte daher dieses Ereignis für die nahe Zukunft in Aussicht.

Frost nickte wortlos und signalisierte zufriedenes Verständnis.

Kapitel 23

Der mutmaßliche Sabotagefall hatte die gesamte Plantage in eine überall spürbare Unruhe versetzt. Das Leitungspersonal jeder Sektion war aufgeschreckt und aus dem täglichen Arbeitseinerlei gerissen worden.

Obwohl Yassin vorerst nicht mehr direkt zum Kreis der Verdächtigen gerechnet wurde und somit vorläufig aus dem Focus der Ermittlungen gerückt war, konnte er sich trotz vermeintlicher Entwarnung nicht sicher fühlen. Er wollte jede Sekunde wachsam sein, noch sorgfältiger auf Zwischentöne in seiner Umgebung achten, und möglichst drohende Gefahren, die seinen ursprünglichen Plan zunichtemachen würden, rechtzeitig erkennen.

Gleichzeitig durfte er seine Arbeit nicht vernachlässigen und Verwalter Savallas keine Gründe liefern, ihn besonderer Beobachtung zu unterziehen, oder gegebenenfalls rauszuwerfen. Doch gerade aus dieser momentan offensichtlich unkontrollierbaren Lage auf dem Gut wollte Yassin Vorteile schöpfen und seine Observationen entsprechend ausweiten.
Besonders das Areal um die stillgelegten Brunnen und die Wohnbereiche der afrikanischen Arbeiter waren in sein Visier gerückt.

Eine außerordentliche Aufmerksamkeit galt dem Vormann Lorca und dessen täglichen Arbeitsablauf sowie die Ausflüge in die Weite der Anbaugebiete.

Da auch der Verwalter Savallas nicht besonders gut auf den Vormann zu sprechen war, lag es nahe, dieses Missverhältnis ausnutzen und hier weiteren persönlichen Boden gut zu machen. Seine momentane Stellung erlaubte ihm jetzt legal in die Nähe der Erntegebiete mit den afrikanischen Erntearbeitern zu gelangen, um mit den Pflückern, und hier speziell mit den Vorarbeitern in Kontakt zu kommen.

Das Gebiet um die alten Brunnen lag in sanfter Abenddämmerung als Yassin von seinem Aussichtspunkt den Pickup des Vormannes langsam den Serpentinenweg herunterrollen sah. Lorca hatte wie immer das Fahrzeug nur spärlich beleuchtet und konnte so fast unbeobachtet durch die schmale Schlucht zu den Brunnen gelangen.
Yassin blickte besorgt zum Himmel, wo sich über den Bergkuppen eine schwarze Wolkenwand heranwälzte.
Dieses Wetter kannte er aus seiner Heimat…und es versprach nichts Gutes…

Das Anwesen der Peridos lag oberhalb von Adra auf einem einzelnen Plateau. Es diente in früheren Zeiten dem nahen gelegenen Kloster als Lager und ging vor gut 150 Jahren in den Besitz der Familie Perido über.

Noch heute mutmaßen die Nachbarn, dass sich der damalige Klan mit ähnlich kriminellen Machenschaften rechtzeitig Land und Besitz angeeignet hatte.

In jeder Hinsicht glich das gesamte Areal einem monumentalen spanischen Landsitz und zeigte vollkommen diese epochale Architektur nach außen.

Der jetzige Hausherr, Carlos Perido, ein gnadenlos machthungriger Boss, Mittfünfziger, galt als der erfolgreichste Top Manager in Südspanien. Sein Wort hatte außerordentliches Gewicht und als Direktor der *Banco* Industrial de Almeria und noch anderen Instituten und Verbänden saß er an den Schalthebeln der Finanzmärkte und wichtigen Einrichtungen des Landes, und nutzte diese geschickt aus, um persönliche Macht und Vermögen massiv anzuhäufen. Seine Beteiligungen an der größten Raffinerie des Landes, und die Aktienmehrheit und Mitbeteiligungen an verschiedenen Firmen machten ihn zu einem der größten Macher und zum einflussreichsten industriellen Regisseur des Landes.

Sein größter Coup war jedoch seine in einer groß angelegten Aktion durchgeführte Landeinnahme. Im Umkreis von mehreren 200 km hatte er sich Ländereien, Finkas, Gutshöfe und Plantagen ausgeguckt, die ihm in irgendeiner Art und Weise heute, morgen oder in den nächsten Jahren von Nutzen sein könnten. Die Anwesen fielen durch erpresserische Vorgehensweisen oder bank-und kontobedingte Umstände der Inhaber in seinen Besitz. Bei größeren Widerständen kam Frost und sein Gefolge auf die Bildfläche, wonach es schließlich zu erfolgreichen Vertragsabschlüssen zugunsten Peridos kam.

In manchen Fällen verschwanden aus den unnachgiebigen Familien plötzlich Angehörige oder ihr Besitz wurde ein Raub der

Flammen. Da auch einflussreiche Polizeiführer, Richter und Staatsanwälte zu seinen Busenfreunden zählten, war eine Strafverfolgung weitestgehend nicht zu erwarten.

Obwohl die Energiekrise auch vor den Geldmärkten nicht haltgemacht hatte, fand Perido stets Mittel und Wege, Einbußen und Niederlagen verlustlos auszugleichen, um in den darauffolgenden Gegenangriffen wieder gewinnbringend auf die Siegerstraße einzubiegen. Er gehörte einer Klientel an, die aus Krisen und politischen Erdrutschen millionenfach Kapital schlagen.
Hierfür nutzte er alle seine dunklen Kanäle und Möglichkeiten skrupellos und unbarmherzig aus. Für die groben und blutbefleckten Handwerke fand er stets das entsprechende Personal.

In seinen Nachbetrachtungen ließ er dann diejenigen Machenschaften Revue passieren, mit denen er so manchen in die Klemme geratenen Kumpanen illegitim aus der Patsche geholfen hatte. Die Gegenleistung, die er posthum und knallhart einforderte, mehrte sein Konto an Freundschaften und Verbindungen in gigantischem Ausmaß. Aber auch ein gehöriges Spektrum an Feinden bildete sich zwangsläufig aus diesen Verästelungen.
Sein Bekanntenkreis, der in ähnlicher Art und Weise agierte, wurde durch ihn protegiert und abgeschirmt, der sich dann, wenn nötig auch durch Falschaussagen vor Gericht bedankte.

Anna Emilia beschlich ein mulmiges Gefühl, als sie mit Frost das Anwesen der Peridos betrat.
Der wohlbeleibte Gastgeber kam ihnen freudestrahlend entgegen und überschlug sich mit Nettigkeiten, als Frost seine neue Bekannte vorstellte.
Der Bankier zeigte sich als herrschsüchtiger Nabob, dessen Ausstrahlung eine harte und unnachgiebige Persönlichkeit zutage brachte. Anna Emilia erschauerte, als er ihre Hand nahm und zu einem angedeuteten Handkuss führen wollte.

Die junge Frau war erstaunt über das bunt gemischte Publikum. Neben bekannten Kommunalpolitikern und zweitklassigen Schauspielern sonnten sich Polizeioffiziere, höhere städtische Angestellte, wichtige Industrielle sowie einige Plantagenbesitzer im Glorienschein des Bankiers.

Und in deren Kielwässern folgten die Frauen, Gefährtinnen und Freundinnen mit bunt geschminkten leblosen Gesichtern.

Bei jedem dieser Gäste, denen Anna Emilia vorgestellt wurde, arbeitete in ihr ein pragmatisches Raster und stellte die imaginären Verbindungen unter den Anwesenden her. Sogar russische Staatsangehörige suhlten sich in Peridos Schatten.

Fjodor Kolesnikow strahlte übers ganze Gesicht, und blies den Zigarrenrauch freundlicherweise in Richtung Zimmerdecke, als man ihm Anna Emilia vorstellte. Die junge Frau spürte, wie der Russe sie im Geiste zu entkleiden begann.

Sie war sichtlich nervös und sah sich als Friedfisch unter Haien, die nur darauf lauerten, dass eine leichte Unvorsichtigkeit des potenziellen Opfers genügte, um die Meute zum Angriff blasen zu lassen.

Ihr gesamtes Feindpotenzial war hier versammelt, mit fast jedem könnte die junge Frau auf der Stelle einen Privatkrieg anzetteln.

Gleichzeitig war ihr bewusst, dass durch ihre Anwesenheit auf dieser Feier ihre bisherige Anonymität verspielt wurde, die sie für all ihre Vorhaben benötigte und bis hierhin auch kostbar verwahrt hatte.

Doch vielleicht war der Feind irgendwann später über das offene Visier verblüfft und dadurch verwundbarer geworden.

Im Laufe des Abends verstärkte sich in ihr die Abscheu gegenüber einem großen Teil der hier anwesenden Gesellschaft, obwohl sie sich derer in Zukunft bedienen wollte, um ihre gesteckten Ziele zu erreichen.

Und mehr und mehr gefiel ihr die komfortable Situation, in die sie immer weiter hineinzugeraten schien. Sie näherte sich stetig der Front aller potenzieller Feinde, konnte vielleicht zu einem späteren Zeitpunkt die eine oder andere Strategie für sich nutzen, optimale Verbindungen aufbauen und Schranken umgehen, oder Wege freimachen, die bisher unpassierbar waren.
Sie entschied sich hier und heute diese Richtung beizubehalten.

Frost hatte sich kurz von Anna Emilia verabschiedet und unterhielt sich derweil angeregt mit dem Hausherrn Perido, der mit ausfallenden Gesten seinen Gesprächspartnern etwas zu erklären versuchte, ja fast zu befehlen schien. Man erkannte hierin die übergeordneten Machtverhältnisse und Befehlsstrukturen dieser Gesellschaft, es war eine klare Hierarchie auszumachen. Hier wurden Entscheidungen getroffen, Intrigen geplant, Schlachten und Vernichtungsoperationen vorbereitet.

„Sie sind Klimaforscherin?", hörte Anna Emilia hinter sich fragen.

Die Hausherrin streckte der jungen Frau freundlich die Hand entgegen, stellte sich vor und entschuldigte sich gleichzeitig dafür, sich erst verspätet um sie als neuen Gast gekümmert zu haben.

Elizabeth Perido, die junge Ehefrau des Hausherrn und Tochter eines schwerreichen spanischen Fabrikanten, strahlte ein gespieltes Lächeln aus. Dieses dargestellte Interesse an den kommunikativen Ergüssen der übrigen weiblichen Gäste ließ erkennen, dass die Dame des Hauses ihre Gastgeberpflicht lediglich ordnungsgemäß absolvierte.
In der sehr gut gekleideten und überaus gepflegten Frau erkannte Anna Emilia die schauspielerisch miserabel dargestellte Rolle einer glücklichen Ehefrau.

„Anna Emilia Jaramaq", sagte Anna und erwiderte den Händedruck der Hausherrin intensiv. „Ja, ich arbeite an der Ermittlung vorzeitlicher Einflüsse auf unser heutiges Klima", bestätigte sie die Frage.

„Interessant, wie gefällt Ihnen die Party?"

„Gemütlich, ja angenehm gemütlich", antwortete Anna Emilia zögernd brav und fühlte sich in Gesellschaft dieser Frau plötzlich geborgen, ohne diese Empfindung ausführlich für sich deuten zu können. Sie war sich sicher, diese Frau war wie sie selbst ein lästiger Fremdkörper inmitten dieser eingebildeten, sich im Schlamm ihrer Untaten suhlenden Machos.

„Ja, das sind die üblichen Meetings meines Mannes mit seinen Geschäftspartnern und Freunden, das die Herren schon fast als hochwertige Kolloquien ansehen, doch…" Die Frau unterbrach und hielt mitten im Satz inne.

„Du amüsierst dich gut, Schatz?" hörten die Frauen hinter sich und waren plötzlich gestört vom Hausherrn, der Frost freundschaftlich untergehakt wie im Schlepptau hinter sich herzog.

Beide Frauen bestätigten die Frage und freuten sich nicht gerade über diese unerwartete Unterbrechung des angefangenen Gesprächs.

Frost war sichtlich aufgekratzt und gab Anna Emilia einen flüchtigen Kuss auf die Wange.

„Ich freue mich, dass mein Freund Frio endlich eine so nette und dazu noch überaus hübsche Freundin hat", schmeichelte Perido Anna Emilia und boxte Frost leicht gegen dessen Brust.

Frost nickte zustimmend, nahm die junge Frau in den Arm:"Ja, ich mag sie sehr".

„Darauf sollten wir trinken", sagte die Hausherrin anerkennend, und half Anna Emilia damit aus der sichtbar unangenehmen Umklammerung.

Man erhob die Gläser und wünschte sich gegenseitig das Beste.

Hatte Anna Emilia hier plötzlich und unerwartet eine Verbündete gefunden, die wie sie gegen die von gewinngierigen und skrupellosen Machos dominierten Unternehmen arbeitete?

Möglicherweise waren die Motive der Hausherrin anders geartet und mit unterschiedlichen Zielrichtungen, doch die grundsätzlichen Einstellungen schienen nicht allzu sehr auseinanderzudriften.

Kapitel 24

Als Nicolas am frühen Morgen Ricarda Köller aus dem Haus begleitete, hatten beide nur wenig geschlafen. Die Nacht verging wie im Fluge und nach eingehender Absprache über die gesamte Situation hatte sich trotz anfänglichen Argwohns ein sich festigendes Vertrauen aufgebaut.

Nicolas war froh, nunmehr eine Verbündete in seiner Nähe zu wissen, die zudem über exzellente Beziehungen verfügte.

Als sie das Grundstück verließen, fiel Nicolas der schäbige Kleinwagen auf, der weiter hinten in der Straße geparkt war. An dieser Stelle stand wenig Parkraum zur Verfügung, deshalb wurde hier selten ein Fahrzeug abgestellt. Nicolas erkannte sofort die hervorragende Möglichkeit, von dort aus seinem Hause perfekt einzusehen.

Die Person am Steuer schien keine Anstalten zu machen, sich durch Abducken aus dem Blickfeld des Pärchens zu entfernen.

Nicolas gab seiner Begleiterin hierauf einen dezenten Hinweis. Ricarda Köller signalisierte ein stummes „Verstanden" und schlug flüsternd vor, in die nächste Seitenstraße zu gehen, um von dort aus den weiteren Reaktionen dieses potentiellen Kundschafters zu beobachten.

Vom neuen Standort aus sahen sie, dass eine männliche Person augenblicklich das Fahrzeug verließ und zügig auf die andere Straßenseite lief. Der Mann machte einen ungepflegten Eindruck. Sein Trenchcoat hing zerknittert an ihm und auch das restliche Outfit ließ ihn wie jemanden erscheinen, der die vergangene Nacht in einem engen Pappkarton unter irgendwelchen Brücken verbracht haben musste.

Die Person näherte sich Nicolas' Hauseingang, und verschwand nun aus dem Blickfeld seiner Beobachter.

„Er ist die Treppe zum Haus hinauf gegangen", presste Nicolas hervor, während Ricarda Köller ihn am Arm zog.

„Schnell zurück zum Haus", forderte sie Nicolas auf und zerrte ihn mit sich.

Sie erwischten den Mann, der gerade am Briefkasten hantierte. Da sie ihm den Weg zurück zur Straße versperrten, blieb ihm als einige Fluchtmöglichkeit der Treppenaufgang zum Haus.

Der Mann erkannte seine ausweglose Lage, lehnte sich kapitulierend und tief durchatmend an die Gartenmauer.

„Sie sind Dermbach, oder?", forderte Nicolas ihn zur Antwort auf.

Der Mann hob erstaunt seinen Kopf, nickte kurz und bevor er antworten konnte sagte Nicolas mit einladender Geste:„Gehen sie bitte hinauf".

Verwirrt ging der Mann mit schlurfenden Schritten und gesengtem Kopf über die Treppenstufen.

Nicolas und Ricarda folgten ihm.

Dermbach war ein seelisches Wrack. Unsicher und zurückhaltend waren seine Reaktionen als sie das Haus betraten. Sich ständig umsehend und absichernd bewegte er sich vorwärts.

Seine Stimme klang bebend, ja fast angstdurchflutet, seine Hände zitterten und nestelten stets an der miesen Kleidung.

Nicolas vermied es ihn sofort mit einem Trommelfeuer von Fragen zu bombardieren, sondern versuchte ihn mit beruhigender Stimme zu besänftigten und so die Situation zu entspannen.
„Sie haben von uns nichts zu befürchten, hier sind sie in Sicherheit".

Erst nach einem heilenden Schweigen begann der Mann zu reden. Ohne aufgefordert zu werden, hob er seine Stimme und aller Druck schien plötzlich von ihm zu weichen.
Noch unter dem Gefühl der sich überschlagenden Geschehnisse versuchte er sein Wissen in einem Satz unterzubringen und begann stotternd und möglichst nichts auslassend.
„Ich habe mit ihrem Vater an einem Gutachterprojekt für Südspanien gearbeitet. Wir waren mehr als nur Kollegen. Ich war der Zuarbeiter für ihn, wir waren ein Team. Ihr Vater, nahm als Leiter des Projektes die abschließenden Bewertungen in ausschließlicher Eigenarbeit vor. Hierfür zog er sich meistens für ein oder zwei Tage total zurück.
Im letzten Telefonat, das wir führten, schlug er ein nochmaliges Treffen vor, nachdem er zusätzliche Berechnungen vorgenommen hatte. Es schien ihn etwas Besonderes zu beschäftigen".
Der Mann begann erneut heftig zu zittern.

„Beruhigen Sie sich", sprach Ricarda sanft und ruhig.

„Was war das Ziel dieser Forschungsreihe?", unterbrach Nicolas vorsichtig.

„Wir untersuchten die Ursachen des Wassermangels in einer Region Südspaniens. Die Auswirkungen des Klimawandels und die immense Anzahl der illegalen Brunnenbohrungen, mit denen in fortschreitendem Maße die ansässigen Plantagenbesitzer den Fortbestand ihrer landwirtschaftlichen Erträge sichern wollen.
Gerüchten zufolge, beabsichtigte die EU, nach abschließender Auswertung unserer Forschungsergebnisse die gesamte

Landwirtschaft dort mit der sofortigen Rücknahme aller Subventionen zur Aufgabe der Brunnenbohrungen zu zwingen, und so diese Wasserausbeutung vorerst einzudämmen", erklärte Dermbach weiter.

„Zu einem Treffen zwischen uns kam es leider nicht mehr. Zwei Tage später hatte ihr Vater diesen Unfall.
Und weitere zwei Tage später erschienen Männer in unserem Institut, ich befand mich spät abends allein in dem Labortrakt. Sie forderten von mir die Herausgabe der Forschungsergebnisse zu dem besagten Projekt. Sie durchwühlten Aktenschränke und Schreibtische, schlugen und folterten mich. In diesem Durcheinander konnte ich über einen abgesicherten Bereich fliehen.
Ein weiterer Kollege wurde ein paar Tage später tot aufgefunden. Er war einem Herzinfarkt erlegen. Ich nehme an, dass auch er von diesen Leuten unter Druck gesetzt wurde.
Seit diesen Vorfällen bin ich auf der Flucht, übernachte bei Freunden und Verwandten und wechsel ständig meinen Aufenthaltsort, doch jetzt kann ich nicht mehr. Ich weiß nicht mehr ein noch aus…und zur Polizei gehen…???, was würde es bringen. Man würde mir nicht glauben."
Aufgeregt fuhr er fort:" Ich habe keine Ahnung, was diese Leute suchen könnten, denn selbst ich kenne nicht das Ergebnis der Berechnungen ihres Vaters."
Er legte seinen Kopf in die Hände und begann zu schluchzen.

Nicolas versuchte ihn zu beruhigen, legte seine Hand auf dessen Schulter und sagte: "Wir sind nun für sie da, keine Angst".
Er wünschte in diesem Augenblick van Stappen an seiner Seite, denn der wüsste sofort einen Weg aus dieser misslichen Lage.

Ricarda erhob sich und stellte fest: „Ich werde mich um ein sicheres Versteck für sie kümmern, es wird aber eine Weile dauern".

Ängstlich entgegnete Dermbach: „Ich habe die halbe Nacht auf diesem Parkplatz in ihrer Straße zugebracht. Mehrmals fuhr ein und derselbe PKW bis vor Ihr Haus, blieb ein paar Minuten stehen und fuhr langsam wieder davon".

„Das war sicher nur die örtliche Polizei", antwortete Nicolas und schilderte kurz die Ereignisse um den Tod der Nachbarin. Obwohl diese Tatsache die Unruhe in dem Mann erneut hochkochen ließ, bagatellisierte Nicolas die von Dermbach beobachtete Observation.

Er überlegte, ob dem Gast von der Existenz der Datenträger erzählen sollte. Vielleicht war dieser Dermbach der Schlüssel zu deren Dechiffrierung, verwarf diesen Gedanken jedoch vorerst.

„Wie war ihr privates Verhältnis zu meinem Vater", fragte Nicolas weiter.

„Im Laufe unserer Zusammenarbeit entwickelte sich ein tiefes Vertrauensverhältnis. Er schwärmte sehr oft von seiner Frau, mit der er viele Reisen unternahm. Erzählte gern von diesem Haus, seinen Freunden und Bekannten und seiner außerordentlichen Bindung an die Heimat.

Besonders machte ihm der desolate Zustand unserer Umwelt zu schaffen. Er war wohl einer Naturschutzorganisation beigetreten und stand mit denen in letzter Zeit auch in engster Verbindung", erklärte Dermbach.

Ricarda Köller stellte fest: „Ich vertrete diese Organisation. Wir sind bemüht etwas mehr über den Tod des Wissenschaftlers Stettener zu erfahren, denn….wir glauben jetzt dass….."

Dermbach unterbrach die Frau abrupt:" Sie glauben auch, dass es kein Verkehrsunfall war!"

„Inwiefern, sie auch nicht?", fragte Nicolas erstaunt.

„Nein, denn als ich hörte, dass ihr Vater einen Herzinfarkt erlitten haben sollte, was zu dem Unfall geführt hatte, kamen mir sofort echte Zweifel.

Ich kannte ihn nur als gesunden, vitalen Mann, der sehr auf sein körperliches Wohlbefinden achtete, ausgiebig Sport trieb und sich gesund ernährte. Dieser Mann bekommt keinen Herzinfarkt", sagte Dermbach und bestätigte damit Nicolas' Verdacht.

„Wie könnten die latenten Forschungsergebnisse nach außen gedrungen sein und entsprechende Kreise dafür interessiert haben, obwohl noch keine konkreten Resultate vorlagen, bzw. bekannt gegeben wurden", fragte Nicolas weiter.

„Die spanischen Medien berichteten eigentlich nur nebenbei von unseren Forschungen, da ja über etwaige Konsequenzen oder Auswirkungen der Ergebnisse keinerlei Information vorlagen. Solche Projekte gibt es dutzendweise gleichzeitig in Europa. Unser Institut genießt hohe Wertschätzung innerhalb der EU und hatte in der Vergangenheit bereits zahlreiche Aufträge dieser Art ausgeführt.
Doch mit diesem Projekt hatte man scheinbar eine besondere Klientel, das um seine wirtschaftliche Zukunft bangte, aufgescheucht und massiv in Bedrängnis gebracht", gab Dermbach zu bedenken.
„Wie haben Sie und Vater die Forschungsergebnisse ihrer bisherigen Aufträge generell archiviert?", hakte Nicolas nach.

„Unser Institut verfügt über ein besonderes Sicherheitssystem in das sämtliche Rechner des Hauses eingebunden sind. Alle Datensätze, die in die Archivierung kommen, werden vorher über ein internes Verschlüsselungssystem vor unbefugtem Zugriff codiert und weitere Sicherungskopien werden bei der EU „vergraben. Dagegen werden Unterlagen, die sich noch in der Bearbeitung befinden in eine sogenannte Zwischenregistrierung mit eigenen Sicherheitsstufen abgelegt. Dieses System hat jedoch nicht die allerhöchste Sicherheitspriorität, d.h. Mitarbeiter mit der gleichen Autorisierung haben unmittelbar Zugriff, soweit der zuständige Teamleiter dieses zulässt.

Wir, das heißt die Arbeitsgruppe um Professor Stettener, hatten die Befugnis auf unser Team beschränkt und die Unterlagen während der Bearbeitung passwortgeschützt gesichert", erklärte Dermbach.

Nicolas wurde hellhörig und spielte mit dem Gedanken den Mann nach der Passwortvergabe auszufragen, befürchtete jedoch damit neuerliche Zerrissenheit in ihm zu schüren, brachte aber trotzdem das Gespräch auf diese spezielle Sicherung.

„Wer legte das Passwort fest?", unterbrach er dessen Rede.

„Für die Passworterstellung war stets der Teamleiter verantwortlich. Er gab diese an die Mitarbeiter je nach Notwendigkeit weiter.
Inwieweit jedoch die abschließenden Arbeiten seitens Ihres Vaters verschlüsselt wurden, entzieht sich meiner Kenntnis", antwortete Dermbach.
In Nicolas Kopf arbeitete es, und er versuchte sich im Zaum zu halten, um nicht durch intensiveres Nachforschen einen neuerlichen Zusammenbruch des Mannes zu provozieren.

Ricarda Köller hatte Dermbachs Erklärungen aufmerksam zugehört und überlegte, welche Informationen für ihre weiteren Vorgehensweisen noch wichtig waren. Sie erkannte wohl, dass sie mit einer Richtungsänderung den Fragen nach den Passwortvergaben vorerst die Brisanz zu nehmen hatte.
„Auf welche regionalen Landesteile bezog sich die Begutachtung und was beinhaltete ihrer Meinung nach der abschließenden ausführlichen Berechnung an der Stettener arbeitete", fragte sie und brachte somit das Gespräch in eine entspannte Stimmung.
„Die Berechnungen waren für den Bereich Carmona, nördlich von Sevilla angelegt. Wir hatten sämtliche Unterlagen von den Teams erhalten, die dort das Scanning vorgenommen hatten. Ihr Vater hatte alle abschließenden Berichte hierzu vorliegen

und war dabei, sie final zu begutachten. Aus deren Gesamtergebnis sollte später eine Empfehlung an die EU erarbeitet werden, woraus sich dann weitere Maßnahmen und auch Folgeaufträge ergeben würden.

Besonders in dieser Hinsicht zeichnete sich Professor Stettener immer als ein hervorragender Profiler und weitsichtiger Gutachter aus".

Nicolas berichtete Dermbach vom damaligen Besuch des angeblichen Kollegen seines Vaters, Thomas Resch, der sich seinerzeit so intensiv nach den Arbeitsunterlagen für ein bereits abgeschlossenes geologisches Gutachten interessiert hatte.

Dermbach erschrak sichtlich als er davon hörte. Es schien als hätte eine neuerliche Schreckensnachricht dem Mann einen Keulenschlag versetzt.

„Thomas Resch war ein Kollege, der ausschließlich in der Verwaltung tätig war. Ich fand eines Tages in meinem Briefkasten einen Zettel von ihm, über den er mich um ein Treffen bat.

Da ich mich zu diesem Zeitpunkt schon auf der Flucht befand, konnte ich nicht ermitteln von wann diese Mitteilung war und zu welchem Zeitpunkt sie in meinem Briefkasten abgelegt wurde. Ich habe außer dieser Notiz nie wieder etwas von ihm gehört", berichtete Dermbach.

Nicolas war erstaunt, wie viele Personen nunmehr in diese ganze Angelegenheit verstrickt waren und fürchtete eine weitere Ausdehnung, was letztlich dazu führen könnte, dass man total den Überblick verliert, und ein sofortiges Reagieren auf neue Situationen erschweren würde.

Ricarda Köller hatte derweil über ihren bagcomp einen abgesicherten Kontakt mit ihren Vorgesetzten hergestellt, die helfen sollten, Dermbach für die nächste Zeit sicher unterzubringen. Gleichzeitig wurde ein Rapporttermin festgelegt, denn alle neuen Schritte ihrerseits bedurften aufgrund der aktuellen

Situation nunmehr einer ausführlichen Absprache mit der Organisation.

Dermbach galt für Nicolas nunmehr als unverzichtbares Element in der Auflösung aller Rätsel, die sich um den Tod seines Vaters ergeben hatten. Über ihn mussten sie an den Inhalt der Datenträger gelangen.
Die Zeit drängte, denn es war nicht sicher, dass sie diesen Mann und auch sich selber auf unbestimmte Zeit schützen konnten.
Je mehr Tage und Wochen vergingen, desto höher würde das Gefahrenpotential steigen, das ihnen entgegen strömen würde.

Nicolas entschloss sich für eine unverzügliche Benachrichtigung van Stappens, der dann alles weitere über eine geschützte Dienstleitung an Bertram Seegers übermitteln würde. Es musste für einen gleichbleibenden Informationsstand gesorgt werden, um die Reaktionszeit auf neue Lagen so kurz wie möglich zu halten.
Um neue Weisungen und Informationen abzuwarten, entschloss man sich, die nächsten Stunden vorerst gemeinsam in Nicolas' Haus zu verbringen. Sie richteten sich ein und Dermbach empfand es als wohltuenden Moment, in Gesellschaft des Pärchens zu sein.
In dieser vermeintlich sicheren Umgebung tankte er die notwendigen Kraftreserven wieder auf, was auch sein äußeres Erscheinungsbild aufzuhellen schien und die Körpersprache sich zusehends besserte.

Die Gesprächsrunden waren für ihn ein einziger Dialogpool, in dem seine Berichte nur so heraussprudelten. Insbesondere die Arbeit mit dem Wissenschaftler Stettener bildete den primären Inhalt seiner Erzählungen.
Nicolas hörte aufmerksam zu und versuchte so viel Details wie nur möglich zu speichern.

Um Dermbach nicht das Gefühl eines Verhöres zu geben, verließ er zwischendurch die Runde, um im Nebenzimmer eilig das Gehörte stichwortartig in seinen Laptop zu schreiben.
Leider konnte Nicolas aus den bisherigen Gesprächen mit Dermbach keinerlei konkrete Hinweise auf die Verschlüsselung der Datenträger erkennen. Nichts deutete darauf hin, dass der Hausgast in die Codierung eingeweiht war, oder sie gar eigenhändig vorgenommen haben könnte.

Ricarda Köller hatte nach einer ausgiebigen Kontaktierung mit ihrer Organisation eine Menge neuer Verhaltensregeln erhalten.
Weiterhin wurde über Mittelsmänner eine neue Unterkunft für Dermbach beschafft, die in den nächsten Tagen bezugsfertig und besonders auf die Bedürfnisse des Gastes ausgelegt sein sollte.
Die Wohnung würde mit allen notwendigen Kommunikationsmitteln ausgerüstet sein, sodass von dort aus allen Verbindungen aufrecht erhalten werden konnten.
Ferner verfügte sie über ausreichend Räumlichkeiten, was einen Aufenthalt mehrerer Personen ermöglichte. Nicolas und Ricarda konnten hier etliche Tage Dermbach Gesellschaft leisten.

„Ich habe wahre Neuigkeiten, die ich nur mit Dir allein besprechen möchte. Wir müssen Dermbach vorerst raushalten!", flüsterte Ricarda Nicolas zu, als Dermbach sich gerade im Bad aufhielt.
„Nachdem wir ihn in der neuen Wohnung untergebracht haben, müssen weiter intensiv planen", schob sie hinterher. Ohne nachzufragen, nickte Nicolas zustimmend, obwohl es in ihm brannte, sofort möglichst viel Neues zu erfahren.

Das kleine unscheinbare Haus lag am Ortsrand von Bonaduz, südwestlich von Chur, am Ende einer Wohnsiedlung.

Die neuen Mieter genossen die gute Tarnung, denn sie fielen als neue Bewohner nicht besonders auf, da viele Häuser der Siedlung Saisonarbeiter und sonstige Personen beherbergten, die in den nahegelegenen Firmen beschäftigt waren. In diesem Ortsteil waren ständige Mieterwechsel an der Tagesordnung.

Alle angrenzenden Straßen waren vom Gebäude aus gut einsehbar; das Grundstück nur spärlich bewachsen und gab nach allen Seiten hin den Blick auf die nähere Umgebung frei.

Auf dem Nachbargelände fristete ein unbewohntes heruntergekommenes landwirtschaftliches Anwesen sein kümmerliches von niemand beachtetes Dasein.

Dermbach schien sich in seinem neuen Heim auf Anhieb wohlzufühlen. Er richtete sich im Obergeschoß ein.

Ein kleiner Schlafraum im hinteren Bereich war zügig hergerichtet. Für die zu erledigenden Arbeiten stand ein Schreibtisch bereit, den er umgehend für sich anzupassen begann.

Die erforderliche Ausstattung war ihm über Ricarda's Organisation finanziert worden.

Dermbach stürzte sich sofort in die Arbeit. Er fertigte umgehend eine Liste über Dinge an, die er für den weiteren Aufenthalt dringend benötigte, und begann offensichtlich seinem Leben, trotz der negativen Umstände um den Tod seines ehemaligen Chefs, eine neue positive Wendung zu geben.

Nicolas genoss es, in seinem Elternhaus zu sein, obwohl die momentane Situation nicht gerade dazu angetan war, sich zu entspannen, oder gar für einige Tage zu erholen.

Ricarda Köller versuchte dennoch eine gelockerte Atmosphäre zu schaffen, begann mit der Zubereitung eines kleinen

Abendessens, während Nicolas von der Müdigkeit übermannt auf der Couch eingeschlafen war.

Das Pfeifen der Bernina-Bahn weckte ihn und fuhr ihn wie ein Pfeil die Brust. Als hätte ihn eine Riesenfaust mitten ins Gesicht getroffen rannte er in die Küche:" Es ist die Bahn, der Zug ist es, und Uli Neudeck, der Freund meines Vaters, das Kennwort…es ist die Bahnstrecke. Mein Vater liebte die Bahn und alles, was mit ihr zu tun hat"; schrie er Ricarda entgegen.

„Dann müssen wir die Computer mit allen Daten der Bahn füttern", antwortete die junge Frau aufgeregt und wischte sich die Hände trocken.

Dermbach war überrascht, als Nicolas und Ricarda völlig aufgebracht in der neuen konspirativen Unterkunft erschienen.

„Den Computer sofort hochfahren", rief Nicolas befehlend und überschüttete Dermbach mit den neuen Denkansätzen zur Decodierung der Datensätze.

„Mein Vater hegte eine fast leidenschaftliche Liebe zur hiesigen Bernina-Bahn. Wir müssen alle Fakten, die mit diesem Thema verbunden sind, in den Computer eingeben. Ich werde ihnen Namen und Daten von Freunden und allen Personen nennen. Sie, sie werden von jetzt an ohne Pause daran arbeiten. Ich…ich Narr, dass ich nicht sofort darauf gekommen bin. Das Naheliegende habe ich übersehen", versuchte Nicolas seine Bestürztheit zu erklären und fuchtelte aufgeregt mit den Händen, als müsste er seinen Worten besonderen Nachdruck verleihen.

Von dessen Enthusiasmus angesteckt machte sich Dermbach sofort an die Arbeit.

Nicolas war sich nicht sicher, ob es ratsam wäre, seine Verbündeten in Deutschland und Belgien schon jetzt von seinen Eingebungen zu berichten, oder besser abzuwarten, bis ein konkretes Ergebnis vorlag. Es könnte genauso gut zum wiederholten Mal ein Schuss ins Leere gewesen sein.

Voller Ungeduld ging er in der Wohnung auf und ab, während Dermbach unermüdlich Daten über Daten zur Bernina Bahn und der Umgebung des Wissenschaftlers Stettener in den Computer einpflanzte.

Die Zimmer waren erfüllt von einer seltsamen Stimmung. Sie schwankte zwischen spannender Hoffnung und zermürbender Enttäuschung.

Die ganze Nacht durch saßen sie vor Dermbachs Computer und warteten auf Ergebnisse. Wieder und wieder wurden Resultate hervorgespült, die das Decodierungsprogramm rigoros ablehnte.

Auch der frühe Morgen brachte keine neuen Erkenntnisse. Den neuen Vormittag nutzten alle, um ein wenig Kraft zu tanken.

Die negativen Ergebnisse auch dieses Tages kratzten an ihrer Physis. Wieder war ein Tag ohne positive Erfolge.

Am späten Nachmittag des Folgetages signalisierte der PC die erste Grünphase und es konnte eine erste Sicherung geöffnet werden. Einige Stunden später präsentierte das Decodierungsprogramm die nächste Sicherungsbarriere, die genommen werden musste. Bis spät in die Nacht arbeiteten sie ohne Pause. Am Morgen konnten nach und nach Partition nach Partition offengelegt werden.

Es zeigte einen Teil der Arbeiten über die Wasserprojekte der EU in Südspanien, eine Art Überblick der Vorhaben.

Sie hatten es in ersten Schritten geschafft. Der Code war geknackt und ein Teil des Gutachtens war lesbar und konnte ausgewertet werden. Die nächsten Hürden mussten nunmehr genommen werden.

Dermbach arbeitete wie ein Berserker, um die einzelnen Schritte des Forschungsprogramms sichtbar zu machen, wenn auch die finale Bewertung in allen Einzelheiten noch verborgen blieb.

Erst nach vielen Stunden ermüdender Kleinarbeit gaben die Laufwerke des PC die Archivierungen preis.

Was nun in Sequenzen offenbart wurde, zog allen Beteiligten die Beine weg…. Es war eine absolute Sensation, was ihnen jetzt geboten wurde.

Der Wissenschaftler Stettener hatte einen unterirdischen Süßwassersee flächenmäßig in einem gigantischen Ausmaß entdeckt.

Bei der Begutachtung und Auswertung von Probebohrungen und von tiefenseismologischen Erdschicht-scannings mithilfe von hunderten Seismografen hatte der Forscher das riesige Wasserfeld in einer enormen Ausdehnung feststellt.

Dermbach starrte gebannt auf den Monitor, der ihm fast im Sekundentakt immer neue Erkenntnisse lieferte.

Wie verzaubert gab er mit monotoner Stimme die Ergebnisse wieder.

„Es ist kaum zu glauben. Ihr Vater hat eine gewaltige Zeitbombe entdeckt. Wasser im Überfluss. Ein riesiger Tiefsee befindet sich von…hier bis…es ist unglaublich.“

Dermbachs Finger wanderten hektisch über den Bildschirm, er versuchte anzudeuten, welche Ausbreitung das Wasserreservoir darstellte.

„Es wird uns erschlagen…unvorstellbar….Im Norden bildet der Bereich um Carmona die Grenze, südlich bis Puerto Real, Richtung Osten dehnt sich das Gebiet in einer breiten Zunge aus, die bis Antequera hineinreicht.

Das Wasser stammt anscheinend aus riesigen unterirdischen Strömungen, die sich als Folge der abtauenden Gletscher nach der letzten Eiszeit gebildet haben und in einem gewaltigen Sammelbecken zusammengeflossen waren.

Es entspringt in ungefähr 1000 m Tiefe und ist rund 20.000 bis 30.000 Jahre alt. Unglaublich, phänomenal, phantastisch…doch..??", Dermbach hielt inne und erwartete die Kommentare von Nicolas und Ricarda.

Beide saßen wie versteinert in ihren Sesseln. Eine leichenartige Blässe veränderte Ricarda Köllers Teint. Sorgenvolle Augen schienen einen Schwall von Tränen hervorbrechen zu wollen.

„Es wird Krieg geben, alle werde dieses Wasser besitzen und fördern wollen. Geld damit verdienen. Wenn diese Erkenntnisse an die Öffentlichkeit kommen….?", brachte sie ihre Bedenken zum Ausdruck.

Sie erkannten unmittelbar die Brisanz, mit denen die soeben zutage getretenen Neuigkeiten behaftet waren, die Tragweite ihrer Entdeckungen war momentan noch überhaupt nicht in Gänze zu erfassen. Eine Bombe schien geboren, deren Sprengkraft in dieser Stunde noch nicht zu erkennen war. Hieraus würden bei Kenntnis aller Einzelheiten Regierungen und Administrationen,

Industrien und Konzerne immense richtungsweisende Investitionen auf den Weg bringen. Banken und Aktionäre an Weltbörsen würden ganze Finanzmärkte stärken oder zusammenbrechen lassen.

Lobbyisten und Politiker könnten gezielt intrigieren, wüssten diese Informationen haarscharf und systematisch gegen Gegner und Mitstreiter einzusetzen.

Allererste Priorität bestand nun in der absolut sicheren Aufbewahrung der Gutachten und ihrer Ergebnisse.

Dermbach warf ein, dass eine letzte Sektion des Datensatzes noch nicht codiert sei.

"Ich brauche noch einige Zeit, um anhand der letzten Verschlüsselungskette an die noch ausstehende Sektion zu gelangen." Er wandte sich an Nicolas und fuhr fort: "Ihr Vater hat, wie immer sehr akribisch gearbeitet und anscheinend in der letzen Sektion noch etwas codiert, das ebenfalls von besonderer Wichtigkeit sein könnte. Ich werde mich daransetzen."

Nicolas legte seine Hand auf Dermbachs Schulter und sprach ihm Mut zu.

"Sie werden es schon schaffen." Gleichzeitig dachte er darüber nach, welche Überraschung die letzte, noch nicht entschlüsselte Partition des Datensatzes zutage bringen mochte.

Eine erneute, vollständig und absolut sichere Codierung aller Daten war nunmehr von größter Dringlichkeit. Man musste Schritt für Schritt geschützte Abläufe erarbeiten.

Eine Unterrichtung van Stappens und Bertram Seegers sollte als Erstes erfolgen.

Wem konnte man jetzt noch vertrauen? Begann von dieser Minute an einen gegenseitigen, nie dagewesenen Argwohn? Konnte jetzt noch mit offenen Karten gespielt werden, oder eröffnete sich augenblicklich ein Ränkespiel der übelsten Art?

Nicolas konnte kaum einen klaren Gedanken fassen. Sollten die Erkenntnisse seines Vaters als grausame Waffe benutzt Unheil und Zerstörung über das Land bringen, obwohl doch diese Entdeckungen zum Wohle der dortigen Region gereichen könnten?

Es bestand Chance die Forschungsergebnisse friedlich und gerecht zu nutzen, um Wassermangel und Trockenheit über Jahrzehnte hinaus wirksam bekämpfen zu können.

Doch welche Menschen, Institutionen oder Regierungen würden ihnen von jetzt an hilfreich und ehrlich zur Seite stehen? Würde die unersättliche Gier nach Reichtum und Profit das vermeintliche Wohl der Menschen in Krieg und Grausamkeiten umkehren?

Kapitel 25

Yassin sah argwöhnisch in den sich verdunkelnden Himmel und fühlte die gleiche Angst in sich aufsteigen, die ihn damals befallen hatte, als ein verheerendes Unwetter das Haus seiner Eltern fast zerstört hatte. Als Fünfjähriger hatte er Todesängste ausgestanden; die Schlammlawine, die sein Dorf heimgesucht hatte und viele Häuser dem Unwetter zum Opfer fielen, hatte sich in seinem Kopf festgesetzt und war jetzt als Déjà-vu erneut präsent. Dieselben Geräusche ertönten nun von Weitem, und riefen schmerzlichste Erinnerungen wach.

Der ungetrübte Himmel hatte sich rasch und grußlos hinter den drohenden Gewitterwolken verschanzt, tiefschwarze Vorhänge verdunkelten das Firmament und kündigten Unheil und Zerstörung an.

In der Ferne zuckten die ersten schwachen Blitze, sie versuchten mit kurzen, hellen Flammenzungen die ausgetrocknete Natur mit Feuer zu überziehen.
Starker Sturm kam auf und heftige Böen schaufelten heiße Wüstenluft vom afrikanischen Kontinent gen Norden.
Yassin spürte den Sand der fernen Heimat gegen die Augenlieder wehen und beschloss abrupt seinen Aussichtspunkt zu verlassen.
Er startete sein Motorrad und ließ es talwärts rollen.

Die ersten Regentropfen erreichten ihn kurz vor der Einfahrt in das Refugium der Forscher, die voller Erwartung vor ihren Container standen und gebannt in den Himmel schauten.

„Wir sollten unsere Ausrüstung jetzt endgültig sichern", rief der schottische Wissenschaftler Kenneth P. Hawks seinen Kollegen zu, die jetzt im Begriff waren, die Motoren der Fahrzeuge zu starten, um zu den Bortürmen zu fahren.
Eine nervöse Geschäftigkeit erfüllte die Umgebung während Yassin das Motorrad abstellte und den Weg zum Arbeitscontainer des Verwalters einschlug.

Von Weitem rollten die ersten Donnerschläge an und verjagten mit massivem Dröhnen die friedlichen Geräusche des nahenden Abends.
Aufgeschreckt von der unnachgiebigen Härte des Getöses verließen die Vögel ihre Schlafplätze in den Pinien und flogen mit warnenden Rufen auf, um ihre Artgenossen zu

wecken und Unterstände in windgeschützten Bergein-
schnitten aufzusuchen.

Hohe Peitschenlampen an Wegen und Straßen auf der Plantage begleiteten inzwischen mit flackerndem Lichtschein
eine trügerische Stimmung und bildeten dem herannahenden Unwetter eine geisterhafte und unwirkliche Begrüßung.
Die weißen Plastikplanen, mit denen der Mensch die Landschaft wie mit Leichentüchern überzogen hatte, empfingen
das Unwetter als unwirkliche Machwerke in wehenden
Geistergewändern und luden zum Danse macabre ein.

„Wir müssen die Pumpen bereitstellen", schrie der Verwalter Yassin entgegen.

Savallas hantierte hektisch nervös an seinem Smartphone
und brüllte hinein: „Wo ist der Vormann, der Vormann soll
sofort die Flutsperren im Sektor 17 aufstellen lassen. Sofort
… sonst ….!!! ...die neue Anzucht…wir müssen…."Seine
Rufe wurden vom stetig stärker ansteigenden Donnern der
Gewitter niedergebrüllt und in die Schweigeecke verbannt.

Das Wissenschaftlerteam hatte die Wetterentwicklung bereits am Vormittag ausgiebig beobachtet und daraufhin
Ausrüstung und Geräte teilweise demontiert und zur sofortigen Sicherung bereitgestellt.
Der Verwalter hatte deren Aktivitäten zwar kritisch beobachtet, jedoch ihre Warnungen vorerst ignoriert. Bisher
hatten die Wetterwarnungen der EUMET stets genau und
örtlich präzise die meteorologischen Entwicklungen für die
Anbaugebiete vorhergesagt, doch dieses mit aller Heftig-
keit heranrasende Unwetter war so massiv nicht erwartet
worden.

Inmitten dieser Konfusion versuchte Yassin die Anordnungen des Verwalters zu befolgen, gleichzeitig aber Ausschau nach dem Vormann zu halten, um von diesem unbeobachtet in die Nähe der Plastikzelte der Pflücker zu gelangen.

Währenddessen fiel der Abend immer mehr in das dunkle Loch der Nacht und die Gewitterwolken begannen, eine noch tiefere Schwärze über dessen Angesicht zu legen.
Als wollten sie die Zeit für immer und ewig auslöschen, drängten sich unaufhörlich und willensstark stetig tiefere Wolkenmonumente aus den Bergen, wo sich zögernd kriechend die ersten kleine Rinnsale aus den Felsspalten und Erdschlünden spülten, nur noch auf den Befehl zum infernalen zügellosen Losströmen ihrer Wassermassen wartend. Menschen rannten hektisch und scheinbar ziellos umher, der Sturm wuchs zum Orkan, riss mit Krakenklauen an den Plastikdächern, als wollte er die Erde nackt machen, entblößen, beweisend dem Himmel zeigen, was unter den Planen passierte, wo die Menschen dem Boden den wichtigen klaren Lebenssaft entzogen.

Die ersten Kunststoffdächer lösten sich aus den Verankerungen und flatterten wie befreit davon und winkten den Verbliebenen zum Abschied.

Der Regen begann, sein unbändiges Stakkato mit traubengroßen Tropfen auf die Erdoberfläche zu feuern. Hagelkörner spritzten beim Auftreffen wie Querschlager in alle Richtungen und gaben dem Sturmgeheule eine grausame Begleitung.

Yassin rannte den kleinen Hügel hinab und erreichte die Sektion 17, wo er sofort begann, die für Notfälle bereitgestellten automatischen Flut- und Hagelsperren zu aktivieren.

Die Tür zum ungesicherten Vorraum des Gewächshauses schlug durch die Wucht des Sturmes gegen den Anschlag und riss mitsamt dem Rahmen fast aus der Aufhängung.

Unter massiver Anstrengung gelang es Yassin, das Notaggregat in Betrieb zu bringen. Flut- und Hagelsperren schirmten den Anzuchtbereich ab und schützten so die Forschungs-und Laborbereiche.

Als Yassin die Sektion verlassen wollte, gewahrte er, dass die Codieranlage vollständig aus der Verankerung gerissen war. Das Unwetter konnte keinesfalls dafür verantwortlich gewesen sein. Hier hatte jemand absichtlich die Instrumente zerstört, um Codierspuren zu verbergen oder Zugangsdaten zu löschen.

Er hastete weiter, rannte um die Sektion herum, in der Annahme hier den Vormann auf frischer Tat ergreifen zu können. Jedoch waren die Bereiche menschenleer.

Der direkte Weg zurück in den Führungsabschnitt führte vorbei an den Containern der Wissenschaftler. Yassin schlug den Umweg ein, über den er an die Wohnbereiche der Pflücker gelangte.

Der wolkenbruchartige Regen hatte Wege und Pfade aufgeweicht und in Schlammwüsten verwandelt. Latrinen und Sanitärgullys der Unterkünfte waren vollgelaufen und ihr Inhalt vermischte sich mit dem Matsch der immer größer werdenden Pfützen, die sich mehr und mehr zu kleinen Seen ausweiteten.

Inmitten dieser morastigen Schlammbrühe hetzten die Pflücker hin und her, bemüht, ihr karges Eigentum vor dem Untergang zu retten.

In den Gesichtern spiegelten sich Angst und Schrecken wider. Yassin erkannte bestürzt deren Hilflosigkeit und forderte sie auf, sich zügig in Richtung Plateau zu begeben, wo am Randgebiet der Plantage in weiter Ferne schwach die Lichter der Gefängnisanlage wie Positionslampen auszumachen waren.

Er wies ihnen den Weg und versuchte auch die erkrankten, dahindämmernd schlafenden Arbeiter zum Verlassen der Wohnbereiche zu motivieren.

Er rief ihnen in seiner Muttersprache Befehle zu, worauf sich ein junger Mann aus der hintersten Ecke des Verschlages in das flackernde Licht der Eingangslampe zeigte, sich umwandte und den in den Ecken kauenden Männern die Anordnungen übersetzte und zur Flucht aus den Unterkünften aufforderte.

Gemeinsam rannten sie der kleinen Anhöhe entgegen aus der ihnen der Regen wie Peitschenhiebe entgegenschlug. Yassin rief dem jungen Landsmann zu:" Wir müssen weiter, schneller, ganz nach oben, sag es den anderen!"

"Sie haben Angst, sie wollen nicht in die Nähe der alten Brunnen, da warten die Todesgeister", antwortete der Junge und zog dabei die anderen weiter mit sich.

Die Gruppe verharrte in der Nähe des einen kleinen Pinienhaines, der ihnen kurzfristig Schutz vor den mächtigen Sturmböen bot. Yassin versammelte die Männer um sich.

Der junge Mann erklärte ihm, dass die Kollegen die vermissten Kameraden in den alten Brunnenanlagen vermuten. Gefoltert und getötet vom Vormann.

Auch Yassin wurde von schauderhaften Gefühlen ergriffen, trotzte diesen Vorstellungen, und forderte die Männer erneut auf, das von der Sturmflut gefährdete Wohngebiet endgültig zu verlassen.

Sie hasteten den kleinen Hügel hinauf, Yassin erinnerte sich, dass er erst vor einigen Wochen unweit dieses

Bereiches, jenseits der Sperranlagen zusammen mit Anna Emilia den Rundblick über das Tal genossen hatte.

Doch nur kurz leistete er sich den Ausflug in die Erinnerung. Eine massive Anzahl kräftiger Blitze holte ihn aus den schönen Gedanken in die böse Realität zurück.

Inmitten der eingesetzten Dunkelheit erkannte Yassin, dass ein Blitzschlag die Funkmastanlage innerhalb der Führungsstelle getroffen hatte. Elektrische Kurzschlüsse erhellte die dortige Umgebung, andere Bereiche der Plantage waren nachtschwarz. Das sonst im Mondlicht schimmernde Weiß der Plastikdächer war durchlöchert. Großflächige Teile der Überdachungen waren dem heftigen Sturm zum Opfer gefallen.

Ein wunderbares Gefühl der Genugtuung stieg in Yassin auf. Begann jetzt die Natur sich an den Tätern zu rächen, sich von den weißen Fesseln zu befreien?

Unter einem großen, von außen nicht einsehbarem Felsvorsprung fand die Gruppe endlich ausreichend Schutz. Yassin zählte über 30 Männer, die argwöhnisch und ängstlich dreinblickten. Ihnen die Furcht zu nehmen, würde ihm kaum gelingen.

„Hier könnt ihr vorerst bleiben", beruhigte er sie. Ich werde wieder hinuntermüssen. Man wird mich vermissen. Ich komme wieder, wenn sich das Unwetter gelegt hat, und dann werden wir weitersehen. Verhaltet euch ruhig und verlasst auf keinen Fall dieses Versteck".

Anna Emilia stand auf der weitläufigen Terrasse bei den Peridos und genoss den sanften warmen Wind, der ihre Haut umschmeichelte. In der Ferne formten zackige Blitze bizarre Bilder in den Himmel, die das Firmament für Sekunden erhellten.

„Ganz weit hinten tobt ein heftiges Gewitter", hörte sie die Hausherrin hinter sich sagen.

„Doch so schwer war es nicht vorhergesagt worden", schob sie hinterher.

Anna Emilia wandte sich um und sah Frost durch die Halle rennen.

„Ich muss fahren, die Plantage, sie ist vom Unwetter schwer getroffen worden, bleib Du hier, ich melde mich später", rief er fast befehlend.

Die junge Frau dachte sofort an Yassin. Ihr Herz klopfte bis hoch in die Schläfen. Jetzt bereute sie, sich nicht noch mal bei ihm gemeldet zu haben. Nicht gekümmert hatte sie sich. Wie mag es ihm gehen?

„Seien Sie unbesorgt", hörte sie die Hausherrin sagen. In ihrer Stimme klangen Schadenfreude und Ironie, deren Worte mit einem abschätzenden Lächeln begleitet wurde.

„Mein Mann verteilt dann wieder Kredite, und alles wird wieder gut", sagte sie in pragmatisch, stoischer Ruhe, während sie beiläufig am Glas nippte und lässig an der Zigarette zog.

In Anna Emilia wuchsen Empörung und schweigsamer Aufstand, wollte sie doch die Hausherren nicht mit Kritik oder Zustimmung kränken.

Von der Terrasse aus hörte sie Frost in seinem Geländewagen abfahren. Auch viele der anderen männlichen Gäste verließen panikartig die Gesellschaft. Sie wollten ihre Existenzen retten oder Pfründe für neue Profite aus dem Unwetter schöpfen. Jeder wollte der Erste sein.

Manche bangten um den Lebensunterhalt, während die Heuschrecken begannen, die Messer zu wetzen.

So plötzlich, wie das Unwetter gekommen war, so zügig hatte es sich in der Nacht mehr und mehr aufgelöst. Während der Verwalter mit Yassin in den frühen Morgenstunden aufbrach, um erste Schadensaufnahmen vorzunehmen, waren sich die verängstigten Arbeiter auf dem kleinen Hochplateau nicht einig, wie sie sich in den nächsten Stunden verhalten sollten.

Ein nicht geringer Teil war dafür, die Gelegenheit zur Flucht aus dem Plantagenareal zu nutzen, auf den geringen noch ausstehenden Lohn zu verzichten, das Leben und die eigene Ehre jedoch zu retten. Der Rest der Gruppe wollte wieder zurück in ihre unmenschliche Behausung und weiterhin Frondienste leisten, angesichts der Ausweglosigkeit ihrer Zukunft war es für sie das kleinere Übel.

Wo befand sich Vormann Lorca? Hatte er sich im allgemeinen Chaos des Unwetters aus dem Staub machen können?

Die Flut hatte die alten, fast überwucherten Brunnen zum Überquellen gebracht. Eine rostbraune Brühe hatte sich aus ihnen erbrochen und kroch über die verwitterten Steinränder der Brunneneinfassungen. Sie war ungehemmt ausgeflossen und hatte sich mit den aus der Hügelkette herabstürzenden Flutbächen vermischt.

Über der hervorgequollenen Schlammbrühe tänzelte verhalten ein abgetragener Männerschuh, schwamm an den staunenden Männern vorbei, wie ein Papierschiffchen, das spielende Kinder im Regen hatten schwimmen lassen.

Einer der Arbeiter ergriff einen Stecken und fischte den Schuh aus dem Schlamm.

Erschüttert vom grausamen Fund und der Erkenntnis, dass dies der Beweis für den Tod einer ihrer Kameraden sein könnte, ließen sie das Schuhwerk traurig auf den Boden gleiten.

Kapitel 26

Yassin hielt während der Rundfahrt mit dem Verwalter nebenbei Ausschau nach dem Vormann. Sein Blick scannte die Umgebung sorgsam ab.
„Wir müssen herausfinden, wohin sich die Arbeiter abgesetzt haben", unterbrach Savallas Yassins Gedankengänge.

„Sie werden versucht haben, sich in ihren Unterkünften zu schützen. Wohin sollten sie sonst flüchten?", beschwichtigte Yassin, um den Verwalter von weiteren Mutmaßungen und Ideen für eine ausgiebige Nachsuche abzuhalten.

„Der Hunger wird sie wieder ans Tageslicht treiben, vielleicht weiß Vormann Lorca mehr. Wo steckt der?", gab der Verwalter von sich und steuerte die Arbeitscontainer an.

Alle mit dem Unwetter einhergehenden Umstände und Yassins abgeklärtes und umsichtiges Handeln hatten den Verwalter bewogen, ihn mit Aufträgen zu ermächtigen, die noch vor einigen Tagen ausschließlich durch den Vormann erledigt wurden.
Yassin erhielt die Vollmacht zur Codierung für Sektion 17, um sich dort um die Wiederherstellung der Sicherungen und um Schadensaufnahme zu kümmern.
Hierzu konnte er selbständig aus den Reihen der im Camp verbliebenen Arbeiter die notwendigen Unterstützungskräfte rekrutieren.

Diesen Auftrag nutzte er, um erneut nach den Männern auf dem Hochplateau zu sehen.

Er fand sie in erbärmlichem Zustand vor. Das Unwetter und die Angst vor einer Entdeckung und der Hunger hatten die armseligen Gestalten noch jammervoller aussehen lassen.

Der Marokkaner zeigte Yassin das aus der Brunnenanlage hervor gespülte Schuhwerk.

Bestürzt von der Tatsache, dass es hierbei möglicherweise um den Schuh eines seiner vermissten Freunde handeln könnte, versuchte Yassin trotz allem Kummer rational und vorausschauend zu denken.

Sein Gehirn subsummierte alle Beobachtungen und Vorkommnisse, die mit dem Vormann in Verbindung gebracht werden konnten. Hieraus schlussfolgerte er die absolute Notwendigkeit, den Mann ausfindig zu machen.

Nachdem er die Arbeiter mit Wasserflaschen und Verpflegung versorgt hatte, hörte er sich an, was ihm der Marokkaner übersetzte. Die Arbeiter erhoben schwere Vorwürfe gegen den Vormann Antonio Lorca und den Vorarbeiter „El Cruel".

Auch das Verschwinden des Freundes aus seinem Heimatdorf und dessen Bruder gingen wahrscheinlich auf das Konto des Duos.

Der Marokkaner konnte fast detailliert aufschlüsseln, ab welchem Zeitraum die Kollegen vermisst wurden, nachdem sie mit dem Vormann Lorca aneinandergeraten waren.

Yassin zeigte sich von den Neuigkeiten tief erschüttert. Obwohl er seit Langem vermutet hatte, dass beide nicht mehr am Leben waren, traf ihn das gerade Erzählte ziemlich heftig.

Er wollte von nun an alles daransetzen, den Vormann zu finden, damit dieser für all seine Untaten büßen sollte.

Als Yassin den Arbeitscontainer des Verwalters betrat, herrschte dort große Aufgeregtheit. Das Unwetter und die vermissten Arbeiter hatten den normalen Ablauf auf der Plantage gehörig durcheinandergewirbelt.
„Wir müssen unbedingt die örtliche Polizei über das Verschwinden der Arbeiter informieren, damit die entsprechenden Maßnahmen eingeleitet werden," ordnete Verwalter Savallas mehr oder weniger in den Raum hinein an.

Mit seinem Einwurf „Vielleicht sollten wir mal Lorca fragen!" brachte Yassin ungewollt ein heftiges Streitgespräch in Gang, denn Frost polterte sofort in Richtung Yassin los und beschimpfte ihn auf übelste Art, während der Verwalter versuchte, den Disput zu beschwichtigen. Doch Yassin legte mutig nach, „Wir sollten Lorca auch nach seiner Tätigkeit im Sektor 17 befragen".

Verblüfft fragte der Verwalter nach: "Wieso, Lorca hat keine Zutrittsberechtigung für den Bereich, was läuft hier schief?"

Yassin schilderte in knappen Worten seine Beobachtungen in Sektor 17.
Savallas beauftragte ihn, umgehend die Fahndung nach dem Vormann auszuweiten und widersprach nicht dessen Vorschlag, die Plantage zu verlassen, um in den verschiedenen Etablissements der Stadt nach ihm zu suchen.

Selbst Frost konnte seine Verwunderung über das Verschwinden des Vormannes Lorca kaum verbergen, doch erfolgte auch seinerseits kein Einwand gegen die erweiterte Kompetenz, die man Yassin von nun an zukommen ließ.

Bankenchef Perido hatte kurz nach dem Bekanntwerden der Schäden in der Region um Almeria und besonders an der Plantage La Amplia alle maßgeblichen Geschäftspartner zur Lagebesprechung zusammengerufen.

Im großzügigen Untergeschoß seines Anwesens lagen dessen Privaträume, die neben einem prächtigen Fitnesscenter auch über einen aufwendigen Büro- und Besprechungstrakt verfügten. Nur die engsten Vertrauten und ausgesuchte Freunde hatten hier Zutritt. Anderen Personen, selbst seiner Ehefrau, blieb der Zutritt verwehrt.

Ausgestattet mit allen neuesten und ausgeklügelten Kommunikationsanlagen dienten die Räumlichkeiten als Schaltzentrale und operative Befehlsstelle für alle wichtigen Bankgeschäfte und internationale Informationsquelle auf dem Wirtschafts- und Finanzsektor.
Von hier aus entsandte der Chef Aufträge und Befehle, die von untergeordneten Ebenen weitergeleitet und je nach Prioritätsmerkmal durch entsprechendes Personal ausgeführt wurden.
Ein Netzwerk von Mittelsmännern, angesiedelt in den verschiedensten Rangstufen von Behörden und Parlamenten, sorgte für störungsfreie und gesicherte Abläufe der Geschäfte und Transaktionen.
Selbst in den höchsten Kreisen der EU trugen Politiker die Visitenkarte Peridos in den Brieftaschen und erfreuten sich zu Geburtstagen oder Jubiläen größerer Geschenke aus Spanien als Anerkennung für geleistete wohlmeinende Dienste.
Der Besprechungsbereich in Peridos Finka bildete die adäquate Kulisse, in der sich das Ensemble aus Bankern, Politikern, Polizeioffizieren und anderen Männern aus

zwielichtigen Kreisen zu einer homogenen, schlagkräftigen Streitmacht geformt hatte.

Carlos Perido, der mächtigste Mann Südspaniens, begrüßte seine Gefolgschaft mit knappen Worten.

Schon seit langem brannte es ihm unter den Nägeln bei seinen Kumpanen endlich einmal wieder den erforderlichen Druck auf den Kesseln zu entfachen. Zu viele Pannen hatte es in der letzten Zeit gegeben. Zwischenfälle, die den störungsfreien Ablauf seiner Machenschaften öfter denn je gefährdeten.

„Wir haben zuverlässige Informationen aus Brüssel, dass uns die Handlungsfähigkeit in Sachen EU-Gutachten ziemlich entglitten ist. Es gibt eindeutige Hinweise, dass wir momentan nicht in der Lage sind, an die ausgearbeiteten Expertisen zu gelangen.

Die Tatsache, dass der oder die Wissenschaftler ausgeschaltet wurden, noch bevor **wir** an die wichtigen Informationen gelangen konnten, sehe ich als unverzeihlichen Fehler an.

Es ist uns trotz massiven Einsatzes an finanziellen Mitteln und starker Manpower bis heute nicht gelungen, die Ergebnisse der Gutachten in unseren Besitz zu bekommen. Anscheinend sind hier nur Dilettanten und Nichtsnutze am Werk".

Nach Peridos Ansprache machte sich eine gespenstische Stille im Raum breit. Eine zu Boden fallende Stecknadel würde in diesem Moment einen ohrenbetäubenden Lärm verursachen.

Manche der Köpfe nickten, andere drehten sich zueinander, betroffenes Flüstern schlich durch die Räumlichkeit, während Perido seinen feisten Körper für den nächsten Rundumschlag aufblähte und kämpferisch in Stellung brachte.

„Ich fordere bis spätestens in genau 4 Wochen absolute Resultate:

1. Unbedingte Beschaffung der Inhalte der Gutachten,
   mit dem Einsatz aller Mittel, ich wiederhole, aller
   Mittel.
2. Pläne zur Verbesserung unserer Informationsstruk-
   tur bei der EU
3. Bericht über die Probebohrungen auf La Amplia

Sein fordernder Blick war insbesondere auf Frost gerichtet,
der getroffen von diesem Blitz nur gequält lächelte.
Perido konnte sich auf ihn verslassen, er wusste, dass jetzt
ein reinigendes Gewitter folgen musste. Frost würde seine
Streitmacht alarmieren, Aufklärer würden Informationen
herbeischaffen und die Armee in Stellung bringen. Perido
hatte ausdrücklich darauf hingewiesen, dass Frost bei Problemen auf die Befähigungen des Russen zurückgreifen
sollte.
Die Gegner konnten sich warm anziehen.

Kapitel 27

Der Belgier van Stappen wurde über die abhörsichere Leitung von Nicolas über die Neuigkeiten informiert, ohne
dass ihm ausführliche Details mitgeteilt wurden. Van Stappen setzte Bertram Seegers in Kenntnis und begann daraufhin unverzüglich mit der Planung eines Treffens in der
Schweiz. Die erforderlichen Reiseunterlagen ließ er seinem
deutschen Freund über die gesicherte Diplomatenpost zukommen.

Bertram versah die erhaltenen Dokumente sofort mit einem
Sperrvermerk.

Insbesondere Frau Hallmann sollte von den aktuellen Mitteilungen aus Brüssel keine Kenntnis erhalten. Er vermied es, durch Unachtsamkeit weiteren Nährboden für neuerliche Ausforschungen und Bedenken in Frau Hallmanns Kopf entstehen zu lassen. Hieraus könnten sich bei der momentanen Explosivität der Neuigkeiten massive Gefahren für alle Mitwisser ergeben.

In seiner unmittelbaren Arbeitsumgebung fühlte Bertram den ständigen Präsenz der unsichtbaren Kontrolle Frau Hallmanns.

Obwohl nicht im Raum anwesend, konnte man die unbändige Neugierde der Frau förmlich greifen und als Last auf den Schultern spüren.

Und nun stand Bertrams nächste „Dienstreise" in die Schweiz unmittelbar bevor, was die Kollegin sicherlich wieder ganz heiß veranlassen würde, den Grund der Fahrt zu erforschen.

Während Nicolas alle Vorbereitungen für den Aufenthalt seiner beiden Freunde traf, öffneten sich für Dermbach ständig neue Erkenntnisse aus den geschützten Datensätzen des Wissenschaftlers Stettener. Die letzte Partition als Schlussakkord der Datenkette konnte bisher noch nicht decodiert werden.

Stettener hatte alle Ergebnisse seiner Forschungsreihe wie immer detailliert und außerordentlich sorgfältig archiviert, sodass allein Dermbach als ehemaliger Mitarbeiter die Reihenfolge gezielt abarbeiten konnte.

Nicolas erwartete mit höchster Ungeduld seine Freunde und war erleichtert, beide endlich im Haus in Bonaduz begrüßen zu können.

Ihm entging nicht die anfängliche Zurückhaltung und Skepsis, die van Stappen und Bertram Seegers dem Hausgast Dermbach entgegenbrachten.

Erst spät in der Nacht, nachdem der ehemalige Kollege des Wissenschaftlers Stettener alle Einzelheiten der Gutachten nochmals haarklein dargelegt hatte, taute langsam und stetig der Eispanzer des Argwohns in den Neuankömmlingen gegenüber Dermbach auf, und machte einem leichten Anflug von Vertrauen Platz.

„Diese Neuigkeiten bringen mich in einen massiven Interessenkonflikt", begann van Stappen als Erster das eben Gehörte zu analysieren und fuhr mit besorgter Mine fort. "Ich müsste meine Dienststelle umgehend über das Gutachten informieren, was ich natürlich nicht tun werde....Jedoch?" Er vermied es, die Folgen einer unterlassenen Berichterstattung an seine Dienststelle ausführlicher zu erörtern und wandte sich an Bertram Seegers: „Du bist in derselben Situation, wenn in der Behörde bekannt wird, dass wir von Anfang an über diese Dinge Bescheid wussten....??? Ohne den Satz zu beenden, fuhr er fort.

„Doch andererseits sind wir mittlerweile schon viel zu weit vorgedrungen, als dass wir jetzt schadlos aussteigen könnten, und die Behörden alle weitere Arbeit machen zu lassen", versuchte van Stappen die Sachlage zu beschwichtigen.

„Wir könnten sofort alle wieder nach Hause fahren, jeder geht seiner Wege, und ich überließe alles Nachfolgende meiner Organisation.

Dermbach würde einer entsprechenden Schutzmaßnahme unterstellt, und wir würden dann in einigen Monaten vielleicht von einer selig machender Wasserförderung in Südspanien hören, oder aber könnten auch Berichte über Mord und Totschlag im Chaos von Bandenkriegen uns in die ach so menschliche Realität zurückholen", versuchte Ricarda Köller alle Beteiligten zum Nachdenken zu bewegen.

„Spanien, vielleicht müssten wir jetzt unseren Aktionsradius auf Südspanien ausweiten?", brachte Nicolas eine neue Diskussionsgrundlage ins Spiel.

„Eine gute Idee, denn eine zeitige Kontaktaufnahme mit unseren Leuten dort unten sollte ja ohnehin bald stattfinden. Fangen wir an damit", legte Ricarda Köller sich fest.

Von der gesamten Situation nervös geworden brachte van Stappen vor: „Kontaktaufnahmen ja, doch nur nicht in wilden Aktionismus verfallen. Und vor allem die Verbündeten dort unten noch nicht in alle Details einweihen. Und außerdem würde unser geballtes Auftreten dort unten massives Misstrauen hervorrufen, von den notwendigen organisatorischen Problemen, wie Fahrzeuge, Treibstoff usw. ganz abgesehen.

Ein von uns beauftragtes größeres Forscherteam ist gegenwärtig im Bereich Almeria tätig. Mit dem Gruppenleiter bin ich gut befreundet, was mir möglich macht, ihn konspirativ für unsere Aufgaben einzuspannen, während ich ganz legal als Kontrolleur der Forschungsabteilung dort tätig werden könnte."

„Das trifft sich gut", warf Ricarda ein, „auch eine unserer Aktivistin ist dort in einem anderen Auftrag seit langem unterwegs. Man sollte die Interessen zusammenführen, möglicherweise ergeben sich aus dieser neuen Konstellation wertvolle Informationsquellen. Wenn ihr einverstanden seid, werde ich jetzt zuhause meine Vorbereitungen für unsere Abfahrt treffen", womit sie sich verabschiedete.

Nicolas begleitete sie hinaus und wollte nicht recht mit der fast überstürzten Verabschiedung einverstanden sein.

Er küsste sie flüchtig und ging zurück ins Haus.

Die Männer diskutierten Haus hingebungsvoll und emotionsgeladen bis spät in die Nacht diskutiert und spielten alle möglichen Folgeszenarien durch. Im Anschluss daran, so war man sich einig, müsste eine Unterrichtung und

Einbindung der heimischen Behörden erfolgen. Alle weiteren Entscheidungen würde man nach der Kontaktaufnahme in Spanien treffen.

Den Rest des Tages nutzte man mit persönlichen Vorbereitungen für die bevorstehenden Zielsetzungen.

Inmitten dieser Situation stand Dermbach plötzlich auf der Treppe, die in sein Arbeitsrefugium unterm Dach führte. Zitternd versuchte er sich festen Halt am Treppengeländer zu verschaffen, während ihn alle fragend ansahen.

Nur ein stotterndes Gemurmel verließ seinen Mund.
„Ich….ich…habe die….letzte Partition….geöffnet…..Es ist….!

Nicolas versuchte ihn zu ernüchtern:" Versuchen Sie ruhig zu bleiben".

Dann sprudelte es aus Dermbach heraus.

„Über dem südöstlichen Teil des unterirdischen Sees befindet sich ein riesiges Gasfeld, dessen blasenartige Ausdehnung Stettener in Dimension und Ausmaß nicht mehr ausreichend berechnen konnte. Die abschließenden Werte beruhen daher nur auf dessen Schätzungen. Die Ausbreitungen dürften die vorliegenden Werte weitgehend übertreffen. Das bedeutet….dass". Dermbach hielt inne.

„Bedeutet was?" fragte Nicolas

„Eine Förderung des Wasserreservoirs an falscher Stelle könnte zur Katastrophe führen", vervollständigte van Stappen.

Dermbach klärte die Gruppe über die genauen Details seiner Erkenntnisse auf.

„Es handelt sich hier um einen riesigen unterirdischen Auswuchs voller gefährlicher Gase. Bricht er an der Oberfläche ein, würde es eine unvorstellbare Explosion geben. In Verbindung mit dem unterhalb liegenden Wasserreservoir kann man die Dimensionen nur erahnen. Gigantische Wassermassen würden in die Höhe katapultiert und die Umgebung in zig von Quadratkilometern landeinwärts überspülen.

Unsere Forschungsteams hatten seinerzeit hunderte von seismischen Sensoren eingefahren, um Bodenstrukturen und Erdschichten und deren Bewegungen zu messen und zu archivieren. Die Messgeräte registrierten selbst minimale Vibrationen in den Erdformationen.

In der Regel wurden diese Methoden in der Erdbebenforschung eingesetzt. Auf diese Weise konnte man Stärke und seismischen Ursprung festlegen.

Stettener verfolgte mit den Sensoren jedoch ein anderes Ziel. Sie erstellten eine genaue Karte tieferer Erdschichten. Dabei stießen sie auf eine unerwartete, riesige Ansammlung von Kohlenstoffen. Und diese Lagerstätte hat wirklich bombastische Ausmaße".

Dermbach führte weiter aus:" Sie erstreckt sich auf einer Fläche von über 200 Quadratkilometern landeinwärts, weg von der Küstenlinie. Sie überlagert ungefähr zu einem Fünftel den vorher entdeckten unterirdischen See.

Die Verschiebungen der tektonischen Erdplatten könnten im ursächlichen Zusammenhang für diese KW Ansammlung stehen. Dabei wurden die tiefen Erdschichten einem enormen Druck ausgesetzt. Anschließend erhitzten sie sich und schmolzen.

Die eingeschlossenen Gase, vor allem Kohlenstoff und Wasserdampf verflüssigten sich im Laufe der Jahre."

Nach Dermbachs eingehenden Ausführungen trat eine abstruse Stille in der Runde ein. Betretenes Schweigen kennzeichnete die erschrockenen Gesichter. Keiner der Männer wagte die Sprachlosigkeit auch nur mit einem Wort zu durchbrechen.

Allein van Stappen dachte in die Zukunft. „Dieser Sachverhalt verändert die Lage extrem. Wir müssen das Forschungsteam im Raum El Ejido und Almeria unbedingt warnen und ich werde nicht umhinkommen, meine Dienststelle zu informieren". Niemand wagte zu widersprechen, denn es bestand erhebliche Lebensgefahr, würden die aktuellen Probebohrungen die problematischen Tiefen erreichen.

„Sollte es nicht reichen, wenn das dortige Team die Bohrversuche vorerst verzögern, oder vorläufig einstellen würde", versuchte Nicolas die Situation zu entschärfen.

„Gut, ich werde den Teamleiter bitten, die Bohrungen schleichend auszusetzen, und mir die genauen Koordinaten der Bohrstellen zu übermitteln, damit wir im Hinblick auf die Gefährlichkeit eventuell Entwarnung für deren Arbeitsbereiche geben können", willigte van Stappen ein.

An Dermbach gerichtet: "Sie müssen jetzt das nachholen, was Stettener nicht mehr erledigen konnte. Es ist äußerst wichtig, das Gasvorkommen in eine tatsächliche Koordinatenfläche einzumessen, damit wir einen räumlichen Nachweis erhalten".

Dermbach verzog kurz das Gesicht und machte sich aber sofort an die Arbeit.

Van Stappen war sich im Klaren, dass der Schotte Hawks auf sein Geheiß hin und ohne plausible Begründung die Bohrungen keinesfalls ganz einstellen würde.

Man verabredete kurz den Abreisetermin nach Spanien verabschiedete sich und van Stappen bat die Anwesenden Ricarda Köller nicht über die Erdgasblase zu informieren und ließ einen sprachlosen Nicolas Stettener zurück. Alles weitere würde der Belgier später erklären.

Nachdem die Kampfgefährten die Rückreise angetreten hatten, kehrte im Haus in Bonaduz Ruhe ein.

Mit einem ausgiebigen Abendessen begann für Dermbach der Feierabend. Er hatte die Erdgasblase, die sich über dem unterirdischen Trinkwassersee befand, mittels der von seinem ehemaligen Chef Stettener angelegten tiefenseismologischen Aufzeichnungen exakt und präzise in ein Koordinatensystem eingemessen. Die Ergebnisse hatte er gemäß Anweisung van Stappens in einer gesonderten Speicherkarte archiviert und anhand des Codierverfahrens, das die Gruppe für zukünftige Archivierungen erarbeitet hatte, verschlüsselt.

Van Stappen hatte vor seiner Abreise Dermbach unter vier Augen dazu gedrängt, das Wasservorkommen mit einem neuen Code erneut zu verschlüsseln und getrennt von den Einmessungen der Erdgasblase zu archivieren.

Separate, verschlüsselte Speicherkarten darüber sollte er in einem Versteck im Haus deponieren.

Dermbach zeigte sich verwundert über die Anweisungen, wollte jedoch nicht widersprechen.

Eine Kopie der Unterlagen ließ er van Stappen über die gesicherte Leitung zukommen.

Genüsslich ließ er sich den Kaffee schmecken, machte sich am Schreibtisch lang, legte die Hände hinter den Kopf und genoss die Zufriedenheit über die geleistete Arbeit.

Spät in der Nacht, nachdem er gerade eingeschlafen war, führten behandschuhte Hände eine Injektionsspritze an Dermbachs Hals, der nicht den geringsten Schmerz verspürte.

Kapitel 28

Frost hatte Mühe in den frühen Morgenstunden über die Zufahrtsstraße auf die Plantage zu gelangen. Die Wolkenbrüche hatten Wege und Straßen in reine Schlammwüsten verwandelt. Braune Wassermassen, Geröll- und Erdschichten waren aus den Hügelketten ins Tal gespült worden.

Nachdem er seinen auf dem Plantagenareal abgestellten Fuhrpark nach Schäden überprüft hatte, machte sich eine große Zufriedenheit in ihm breit, denn weder die riesigen Auflieger-LKW noch die Kleintransporter wiesen größere Beschädigungen auf.

Getrieben von den Anweisungen, die Perido verfügt hatte, wollte Frost niemandem irgendwelche Barmherzigkeiten oder Zurückhaltungen entgegenbringen. Er hatte sich innerlich bereits mit dem eisernen Besen bewaffnet, witterte seine Chance, mit Hilfe einer harten Hand seine Positionen weiter zu festigen.

Die Forscherteams waren dabei, ihre Ausrüstung, die zur Sicherung in Containern verstaut war, wieder auf die Fahrzeuge zu verteilen, während Frost in seinem Geländewagen in hohem Tempo durch die Schlammpfützen raste.

Matschfontänen schossen aus den Schlaglöchern zu den Trupps herüber, die daraufhin verärgert lautstarke Schimpftiraden dem Raser hinterher brüllten.

Der Schotte Hawks kaute missmutig an seiner Pfeife und schaute Frost mit zusammen gekniffenen Augen hinterher. Gerne würde er diesem aufgeblasenen Typen mal die Meinung sagen. Doch seine Stellung und Erziehung verboten ihm derartige Entgleisungen.

Immerhin würde in seinem Bericht an die EU garantiert eine Bemerkung Niederschlag finden, denn schon mehrmals war ihm dieser unmögliche Zeitgenosse in die Quere gekommen.

Als Hawks am späten Abend sein Laptop einschaltete, um e-mails zu sortieren und zu beantworten, wurde sofort das Alarmsignal am Gerät aktiviert. Jetzt war er angewiesen, unverzüglich seine Dienststelle über eine sichere Verbindung zu kontaktieren.

Wenn diese Hinweise erschienen, gab es meistens schlechte Nachrichten, oder Arbeitsanweisungen, die keinen Aufschub erlaubten.

Brüssel hatte für den Forscher Kenneth P. Hawks dringende Mitteilungen über ein Sprachband archiviert, das er nun geschützt in Schriftform auf den Laptop laden konnte.

Erik van Stappen, maßgeblicher Sachbearbeiter für die administrative Entsendungsbearbeitung an der heimatlichen Behörde, sandte eine Nachricht, die Hawks einerseits verwunderte, denn für die fachliche und wissenschaftliche Anweisungsbefugnis war van Stappen keineswegs zuständig. Andererseits jedoch schien die Mitteilung ihn zum rechten Zeitpunkt zu erreichen.

„Ich bitte inoffiziell um sofortige Einstellung der Versuchsbohrungen. Keine Weitergabe dieser Weisung an die heimatliche Dienststelle. Bei der Archivierung bisheriger Forschungsdetails bitte absolute Sicherheitsstufen einhalten. Äußerste Vorsicht bei der Einbindung von Plantagenpersonal oder sonstigen externen Kräften. Gruß v. St."

Hawks wusste um die Verlässlichkeit seines Kollegen in Brüssel. Wenn dieser über die abgeschirmte Leitung mit ihm in Kontakt trat, brannte der Himmel, wie stets ihre Ausdrucksweise für brisante Angelegenheiten war. Doch andererseits wäre der Abbruch der Probebohrungen nur durch seinen direkten Vorgesetzten anzuordnen.

Die Einstellung der Arbeiten war nicht durch ein einfaches Drücken der Reset-Taste auszuführen.

Sicher würde ihn in den nächsten Stunden eine offizielle Anordnung seiner Behörde für die Maßnahme erreichen, erst dann würde er handeln.

Er bestätigte den Erhalt der Weisung und schilderte van Stappen kurz das zurzeit herrschende Chaos, das durch die Unwetter verursacht wurde. Der Belgier bat um die Mitteilung der Koordinaten der Bohrstellen und riet zu äußerster Vorsicht und deutete eine baldige persönliche Kontaktaufnahme an.

Als Anna Emilia das Licht in ihrem Hotelzimmer anknipste, erschrak sie. Eine männliche Gestalt saß in ihrem Sessel.
Yassin dreht sich um, Annas Gesicht erhellte sich und er schloss sie sanft in seine Arme. Ohne seine zärtliche Berührung zu erwidern schoss es aus ihr heraus:" Du bist verrückt hier herzukommen, Frost könnte jederzeit ...."!

"Was könnte er "?, fragte Yassin erzürnt.
"Sei nicht böse, doch wir müssen vorsichtig sein, ich fühle, dass sich da etwas Brutales zuspitzt. Alles ist in Bewegung, wenn nicht sogar in gefährlichem Aufruhr", antwortete Anna Emilia aufgeregt.

Yassin schilderte in kurzen knappen Worten das Erlebte der vergangenen Tage, ging zur Tür und wollte sich verabschieden.
Anne Emilia strich über sein Gesicht und ermahnte ihn erneut: "Pass auf dich auf".

Sie nahm ihn in den Arm und küsste ihn auffallend innig.

Er gab ihr seine bagcomp-Verbindung, die ihm seit ein paar Tagen zur Verfügung stand und verließ das Zimmer.

Ein ungewohntes Gefühl der Verbitterung und eine vorher nicht gekannte Angst um Anna Emilia begleiteten ihn auf dem Weg zurück zur Plantage.

Kapitel 29

Die spärlich beleuchteten Straßen von Almeria nahmen auf Yassins Rückfahrt auf die Plantage keine Notiz von diesem getriebenen jungen Nordafrikaner, der in dieses Land gekommen war, um das Schicksal seiner Freunde aufzuklären. Er war nunmehr in eine Schlammwüste aus Habgier und Machtspiele getaucht, aus der zu entkommen nur sehr schwer vorstellbar schien.

Yassin ließ die Bereiche der Arbeitscontainer links liegen und steuerte auf die Hügelkette zu, wo sich die geflüchteten Arbeiter verschanzt hatten.

Im fahlen Mondschein fiel der Lichtkegel seines Motorradscheinwerfers auf den Felsvorsprung, unter dem die Männer kauerten. Doch als er näherkam, verschlug es ihm die Sprache.

In der nur vom Kerzenlicht leicht erhellten Nische saß an Händen und Füßen gefesselt der Vormann Lorca.

Die Arbeiter hatten ihn aufgegriffen, als er versuchte, das Plantagegelände im Bereich der angrenzenden Hügelkette zu verlassen. Ein Jeep wartete außerhalb des Zaunes und fuhr sofort ab, nachdem die Arbeiter den Flüchtenden am Überklettern der Einfriedung gehindert hatten.

Sie hatten ihn körperlich massiv zugerichtet. Sein Gesicht war stark angeschwollen, Nase und Lippen bluteten.

Yassin übernahm umgehend das Kommando und forderte die Arbeiter auf, keine Gewalt mehr gegen den Mann anzuwenden.

"Ich werde jetzt den Verwalter rufen, ihr solltet euch verstecken. Wenn die Sache mit dem Vormann geklärt und erledigt ist, werde ich alles versuchen, damit ihr die Plantage legal verlassen könnt. Ihr habt schließlich dafür gesorgt, dass dieser Verbrecher dingfest gemacht wurde".

Nachdem Yassin den Verwalter Savallas über die Situation informiert hatte, begann er Lorca auszufragen.
„In ein paar Minuten wird der Verwalter hier sein und Sie abholen......" warnte Yassin den Vormann. Dieser erkannte die ausweglose Lage, in der er sich befand.
Mit ungewohnt ängstlich zitternder Stimme redete er sich die Seele frei. „Frost hat alles organisiert. Ich habe in seinem Auftrag die Neuzuchten im Bereich 17 beobachtet und manipuliert, um das Wachstum hinauszuzögern."
Yassin erkannte die Gunst der Stunde, um möglichst viel von Lorca zu erfahren.
„Wozu sollte die Manipulation gut sein?"

„Frost gab alle Informationen hierüber an Perido weiter, der dann entsprechend reagierte, und seine Geldanlagen und Aktienkäufe anhand der Angaben zu positionieren.
Perido hat Beziehungen bis nach Brüssel, von dort kam auch die Information, dass hier in der Gegend nach Wasservorkommen geforscht würde. Und er gab den Auftrag diesen Schweizer Wissenschaftler auszuquetschen, was gehörig in die Hose ging. Er sollte eigentlich nur außer Gefecht gesetzt werden, doch die Dosis an Betäubungsmitteln, die Frost in die Belüftungsanlage des Privatfahrzeuges des Schweizers einbringen ließ, war wohl zu stark. Dass der dann gegen den Berg raste, war so nicht vorgesehen. Man

wollte nur an seine Informationen über die Forschungsergebnisse".

Yassin versuchte, all diese Neuigkeiten zu sortieren und
einzuschätzen, während aus der Talsenke heraus Auto-
scheinwerfer lange Lichtstrahlen gegen die Felskette warfen. Der Verwalter Savallas war unterwegs würde in wenigen Minuten bei ihnen sein, um den „Gefangenen"
abzuholen.

„Wer hat die Marokkaner umgebracht?" fragte Yassin direkt.

„Damit habe ich nichts zu tun", entgegnete Lorca aufgeregt.
„Das war der Vorarbeiter El Cruel. Sie hatten wohl etwas
herausbekommen, das den Herren gefährlich wurde. Und
Frost gab den Befehl diese unliebsame Störung zu beseiti-
gen".

In Yassin baute sich eine unbändige Wut gegen Frost auf
und drohte sein Herz zum Bersten zu bringen. Dessen Beziehung zu Anna Emilia, ließ seinen Groll noch maßloser
ausarten.

Der Pickup schoss in gewohnter Manier den Hang hinauf.
Dahinter steuerte der Jeep des Verwalters in angemessener
Geschwindigkeit auf die Gruppe zu.

Die Arbeiter verkrochen sich ängstlich in den Höhlenni-
schen.

Ohne ein Wort zu verlieren stieg Frost aus dem Pickup und
stürmte auf den am Boden kauernden Vormann Lorca los,
trat ihn mit voller Wucht in die Rippen, worauf dieser nach
Luft rang und zur Seite kippte.

Der Verwalter Sevillas kam hinzu und hatte Mühe, Frost
von weiteren Gewalttaten gegen den Mann abzuhalten.
Yassin schob sich dazwischen und half den gefesselten Vormann Lorca in eine komfortablere Sitzposition zu bringen.

„Wir behalten jetzt alle die Ruhe, verstanden"? befahl der
Verwalter und schob Frost beiseite. „Mach ihm die Fesseln

ab", brüllte er. Yassin gehorchte und löste dem Vormann die Stricke.

Noch bevor Savallas weitere Anweisungen geben konnte, durchbrach eine ohrenbetäubende Explosion die Stille innerhalb der Talsenke, in der die Plantage lag.
Ein gewaltiger Feuerblitz hatte die Dunkelheit erhellt. Brennende Gegenstände stoben fächerförmig in die Höhe und beleuchteten rotglühend das chaotische Szenario.

Wie vom Donner gerührt standen Yassin, Frost und Verwalter Savallas festgenagelt und konnten kaum erfassen, was sich dort unten zugetragen haben könnte.

Wortlos hob Frost plötzlich den am Boden sitzenden Vormann auf und schob ihn auf den Beifahrersitz seines Pickups, stieg ein, wendete und raste in Richtung Plantage, wo sich rund um die Explosionsstelle mittlerweile ein heilloses Menschengewirr entfaltet hatte.
Vormann Savallas konnte in der Aufregung seinen Jeep nur mit Mühe starten, brüllte Yassin an, ihm schnell zu folgen.

Die Gruppe der Arbeiter blieb verängstigt in ihren Unterständen zurück.

Die Wissenschaftler und Teile der Pflücker hatten bereits mit den Löscharbeiten begonnen, währen Verwalter Savallas aus seinem Jeep stieg. Kurz darauf traf Yassin ein und stieg schnell von seinem Motorrad.
Man begann sofort die Ursache zu ermitteln und entstandenen Schäden auszumachen.

Ein mobiler Gastank, der die Aggregate rund um die Arbeitscontainer versorgte, war mitsamt seiner Holzhütte und dem danebenliegenden Kleingerätelager in die Luft geflogen.

Anscheinend waren Personen nicht zu Schaden gekommen.

Verwalter Savallas organisierte umgehend innerhalb der Arbeitsmannschaft weitere Maßnahmen, während Yassin mit den Wissenschaftlern Verbindung aufnahm.

Doch wo war Frost? War er doch bereits vor Yassin und dem Verwalter Richtung Plantage abgefahren, mit dem Vormann Lorca als Fahrgast.

Mittlerweile war die Sonne aufgegangen und das ganze Ausmaß der Explosion wurde sichtbar.

Yassin sah sich um. Keine Spur vom Pickup, keine Spur von Frost.

Erst nach einer knappen halben Stunde raste dieser in wilder Hast heran…allein,
ohne den Vormann Lorca.
Für Yassin, stand sofort fest, Frost hat sich des unbequemen Mittwissers entledigt.
Auch Verwalter Savallas fragte nach dem Verbleib des Vormannes.

„Ich hatte eine Abkürzung genommen. Lorca konnte die Seitentür öffnen und abspringen und weg war er", erklärte Frost sichtlich verärgert und zeigte auf seine leicht blutende Unterlippe.
„Wir werden das später klären", befahl der Verwalter, „Jetzt müssen wir ermitteln, was genau hier vorgefallen ist. Yassin, mitkommen", beendete er den Moment.

Yassin folgte dem Verwalter in den Arbeitscontainer, während Frost die Explosionsstelle begutachtete.

Kapitel 30

Nach seiner Rückkehr saß ein niedergeschlagener van Stappen in seiner Wohnung in Wemmel, nahe Brüssel. Die neuen Erkenntnisse aus den dechiffrierten Datenspeichern hatten ihn, wie es sich erst jetzt zeigte, nervlich massiv zugesetzt.

Des Weiteren war er sich nicht sicher, ob seine Anweisungen für Dermbach, alle Aufzeichnungen neu zu verschlüsseln, auf Verständnis bei seinen Mitstreitern treffen würden. Doch zu groß war das Misstrauen gegenüber Ricarda Köller, die er zufällig bei einem mysteriösen Telefonat antraf und das aufgeregte Verhalten ihrerseits ihn zu den Maßnahmen bewegte.

Doch musste er sich nun auf seine Stärken und auf sein hervorragendes Organisationstalent besinnen und etwaige Zweifel am eigenen Talent ausräumen.

Er legte sich einen strategisch ausgeklügelten Plan zurecht, mit dem er seine Vorgesetzten die Situation in Südspanien und die Verquickungen mit den wissenschaftlichen Ergebnissen rund um Stetteners Archivierungen und den damit verbundenen bisherigen Aktivitäten deutlich machen wollte.

Jetzt musste er alles daran setzen eine offizielle Abordnung nach Südspanien zu bekommen, um mit all seinem Wissen und der tatkräftigen Unterstützung aller Beteiligten die Gefahr für die Region aufs kleinste Maß zu minimieren.

Bei Pierre Dutronc, Leiter der 2. Abteilung des Auswärtigen Dienstes und unmittelbarer Vorgesetzter des Belgiers van Stappen, legte sich die Stirn in tiefe Falten, als der hochgeschätzte Mitarbeiter ihn über die Sachlage der Trinkwasserprojekte in Südspanien und deren neuesten Entwicklungen in Kenntnis setzte.

„Sie wissen sehr wohl, in was für eine missliche Lage Sie sich selbst und unsere Behörde gebracht haben. Ihre einzelgängerischen Maßnahmen sind durch nichts zu entschuldigen. Etwaige Disziplinarverfahren behalte ich mir vor, doch nun müssen wir zuerst unser Augenmerk auf die Situation legen, in die Sie uns hineinmanövriert haben. Es muss Schadensbegrenzung betrieben, die Sache gleichzeitig bereinigt und weiterhin ermittelt werden. Ich statte Sie und Ihren deutschen Mitstreiter mit Generalvollmachten aus. Sie bekommen beide unbefristete Abordnungsverfügungen, verbunden mit allen notwendigen materiellen Ausrüstungen. Ich werde einen sofortigen Abbruch der Versuchsbohrungen auf La Amplia anordnen und sie als Verstärkung bei Hawks ankündigen. Der soll sie dann entsprechend anmelden. Er und seine Trupps verbleiben bis auf weiteres in der Region und gehen auf standby.

Bis übermorgen erbitte ich mir einen detaillierten Plan zu erarbeiten, damit ich einen Gesamtüberblick auf zu erwartende Maßnahmen erhalte".

Der Abteilungsleiter unterhielt eine langjährige Freundschaft zu einem spanischen Polizeioffizier höheren Ranges. Eine Unterrichtung des auf vertrauensvoller Ebene war nunmehr unumgänglich und hilfreich für den Einsatz vor Ort in Spanien.

Erik van Stappen befürwortete diese Vorgehensweise und atmete mehrmals tief durch, als er das Büro des Abteilungsleiters verließ und machte sich sofort an die Arbeit.

Edith Hallmanns Augen glänzten, als ihr geliebter Vorgesetzter Bertram Seegers am Morgen die Büroräume betrat. „Ich freue mich sehr, dass Sie wieder da sind. Möchten Sie einen Kaffee? Es sind sehr wichtige Anfragen verschlüsselt aus Brüssel für Sie eingegangen…"

Ohne auf die Begrüßung einzugehen, wandte sich Bertram mit einem kurzen Nicken ab und ging schnurstracks in sein Büro.
Frau Hallmann blieb konsterniert und wie versteinert an ihrem Schreibtisch stehen. Wieder einmal hatte Seegers mit seinem plumpen Verhalten die Frau fast erneut in ein schwarzes Loch gestürzt. Doch die Neugier über die eingegangenen Mitteilungen für ihren Chef überdeckte den aufkommenden Schmerz und drängte ihn vorerst zurück in die Freizeitecke, wo er sich am Abend in ihrer Wohnung dennoch vollkommen über ihre verwundete Seele ausbreiten sollte.

Bertram schaltete seine PCs ein und dechiffrierte die eingegangenen Nachrichten.
Erik van Stappen hatte einen ausführlichen Bericht über die Gespräche auf Abteilungsebene der EU sowie die Abordnungsverfügungen und eine zeitliche Planung der bevorstehenden Aktionen als Vorschlagsliste übersandt.

Seegers studierte ausgiebig van Stappens Mitteilungen und inhalierte sie wie einen heilenden Dampf in verwundete Lungen angesichts der Tatsache, dass er und van Stappen wegen der Nichtanzeige der Vorfälle in Südspanien vorerst nicht mit disziplinaren Konsequenzen zu rechnen hatten. Im Vordergrund standen nunmehr die Ermittlungen und Aufklärung sämtlicher Ereignisse in Bezug der wissenschaftlichen Erkenntnisse. Die weitere Einbindung der spanischen Polizeibehörden sollte vor Ort je nach Erforderlichkeit und eigener Einschätzung und Absprache mit Brüssel vorgenommen werden.

Das nächste Treffen in der Schweiz würde der Termin zur gemeinsamen Abfahrt nach Südspanien sein, worauf sich nunmehr alle vorbereiten.

„Ich werde Anfang der nächsten Woche mit einem Bediensteten der EU nach Südspanien reisen. Die erforderlichen Unterlagen und Verfügungen werde ich Ihnen auf Ihrem Rechner zugänglich machen. Ich bitte Sie, mir alle notwendigen Reiseunterlagen wie Treibstoffgutscheine usw. erhältlich zu machen", wies Bertram Frau Hallmann fast befehlend an. „Eine Liste an Arbeitsunterlagen, die ich benötige, habe ich Ihnen bereits in Ihr Postfach gelegt. Ich bitte Sie sich für eine abschließende Besprechung morgen Mittag bereit zu halten. Die Einbindung weiterer Mitarbeiter ist nicht erforderlich.

Frau Hallmann, Sie werden zukünftig meine unmittelbare Ansprechpartnerin sein und voll und ganz auf den aktuellen Informationsstand gebracht.

Eine absolute Verschwiegenheit dürfte selbstverständlich sein", schloss Bertram Seegers die Anweisungen ab und verließ das Büro.

In Edith Hallmanns Brust machte sich trotz der Barschheit der Anweisungen eine wohlige Wärme breit, die sich vollends in ihrem Körper auszubreiten begann. Ihr Chef hatte sie ins Vertrauen gezogen, hatte sie befördert…..sie war jetzt eine unersetzliche Mitarbeiter geworden, sozusagen seine persönliche Referentin. Treu und unterwürfig wollte sie ihm ergeben sein. Ihr Lebensschiff steuerte nunmehr wieder in sanftwelligem Fahrwasser und hellte ihre Stimmung mit heilenden Atemzügen beruhigend auf.

Kapitel 31

Es hatte sich in Windeseile herumgesprochen, dass es auf der Plantage **La Amplia** wahrscheinlich eine Explosion gegeben hatte. Das Wort „Sabotage" machte unausgesprochen die Runde. Spediteur Frost sorgte dafür, dass diese Mutmaßung massiv hochkochte. Die Anwesenheit des jungen Marokkaner Yassin brachte er ständig mit den Vorfällen in Zusammenhang.

Er ließ nicht nach, Yassin für die Ereignisse verantwortlich zu machen. „Wir werden alles aufklären, doch jetzt müssen wir erst einmal die Ordnung auf der Plantage wieder herstellen", machte Verwalter Savallas deutlich, während der Schotte Hawks den Arbeitscontainer betrat.

„Meine Dienststelle hat mich angewiesen, die Probebohrungen aufgrund der derzeitigen Situation bis auf weiteres einzustellen", log Hawks. „Die Teams und ich sollen vorerst auf der Hazienda verbleiben, bis mir neue Informationen zur Weiterführung der Arbeiten zugeleitet werden. Es wird eine Arbeitsgruppe der EU in kürze hier aufschlagen, um sich vor Ort über die Arbeiten zu informieren. Ich werde Sie auf dem Laufenden halten", vollendete er kurz und knapp v und machte Anstalten den Container wieder zu verlassen.

Savallas zeigte sich erstaunt über diese Maßnahme und hakte nach: „Ist die Explosion der Grund dafür?"

„Ganz sicher der einzige Grund ", entgegnet Hawks, „ so etwas kommt immer mal vor wo Gastanks gelagert werden", spielte er die Situation herunter, um keine zutreffendere Erklärung liefern zu müssen. „Ich erwarte auch neue, wichtige Direktiven meiner Dienststelle zu den Fortführungen der Bohrungen, hier Vorort", beendete er für sich die Diskussion und verließ den Arbeitscontainer.

Ziemlich ratlos zeigten sich Frost und Verwalter Savallas, die jetzt mehrere Baustellen hatten, die abgearbeitet werden mussten. Zum einen die Verwicklungen um den Vormann Lorca, zum anderen die ungeklärte Explosion, die stark nach Sabotage roch und als gravierender wurde die Einstellung der Probebohrungen eingestuft, von deren Ergebnissen man sich massive Subventionen und Zuwendungen aus europäischen Finanztöpfen versprochen hatte. Und dann der bevorstehende Besuch der Gruppe der EU.

Savallas war sich im Klaren, dass er schon bald den Eigentümern der Hazienda einige Antworten und Erklärungen zu liefern hatte. In all diesen Gedankengängen schob er dem Fiesling Frost ein gehöriges Maß an Mitschuld für die gesamte Misere zu. Und in seinem Hinterkopf arbeitete die Tatsache, dass die Probebohrungen ausgesetzt waren. Hierfür gab es sicher ausführliche Begründungen, aber die hielt man ihm gegenüber zurück. Warum?

„Herzversagen", diagnostizierte kurz und knapp der sofort gerufene Notarzt.

Nicolas hatte Dermbach leblos in dessen Schlafraum im Haus in Bonaduz aufgefunden. In keinem der Räume fanden sich Hinweise auf irgendwelche Fremdspuren. Nicolas hatte im ersten Moment den Gedanken gehabt, hier könnte jemand nachgeholfen und irgendwelche Unterlagen entwendet haben. Doch die Diagnose und die aufgeräumte Umgebung entkräfteten den ersten Verdacht.

Van Stappen und Bertram Seegers, die am Nachmittag eintrafen, zeigten sich bestürzt über den Tod des Wissenschaftlers Dermbach, der ihnen aufgrund seines sanften Wesens und seiner zurückhaltenden Art ein beliebter Kampfgefährte geworden war.

„Ich habe seit ihrer Abreise nichts mehr von Ricarda gehört. Sie wollte zwar für ein oder zwei Tage eine Freundin besuchen, ….doch gemeldet hat sie sich nicht und auch per Smartphone ist sie nicht zu erreichen", gab Nicolas bekannt.

Der Belgier informierte die Männer über seinen Verdacht und die Anweisungen an Dermbach und wollte nach all den Vorkommnissen nicht an einen Herzstillstand Dermbachs glauben.
Die ärztlichen Diagnosen gaben jedoch keinerlei Hinweise auf Fremdeinwirkungen oder sonstigen Ungereimtheiten.
Auch fanden sich auch in Dermbachs Computersystem keine Anzeichen für etwaige Manipulationen. Das Herz des Wissenschaftlers hatte anscheinend den ständigen Stressmomenten nicht standhalten können.
Dermbach hatte seine Arbeiten vollständig abgeschlossen und die Ergebnisse wie vereinbart archiviert. Van Stappen selbst bestätigte den Erhalt einer Arbeitskopie.

Nicolas wollte sich nicht mit den Verdächtigungen van Stappens zufriedengeben, konnte sich aufgrund des Verschwindens Ricarda Köllers auch nicht von belastenden Mutmaßungen befreien. Einfach zur Tagesordnung übergehen konnte er nicht.

In den verbleibenden zwei Tagen bis zur Abfahrt nach Spanien mussten die Formalitäten zum Ableben Dermbachs erledigt werden.
Nicht einmal eine würdige Bestattung konnte man ihm jetzt erweisen, Angehörige gab es nicht, und sie selbst waren eingefangen im Sog der bevorstehenden Zeit in Südspanien.

Der Belgier berichtete, dass sein Abteilungsleiter bereits im Kontakt mit den spanischen Polizeibehörden stand und damit eine entsprechende Basis für einen schnellen Informationsaustauch vor Ort geschaffen hatte. Immer vorausgesetzt, dass man es dort nicht mit korrupten Sicherheitskräften zu tun haben werde.

Eine konkrete taktische Planung legten sie sich nicht zurecht. Man wollte auf die Gegebenheiten vor Ort und die jeweiligen Situationen zurückhaltend und überlegt reagieren.

Auch wenn es allen schwer fiel, man musste zum Abschluss des Tages die Vorbereitungen für die Abreise nach Südspanien treffen, denn die Zeit drängte.

Kapitel 32

Die Reisegruppe aus der Schweiz erreichte am späten Abend das Hotel in El Ejido und richtete sich vorerst nur provisorisch ein. Man beschloss sich umgehend zur Ruhe zu betten, um am nächsten Morgen ausreichend Zeit für eine taktische Besprechung zu haben.

Anschließend wollten die Männer mit dem Schotten Hawks im Hotel gemeinsam zu Mittag essen und diesen in die Sachlagen einbinden.

Van Stappen übernahm am nächsten Morgen ungeplant die Rolle des Wortführers:

„Bevor wir irgendwelche Informationen von uns geben, sollten wir uns intensiv mit der Lage und der konkreten Situation hier vor Ort vertraut machen".

Van Stappen entging nicht die Nachdenklichkeit, die Nicolas seit der gemeinsamen Abfahrt aus der Schweiz umgeben hatte.

„Es ist doch seltsam, dass Dermbach gerade während unser aller Abwesenheit verstirbt. Auch, dass er alle Arbeiten abgeschlossen hatte und eigentlich Ruhe in seinen Tag einkehren konnte, macht mich nachdenklich. Und wieder Herzversagen als Todesursache, wie damals bei meinem Vater", sagte Nicolas.

Alle weiteren Gedanken kreisten um Ricarda Köller. Sollte sie der Maulwurf gewesen sein, war das Ausmaß des informativen Schadens kaum abzusehen.
Einzig und allein van Stappens Gesicht zeigte leicht entlastende Züge, denn mit seiner Vorgehensweise zur erneuten Verschlüsselung der Daten hatte er den Schaden minimiert. Lediglich das Wissen um das Wasservorkommen konnte Ricarda Köller als Trumpfkarte nutzen, nicht das Vorhandensein der Gasblase. Was sich jedoch als eine nicht überschaubare und zu kalkulierende Gefahr darstellen sollte.

Eine sonderbare Stille umgab die Männer. Niemand mochte den nächsten verbalen Schritt wagen.

Nicolas durchbrach diese grausame Sprachlosigkeit, „Ich werde den Notar unserer Familie in Kenntnis setzen und ihn bitten, eine Obduktion Dermbachs zu erreichen. Er hat die besten Beziehungen und wird die entsprechenden Behörden von den Ungereimtheiten überzeugen. Wir müssen Klarheit haben.
Ihr wisst, wie ich zu Ricarda stehe, ich mag sie sehr und es hat sich zwischen uns etwas aufgebaut, das sich nicht so einfach infrage stellen lässt. Anfangs hatte ich nur ein einziges Mal den Anflug eines Zweifels an ihrer Integrität, als auch ich zufällig Bruchteile eines Telefonats mitbekam. Den Gesprächspartner nannte sie Fjodor. Da sie eine internationale Organisation vertritt, maß ich dieser Sache keinerlei Bedeutung bei. Ich mag diese Gedanken nicht zu Ende denken".

Eine betretene Stille senkte sich in die Männerrunde und gab der Stimmung das Niveau eines gerade gefällten Urteils eines Standgerichts.

Die Tatsache, dass sich die Unkenntnis der Gegner um die Gasblase zu einer weiteren Bombe entwickeln könnte, wollte die Enttäuschung über Ricarda Köllers Verhalten kaum übertreffen.

Der Schotte Hawks kam in Begleitung seines Bauleiters Branton ins Hotel, wo van Stappen die beiden herzlich begrüßte. Man erkannte sofort die aufrichtige Verbundenheit, die sich aus einer langjährigen Zusammenarbeit entwickelt hatte.
Hawks war sichtlich überrascht ob der Neuigkeiten, die van Stappen ihm präsentierte.

„Ich ahnte ja schon, dass Stettener hier unten etwas Außergewöhnliches entdeckt haben könnte, doch....eine derartige Bombe hätte ich niemals erwartet", gab sich Hawks offensichtlich verblüfft und ergänzte: „ Das wäre für die Region natürlich eine wahnsinnige Sensation, die einiges an Sprengstoff beinhaltet und gerade deshalb sollten wir möglichst den Deckel draufhalten".
Van Stappen berichtete von der möglichen undichten Stelle in Person von Ricarda Köller, was das knochige Gesicht Hawks noch faltenreicher werden ließ.

Der Belgier ergänzte:" Die Problematik ist, dass wir nicht wissen, wer sich hinter den gegnerischen Visieren befindet und wie deren Stärke und Verbindungen sind. Nehmen wir die größtmögliche Dimension an, liegen wir wohl richtig. Also werden wir erst einmal beobachten und recherchieren inwieweit sich die Gegnerschaft uns offen gegenübertritt".

Nun schilderte Hawks die Situation auf La Amplia und gab einen Überblick über Personal und den außergewöhnlichen Vorfällen.

Insbesondere bekam der Spediteur Frost eine gehörige Portion feindliche Aufmerksamkeit zugesprochen, während man sich den Marokkaner Yassin als möglichen positiven Ankerpunkt der Plantage, wo der Verwalter Savallas eine führende Rolle spielte, vorstellen konnte.

Eine Verbindungsaufnahme mit Yassin sollte die erste wichtige, möglichst verdeckte Maßnahme sein, um noch mehr Internes zu erfahren. Eine sehr ausgeklügelte Taktik war jetzt das Maß aller Dinge. Hier wollte Hawks so bald als möglich den Kontakt knüpfen. Nichtahnend, dass dieses Vorhaben schneller als jemals gedacht Wirklichkeit werden konnte.

Nicolas bekam eine Mitteilung aufs Smartphone. Der Notar Dr. Rosetti schickte eine Nachricht, --Bitte dringend um Rückruf---.

Nach der Kontaktaufnahme mit dem Schweizer Notar Rosetti stand fest: Die Obduktion hatte ergeben, dass der Wissenschaftler Dermbach ermordet wurde. Eine minimale Einstichstelle im Nacken zeugte von einer Injektion, die ihm verabreicht worden war. Der Wirkstoff verursachte einen sofortigen Sauerstoffmangel, der wiederum einen abrupten Herzstillstand zur Folge hatte.

Nicolas Entsetzen über die Nachricht übertrug sich auch auf Bertram und van Stappen. War Ricarda Köller auch für den Tod von Nicolas' Vater verantwortlich? War sie ein wichtiges Rädchen im Getriebe von Macht- und Geldgier? Lange Zeit hatte sie das Vertrauen der Männer, insbesondere das ihres Freundes Nicolas missbraucht und scheinbar intensiv für die Ziele der Gegenseite in Spanien gearbeitet.

Nun waren die Visiere geöffnet, die Speerspitzen sichtbar und die Schlachtfelder für das finale Gefecht bereitet.

Auf der Plantage La Amplia schickte die angekündigte Expertengruppe ihre brisanten Zeichen voraus.

Der Arbeitscontainer des Verwalters Jose' Savallas glich einem Taubenschlag. Als hätte man das Ende der Welt vorausgesagt, und der Container das wohl letzte existierende Reisebüro zur Flucht auf den Mond, gaben sich die Mitarbeiter der Plantage die Klinke in die Hand.
Lediglich Yassin, der aufmerksam und interessiert das Treiben vom hinteren Teil des Containers beobachtete, ließ sich nicht von der sich ausbreitenden Endzeitstimmung anstecken.
Frost genoss dieses wilde Durcheinander. Auf der Schreibtischkante sitzend, den Cowboyhut lässig in den Nacken geschoben, registrierte er wohlwollend die aufkommende Panik.

„Jeder bleibt auf seinem Posten, alles geht seinen geregelten Gang. Wir wollen von dem Besuch der Gutachter profitieren und diesen Vorteil nicht durch unachtsames Verhalten aufs Spiel setzen. Sie sind hier, um die Probebohrungen zu überprüfen", setzte Savallas seine Mitarbeiter in Bewegung und schob an Yassin gerichtet nach:
„Du wirst die Gruppe herumführen und mir ständig berichten. Ich erwarte von dir absolute Loyalität!"
Frost quittierte die Anweisungen des Verwalters mit Kopfschütteln, kaute an seinem Zigarillo und verließ grußlos den Container, um anschließend den Pickup mit lautem Motorengeheul Richtung Stadt zu starten.

Kapitel 33

Für Bankier Carlos Perido waren die Menge an Informationen, die er in den letzten Tagen und Stunden erhalten hatte, wie ein warmer Regen, der auf ein dürstendes Blumenbeet wohltuend hernieder ging. Alles schien zu seiner Zufriedenheit zu laufen.

Zurückgelehnt, von den würzigen Aromen einer teuren Havanna Zigarre eingenebelt, hörte er sich wie fast nur nebenbei an, was sein oberster Lakai und treuester Gefolgsmann mitzuteilen hatte.

Frost war sich sicher, hier wieder einmal den absoluten Zuträger und ergebensten Diener spielen zu dürfen. Er fühlte sich weiterhin unentbehrlich, als er seinem Herrn Perido über die allerneusten Geschehnisse von der Plantage La Amplia berichtete.

Er vergaß nicht, immer wieder den Marokkaner Yassin Muhtaram als gefährlichsten Gegenspieler zu benennen. Diesen gebildeten, gutaussehenden jungen Mann, der zu dem noch eine innige Freundschaft, zu der von Frost so überaus begehrten Anna Emilia Jaramaq unterhielt, hatte er als Erzfeind ausgemacht. Außerdem hatte der Verwalter ihn, Frost, bei der Mission um die Delegation der EU völlig außen vorgelassen, was das Wutpotential auf den Marokkaner massiv anschwellen ließ.

Er unterließ es nicht, Perido auf den unnachgiebigen Willen dieses Mannes hinzuweisen.

Der jedoch hörte kaum noch zu. Zu sehr war er mit den Schachzügen beschäftigt, mit denen er sein Konto zu füllen beabsichtigte, und seine Feinde wie ein Tornado aus dem Weg zu feuern gedachte. Auch den Hinweis seitens Frosts, dass eine EU-Expertengruppe aus der Schweiz auf dem

Weg nach hier unterwegs sei, ließ er völlig unbeachtet im Raum stehen. Viel zu eindringlich malte er sich seine künftige Machtrolle aus.

Nun sollte sich bald entscheiden, wer in der Region die Hände an den für die Economie wichtigsten Schalthebeln der Wasserwirtschaft haben würde.

Perido würde sich diese einzigartige Gelegenheit und den vermeintlichen Wissensvorsprung, über die für ihn wichtigste Entdeckung von unerschöpflichen Wasservorräten zu verfügen, keinesfalls aus den Händen nehmen lassen. Er würde dieses Juwel gegen wen auch immer als Waffe oder süßes Schmiermittel einsetzen.

Die entsprechenden Anweisungen hatte er ohne Einbeziehung seines Lakaien Frost bereits erteilt. Diesmal sollte alles ohne Pannen geradeaus laufen. Keine unvorhergesehenen Zwischenfälle durften seinen Erfolg gefährden.

Der Russe Fjodor Kolesnikow war seit dem Aussetzen der Probebohrungen äußerst fleißig gewesen.

Er und seine Maschinerie waren kurz nachdem Perido die wichtigen Neuigkeiten durch Ricarda Köller erhalten hatte mit äußerster Kraft in Gang gesetzt worden.

Auf allen Plantagen, die Perido gehörten, oder kontrollierte und die er im Bereich der unterirdischen Wasservorkommen wähnte, wurden Vorbereitungen für die Förderung des wertvollen Elementes getroffen. In Unkenntnis der über dem See liegenden Gasblase würde er mit Beginn der Förderung unwissentlich das Streichholz an die Lunte einer nicht vorstellbaren Katastrophe legen.

Perido gab Frost genaue Anweisungen, um das Wirken des Russen und Gefolge gegen Störungen abzuschirmen.

„Ab sofort stehen diese Leute aus der Schweiz unter ständiger Beobachtung. Ich verlange eine sofortige

Observation. Bleib an ihnen dran, die Russen müssen in aller Ruhe arbeiten können.

Jetzt, wo ich alle Informationen der Wasservorkommen habe, will ich bald weitere adäquate Investoren für das Förderungsprojekt ins Boot holen, da kann ich keinerlei Störfeuer gebrauchen".

Frost konnte nicht glauben, was er da hörte. Er fühlte sich von einer Sekunde auf die andere ausgebootet, ...in die zweite Reihe gestellt. Er, die rechte Hand Peridos war jetzt in der Hierarchie weit nach hinten gerutscht. Der Russe mit seiner Armee schien nunmehr erste Wahl für heikle Aufgaben zu sein.

Noch am Abend, bei einem Glas Whiskey, zitterten Frosts Hände wegen der Ausbootung durch Perido. Er befürchtete zusätzlich aus dem Schutz des Kartells zu rutschen. Was würde passieren, wenn die polizeilichen Ermittlungen, die auf anderen Plantagen bereits vorgenommen wurden, auch La Amplia und somit ihn selbst erreichten? Legte Perido dann noch seine schützende Hand auf ihn?

Diese Gedanken schüttelten ihn durch wie ein starker Wind einen Baum, der umzufallen drohte. In seinem Kopf ratterten die Suchmaschinen nach einer Person, der er sich anvertrauen konnte. Die ihn vielleicht vor polizeilichen Ermittlungen schützen konnte. Oder die Polizei selbst? Sollte er sich stellen und auspacken?

Weitere gedankliche Planungen beschäftigten Frost und gingen nur in eine Richtung...Rache, Rache für die Schmach, die dieser fettleibige Banker über ihn gebracht hatte. Der sollte zu spüren bekommen, dass man so nicht mit Frost umgehen konnte. Schließlich hatte Perido selbst ihm über die vielen Jahre der Zusammenarbeit alles Wissen übermittelt und sämtliche Verhaltensweisen antrainiert.

Unter dem Vorwand die Arbeiten an den Probebohrungen und der damit einher gegangenen Investitionszahlungen überprüfen zu müssen, war die Delegation aus der Schweiz angekündigt worden.

Nach einer kurzen Begrüßung durch die Eigentümer der Plantage wurde die Gruppe in Begleitung vom Schotten Hawks und dem Vormann Savallas in einen Besprechungsraum geführt, wo Yassin bereits eine Präsentation vorbereitet hatte, die Aufschluss über die hauptsächlichen Produktionszweige der Plantage gab. Verwalter Savalls hatte den Marokkaner angewiesen, hierbei hauptsächlich die Umweltaspekte und die hierauf abzielenden Errungenschaften des Betriebs explizit herauszustellen. Des Weiteren sollte die Wasserknappheit als ein gehöriger Anteil der Problematik zum wirtschaftlichen Fortkommen der Region angesprochen werden.

Der Schotte Hawks gab einen kurzen Überblick was die Ergebnisse der Probebohrungen anging. Die vorrübergehende Einstellung der Arbeiten begründete er mit der Tatsache, dass die Ergebnisse der bisherigen Bohrungen erst einmal ausgewertet werden müssten. Ferner sollte die Weiterführung der Arbeiten nicht vor Abgabe eines Gutachtens durch die Delegation erfolgen.

Die Minen auf den Gesichtern der Eigentümer und des Verwalters verdunkelten sich, und man war sich sicher unter allen Umständen ein positives Ergebnis zu erreichen, koste es, was es wolle.

Kapitel 34

Anna Emilia freute sich über die bevorstehende Ankunft einer Aktivistin ihrer Organisation aus der schweizerischen Sektion. Besonders die Tatsache, dass Ricarda Köller im selben Hotel wohnen würde, freute sie sehr, weil dadurch Absprachen und gemeinsame Vorgehensweisen kurzfristig geplant werden könnten. Ferner müsste sie sich nicht mehr als Einzelkämpferin fühlen, Probleme gemeinsam lösen...einfach nur nicht so aussichtslos einer zu großen Übermacht gegenüberstehen.

Desto mehr wunderte sich Anna Emilia, dass Ricarda Köller bisher noch nicht eingetroffen war, obwohl die Schweizer Delegation schon gestern eingecheckt hatte.

Auch von ihrer Organisation kam keine Mitteilung über eine Absage der Reise oder ähnlichem.

Noch ein paar Stunden wollte sie abwarten, danach würde sie tätig werden, um sich nach dem Verbleib der Kollegin zu erkundigen.

So kam es ihr recht, dass Frost sie bat, ihn nach Almeria zu begleiten, er müsse mal raus...mal was anderes sehen.

Schon während der ersten Minuten im Auto fühlte sie eine massive Veränderung in seiner Körpersprache. Still und in sich gekehrt wirkte der sonst so bullige, hart auftretende Frost.

„Was bedrückt dich, fühlst du dich nicht gut", wollte sie wissen. „Ach lass mich, alles ist ok, es ist nur.....", antwortete er stockend.

„Komm", sagte sie fast mütterlich, „Lass uns irgendwo anhalten und dann reden wir".

Frost nickte nur ohne zu antworten. Eine bedrückend wortlose Stille machte sich um sie herum breit. Anna Emilia spürte, dass etwas in diesem sonst so selbstsicher und redseligen wirkende Mann etwas brodelte und sich vielleicht bald entladen würde.

Das Auto hielt am Rand einer Talsenke, wo sich den beiden Insassen der herrlich blaue Himmel als wunderschönes Farbendach über die entfernt schimmernde Küste zeigte. Doch sie nahmen nicht den leisesten Hauch dieser ursprünglichen Schönheit wahr. Zu sehr waren sie mit der innerlichen Zerrissenheit beschäftigt, bevor Frost sich öffnete.

„Seit einiger Zeit ist mir vieles klar geworden und ich habe nachgedacht. Ich habe mich unsterblich in dich verliebt. Am Anfang war es nur ein starkes Verlangen dich zu erobern…und …dieser Yassin…steht zwischen uns. Doch nun…das, was ich dir jetzt erzähle, wird dir nicht gefallen".

Anna Emilia legte fast wie beschützend ihre Hand auf seinen Arm und lächelte ihn an.
Es schien als würde diese Geste seine Zunge gelöst haben und sein Herz aus einer starren Verankerung gerissen worden sein.
„Auf unserer Plantage sind viele schlimme Sachen passiert, an denen ich mitgewirkt habe oder von den ich wusste und die ich, ohne einzuschreiten geschehen ließ. Doch in den letzten Tagen gab es Vorkommnisse, die nehmen nunmehr Ausmaße an…."

Anna glaubte nicht, was sie da hörte. Frost schütte sich aus… es ergoss sich alles, was an kriminellen Machenschaften das Imperium um den Banker Perido betraf. Sie wurde bleich vor Erstaunen, hörte das Gesagte wie aus der Ferne und versuchte gleichzeitig die Gedanken um Yassin auszublenden, um Frosts „Beichte" vollkommen aufnehmen zu können.

Anschließend saßen beide stumm und wie ausgeschaltet in ihren Sitzen. Es gelang ihnen nicht den anderen mit sanften Worten zu erwärmen.
Für Anna Emilia waren Frosts Offenbarungen mehr als ein Geständnis für kriminelle Handlungen. Die Tatsache, dass ihre Organisation, für die sie seit Jahren arbeitete und viele persönliche Einschränkungen auf sich genommen hatte, derart unterwandert werden konnte, war für sie schwer zu ertragen. Damit erklärte sich auch das Nichterscheinen der Schweizer Aktivistin Ricarda Köller.

Frost durchbrach die Stille und schlug Anna Emilia einen konkreten Plan vor :" Wir müssen die Schweizer Delegation von den Machenschaften und Peridos Plänen in Kenntnis setzen. Du solltest Kontakt zu Yassin aufnehmen und ihn von unserem Gespräch berichten. Wenn es mir auch schwerfällt, doch das wird die einzig machbare Lösung sein".
Erneut traf es Anna Emilia vollkommen unvorbereitet. Mit diesem Vorschlag hatte sie niemals gerechnet. Frost hatte sich anscheinend vollständig aufgegeben, um neu geboren zu werden. Jetzt war er ihrer und Yassins Allianz beigetreten.

Bei ihrer Rückkehr nahm Anna Emilia Kontakt zu Yassin auf und bat ihn unter Einhaltung sämtlicher Vorsichtsmaßnahmen in der Nacht zu ihr ins Hotel zu kommen.

Yassin wollte nicht so recht glauben, was Anna Emilia über Frost erzählte.
„Und wenn er dir nur etwas vorgemacht hat, um mehr zu erfahren und näher an uns dran zu sein"?

„Nein, er war wie verändert, praktisch umgepolt, ausgewechselt. Wir sollten ihm glauben. Außerdem drängt die Zeit. Wenn die Russen erst einmal alle Vorbereitungen abgeschlossen haben und auf Peridos Plantagen beginnen das Wasser zu fördern…gar nicht auszudenken, wenn dann die korrupten Politiker alles abnicken, wird nichts mehr rückgängig gemacht, der status quo würde akzeptiert", versuchte Anna Emilia Yassin zu überzeugen.

„Dann sollten wir schnellstmöglich die Schweizer Delegation in Kenntnis setzen, und Frost sollte dabei sein", schlug Yassin vor, und bog damit vollkommen auf Anna Emilias Richtung ein.

Kapitel 35

Der Russe Fjodor Kolesnikow und seine Staff hatten ganze Arbeit geleistet. In der Region El Ejido und Almeria waren nunmehr alle Vorbereitungen getroffen, um schon bald mit der Förderung des Heiligen Wassers zu beginnen. Allein die noch abgeschlossenen Verhandlungen mit Investoren und Geldgebern hielten Perido zurück den Startschuss zu geben. Auch die behördlichen Genehmigungen waren so gut wie erteilt. Hier hatten sich noch regionale Ämter zu einigen, wer als finaler Befürworter die Bewilligungen ausspricht, um später eine nicht gerade kleine Belohnung einzuheimsen.
Perido setzte alles daran, den Erfolg nicht zu gefährden.

Pierre Dutronc, Leiter der 2. Abteilung des Auswärtigen Dienstes und unmittelbarer Vorgesetzter des Belgiers van

Stappen hatte, nachdem er über die Situation in Spanien ausgiebig unterrichtet wurde, den Chef der gesamtstaatlichen Nationalpolizei des spanischen Innenministeriums über alle Details in Kenntnis gesetzt. Die langjährige Freundschaft zwischen beiden sollte als Sicherheit für Verschwiegenheit und Loyalität für die bevorstehenden polizeilichen Maßnahmen sein. Man wollte jetzt endlich den schon lang im Visier der Ermittler befindlichen Banker Carlos Perido das Handwerk legen. Alle bisherigen Versuche, ihm mit staatsanwaltlichen Maßnahmen sowie den Einsätzen von V-Männern beizukommen waren durch fortwährende Indiskretionen gescheitert.

Die der Polizeibehörde vorliegenden Hinweise, dass es auf der Hazienda La Amplia zu mysteriösen Todesfällen gekommen sei, waren nunmehr Grund genug, und letzter Stein des Anstoßes, gezielte Ermittlungen gegen Perido als Drahtzieher aufzunehmen.

Auch dass seit geraumer Zeit russische Staatsbürger in seinen Diensten standen, deren Verbindungen bis in den Kreml reichten, hatte die Polizeiführung bewogen, nun endlich eine Sonderkommission zu bilden und einen jungen, aber erfahrenen, nicht aus der hiesigen Region stammenden Beamten als deren Leiter einzusetzen. Frei von allen Korruptionsvorwürfen sollte Xavier Hernandez nunmehr die Nester ausheben, aus denen Mord und Terror entwachsen waren.

Mit der kleinen Gruppe loyaler Beamten sollte er zum ausgesprochenen Erzfeind Peridos mutieren.

Dieser hatte von den neuen Strukturen bereits Wind bekommen und stellte erste Überlegungen an, hier seine Kräfte satellitenmäßig in Stellung bringen zu können.

Die Schweizer Gruppe, zu deren Leiter sich der Belgier wie selbstverständlich rekrutiert hatte und ohne Widerspruch seitens Nicolas Stettener oder Bertram Seegers agierte, staunte nicht schlecht über die Tatsache, dass man sie zu einem konspirativen Treffen einlud.

Der kleine Besprechungsraum des Hotels entwickelte sich zur Schaltzentrale Perido's Gegnerschaft.

Eine bedrückende, und doch laut schreiender Stillen erfüllte den Raum, als die Protagonisten des Widerstandes eintraten.

Anna Emilia, mit heftigem Herzklopfen, eskortiert von Yassin und Alexander Frost betrat das Zimmer, in dem die Schweizer Delegation gespannt wartete.

Nach einer kurzen Begrüßung entspannte sich die Stimmung und man kam schnell zu den Kernpunkten der Zusammenkunft.

Eine ungeduldige Erstauntheit lag in den Gesichtern aller Anwesenden, als Alexander Frost einen Abriss über Machenschaften, Kompetenzen und Einflussmöglichkeiten des Bankers Perido und seiner Gefolgschaft zum Besten gab. Auch seine eigenen Verwicklungen ließ er nicht aus.

Jetzt konnte sich jeder ein Bild von der Erhabenheit und der Macht der gegnerischen Seite machen. Konnte sich schon mal des geistigen Waffenarsenals bemächtigen, welches dann zeitgerecht in Stellung gebracht werden sollte.

Besonders Nicolas Stettener war erschüttert, als er Einzelheiten vernahm, die mit dem Tod seines Vaters und weiterer Opfer der Maffia, um Perido zu tun hatten.

Doch warum war dieser Mann, der über Jahre zum absoluten Innenkreis der Maffia gehörte, auf einmal so redselig gegenüber den Behörden, die er früher so massiv bekämpft hatte

Was war passiert, dass dieser Frost die Seiten gewechselt hatte? Anscheinend versprach er sich strafmildernde Anerkennung bei späteren Prozessen.

„Ich kann nicht mehr mitmachen, Anna Emilia hat mir die Augen geöffnet", beschrieb er seinen Sinneswandel, bei dessen Einlassung Yassin heftig die Augen verdrehte, was Anna Emilia nicht unverborgen blieb.

Alexander Frost gab weitere Einblicke, wobei er insbesondere auf die Absicherung der vorbereiteten Fördermaßnahmen einging.

„Die Russen haben im Auftrag Peridos sämtliche Bohranlagen mit Sprengstoffladungen versehen, um sie, wenn nötig in die Luft zu jagen, falls eine Polizeiaktion bevorsteht.

„Das wäre äußerst gefährlich, da die Herrschaften ja wohl nicht über das Vorhandensein der Gasblase über dem Wasserreservoir informiert sind", warf van Stappen ein.
Frost verschlug es die Sprache und sein Antlitz verdunkelte sich, als er diese Neuigkeit hörte, denn diese Tatsache war ihm bisher nicht bekannt.

„Ja, die Wasserförderung wäre ohne dieses Wissen der Ritt auf einer Rasierklinge", gab van Stappen zu verstehen und ergänzte „Wir müssen 1. unbedingt die genauen Standorte und Koordinaten der einzelnen Förderpunkte wissen und 2. mehr über das Sprengsystem erfahren und 3. unbedingt die hiesige Polizei einschalten zu deren maßgeblichen Beamten ich mittlerweile Beziehungen habe und so eine schnelle Verbindungsaufnahme schalten kann".

Yassin und Anna Emilia waren stumm vor Erstaunen ob des eben Gehörten. Was könnten sie beide zum gesamten Sachverhalt jetzt Wertvolles beisteuern?

Man kam überein, dass Yassin mit seinem nunmehr guten Knowhow auf der Plantage La Amplia die besten Dienste leisten könnte und bei Auftreten markanter Ereignisse und Veränderungen unverzüglich Verbindung zu Anna Emilia und der Schweizer Gruppe aufzunehmen hatte.

Noch in derselben Nacht klopfte Yassin an Anna Emilias Zimmertür.
Überrascht aber sehr erfreut ließ die junge Frau übermannt von gemeinsamen Gefühlen den jungen Mann herein. Eine unsichtbare Hand führte das Paar mit zärtlichen Empfindungen in vorher nicht gelesenen Buchseiten des Lebens.
Erst der anbrechende Morgen holte sie in die aufregende Wirklichkeit zurück.

Kapitel 36

Polizeioffizier Xavier Hernandez hörte konzentriert zu und registrierte mit feinster Aufmerksamkeit, was der Belgier van Stappen ihm berichtete. Allein die Tatsache, dass eine Wasserförderung durch Peridos Bande eine erhebliche Gefahr für die Region bedeutete, ließ sein rechtes Augenlid zucken und den Puls höher gehen.
„Das lässt die Sache in einem ganz anderen Licht erscheinen, wir müssen schnellstens handeln", während er schon zu Telefonhörer griff.
Seine Sonderkommision war kurzfristig mit zusätzlichem Gerät, Fuhrpark und Manpower ausgestattet worden, was in diesen Zeiten eine besondere Herausforderung war, denn durch Wirtschafts- und Energiekrise waren auch die polizeilichen Ressourcen absolut überschaubar. Durch die

Zurverfügungstellung aller Mittel war zu erkennen, wie wichtig es dem Staat und seinen eingebundenen Bediensteten war, hier endlich einmal durchzugreifen.

Auch auf La Amplia hatte nunmehr der Russe Fjodor Kolesnikow den Bereich der Probebohrungen unter seine Kontrolle gebracht. Hier sollte zeitnah der erste Wasserförderung vorgenommen werden. Der Schotte Hawks und seine Mitarbeiter waren in ihre Unterkünfte verbannt worden und hatten keine Möglichkeit Verbindung nach außen zu nehmen. Man hielt die Forschergruppe unter Hausarrest.
Ledig Yassin nutze seine Freiheiten nach seiner Einbeziehung in Peridos Gegnerschaft hie notwendige Informationswege für Hawks und seine Männer herzustellen.
Besondere Schwierigkeiten gab es nicht mehr, da Frost die Seiten gewechselt hatte und der Verwalter mit Arbeit überhäuft war.
Dieser war sichtlich genervt und angespannt ob der Okkupation durch Peridos Einheiten. Die Pflanz- und Erntearbeiten konnten nur eingeschränkt durchgeführt werden, was sich jedoch nicht auf Yassins Möglichkeit, die Hazienda zu bestreifen, auswirkte. Der Verwalter war über jede Neuigkeit, die ihm Yassin lieferte, hoch erfreut, war dieser Nordafrikaner doch der einzige, dem er noch trauen konnte.

Alexander Frost hatte, wie mit der Schweizer Gruppe vereinbart, wieder seine reguläre Arbeit aufgenommen und versuchte seine veränderte Einstellung nicht äußerlich sichtbar werden zu lassen. Es gelang ihm jedoch nicht, seine bisher gezeigte Arroganz und Abneigung Yassin gegenüber fortzusetzen. Im Gegenteil, es schien sich ziemlich schnell so etwas wie eine gegenseitige Akzeptanz einzustellen und man begegnete sich quasi mit kollegialem Respekt. Angesichts der Tatsache mittlerweile einem gemeinsamen Feind gegenüberzustehen, schliff sich dieses Verständnis schnell und fester ein.

Die Polizeikommandos hatten sich ein zeitgleiches Einschreiten auf allen den nunmehr bekannten Koordinatpunkten der Förderstellen vorgenommen. Ein besonderer Einsatzschwerpunkt sollte das Entschärfen der Sprengladungen sein. Eine hierfür ausgebildete Einheit stand parat, um eventuelle Explosionen zu verhindern bzw. einzudämmen.

Zum selben Zeitpunkt war vorgesehen, das Anwesen der Peridos abzuriegeln und alle Anwesenden festzusetzen. Wichtig hierbei sollte das unbedingte Abschalten sämtlicher Kommunikationseinrichtungen des Clans sein.

Der genaue Zeitpunkt der Polizeiaktionen wurde nicht einmal der Schweizer Gruppe genannt, um absolut jedwede Indiskretion auszuschließen.

Nicolas Stettener, Bertram Seegers und van Stappen saßen in der Lobby des Hotels und versuchten die Zeit totzuschlagen. Sie waren momentan zum Nichtstun verdammt. Irgendwann würden sie Mitteilung vom Ergebnis der Einsätze erhalten.

Anna Emilia leistete ihnen am Nachmittag Gesellschaft und wartete ebenso gespannt auf irgendein Zeichen von Yassin.

Der Tag verging und die Nacht nahm die Gespanntheit aller Betroffenen mit in ihren Lauf.

Am frühen Morgen ereignete sich bei Santa Maria del Aguila nahe der Autobahn eine heftige Detonation. Die Explosion war bis El Ejido zu hören und versetzte die Schweizer Gruppe und Anna Emilia in Hektik und Aufregung. Nun hatten die Polizeikräfte zugeschlagen.

Kapitel 37

Die Plantage *San Pedro del sul* war in den frühen Morgenstunden von den Einsatzkräften überrascht worden. Die mit den Sprengladungen versehenen Bohreinrichtungen konnten unversehrt eingenommen werden. Lediglich ein mobiler Gastank, der ebenfalls vermint war, konnte durch die Russen zur Detonation gebracht werden. Zwei der Besetzer kamen dabei ums Leben, während der Rest festgenommen werden konnte.

Auf La Amplia erfolgte die größte Polizeiaktion. Noch bevor die Sprengeinrichtungen gezündet werden konnten hatte sich eine Spezialeinheit der Sicherheitskräfte unbemerkt Zutritt verschaffen können. Die Ladungen durch Spürhunde und Sprengsonden ausfindig gemacht und entschärft werden. Der Russe Fjodor Kolesnikow und seine Gefolgschaft konnte festgesetzt werden.

Noch am Vormittag traf hier Spezialisten für Kriminaltechnik und Leichenspürhunde ein.
Alexander Frost und Yassin führten sie zu den Brunnen am Rand der Plantage vor der Großen Gebirgskette, wo man später mehrere männliche, teilweise schon leicht verweste Leichen bergen konnte.
Die gesamte Plantage La Amplia wurde als Tatort ausgewiesen. Ernte- und Pflanzarbeiten wurde ab sofort eingestellt und die gesamte Arbeiterschaft in einer Sporthalle in El Ejido untergebracht.
Der Verwalter und die Vormänner sowie Alexander Frost wurden festgenommen und nach Almeria verbracht.
Der Nordafrikaner Yassin verblieb auf der Plantage, um als Ansprechpartner für die Polizei zu fungieren.

In einer umfassenden polizeilichen Maßnahme wurde die Hazienda der Peridos eingenommen. Carlos Perido hatte sich mit seinen Leuten in den Kellergewölben des Haupthauses verschanzt und wollte durch einen geheimen unterirdischen Gang ins freie gelangen. Bei der kopflosen Flucht konnte er seine Verfolger durch das Zünden einer Handgranate aufhalten. Die Detonation jedoch brachte das unterirdische Gewölbe vollständig zum Einsturz und begrub Perido und einen Teil seiner Leute unter sich.

Seine Ehefrau Elizabeth Perido wurde festgenommen.

Am späten Nachmittag informierte Polizeioffizier Xavier Hernandez in aller Kürze Erik von Stappen, den er zu einer Pressekonferenz am Abend einlud.

Spät in der Nacht traf er im Hotel die Schweizer Gruppe im Beisein von Yassin und Anna Emilia.

Alle zeigten betroffen, aber zugleich auch erleichtert, dass alles relativ schadensfrei abgelaufen war.

„Es ist kaum zu glauben, dass wir alles im Geheimen planen konnten und alle Aktionen nicht verraten wurden", hörten sie einen erleichterten Hernandez berichten.

„Alexander Frost wird als Kronzeuge gegen Peridos Restmannschaft aussagen. Ob und inwieweit er selbst in die Verbrechen verstrickt ist, werden die Ermittlungen ergeben.

In den nächsten Tagen wird sich herausstellen, wer sich unter den geborgenen Leichen befindet. Die DNA- Analysen werden sehr zeitintensiv sein", sagte er mit gedeckter Stimme an Yassin gerichtet.

Nach der ausgiebigen Schilderung der Polizeimaßnahmen verabschiedete sich der Polizeioffizier und man versprach gegenseitig informative Verbindung zu halten.

Noch den Rest der Nacht saß man zusammen und gab sich trotz der gedrückten Stimmung zufrieden.

Der Marokkaner Yassin Muhtaram nahm einige Tage später wieder seine reguläre Arbeit auf der Plantage La Amplia auf.
In den nächsten Monaten setzte er nebenbei sein Studium fort und sollte es später mit Auszeichnung beenden. In seiner Heimat konnte er später für den Erhalt und Weiterentwicklung der Trinkwasserhaushalte tätig werden.

Anna Emilia Jaramaq ging in ihrer Tätigkeit als Naturschützerin bei der Organisation vollkommen auf. Sie gründete später eine Partei, die sich für ihre umweltpolitische Ziele einsetzt. Anna Emilia konnte regional sehr große Einflüsse nehmen und ihre Träume weiterleben.

Nicolas Stettener ging zurück in seine ehemalige Redaktion und wurde ein angesehener Chefredakteur und ließ keine Gelegenheit aus, um für Naturschutz und Trinkwassererhaltung tätig zu werden.
Detektiv Kronberger und Ricarda Köller blieben verschwunden, polizeiliche Nachforschungen gaben keinerlei Hinweise auf deren Verbleib.

Der Belgier Erik van Stappen stieg in seiner Behörde bis in die Führungsspitze auf und erlag kurz darauf einem Krebsleiden.

Bertram Seegers wurde bis zu seiner Pensionierung und auch anschließend von Frau Hallmann dienstlich und privat bestens versorgt und verwöhnt.

Zwei Jahre nachdem man sich in Spanien getrennt hatte, trafen sich Anna Emilia und Yassin in El Ejido wieder. Man unternahm eine Fahrt durch die Gegend und besonders auch die Straße, die hoch zum Gefängnis führt. Mit starkem Herzklopfen setzten sich an die Stelle, von der aus man diesen herrlichen Blick auf die weitläufigen Ebene hat, in der die weißen Plastikdächer wie Gewänder die Erde bedeckten. Gedanken der damaligen Zusammenkünfte hier oben ließen sie Revue passieren.

Am Nachmittag standen sie unangemeldet vor dem Anwesen der Peridos. Die Hausherrin erkannte sie von weitem und begrüßte die Gäste.
Hocherfreut teilte sie ihnen mit, dass nunmehr sie die Geschäfte ihres verstorbenen Gatten weiterführe und durch die Regierung mit der Sicherung der Wasserversorgung der gesamten Region beauftragt wurde. Als finanzkräftige Unternehmerin hatte sie im letzten Jahr die Rechte für die komplette Förderung der unterirdischen Wasservorkommen für sich geltend machen können. Eine gehörige Subventionsleistung seitens der EU gaben ihr zusätzlich die nötigen finanziellen Rückhalte.
„Ich möchte es nicht versäumen, ihnen meinen neuen Lebens- und Geschäftspartner vorzustellen," hörte man Elizabeth Perido voller Stolz verkünden.

Ein braun gebrannter und gut gekleideter Juan Alexander Frost kam von der Veranda herüber und begrüßte mit einem überaus herzlichen Lächeln die beiden Gäste.

<u>Ende</u>

Herstellung und Verlag :
BoD – Books on Demand, Norderstedt

Biografische Information der Deutschen Nationalbibliothek

Die Deutsche Nationalbibliothek verzeichnet diese Publikation
in der Deutschen Nationalbiografie; detaillierte Daten sind im
Internet über http:// dnb.de abrufbar.

ISBN : 9-783754378359